# 中國語言文字研究輯刊

九　編

許 錟 輝 主編

第1冊

## 《九編》總目

編 輯 部 編

## 殷商至秦代出土文獻中的紀日時稱研究（上）

彭 慧 賢 著

花木蘭文化出版社

國家圖書館出版品預行編目資料

殷商至秦代出土文獻中的紀日時稱研究（上）／彭慧賢 著 --
初版 -- 新北市：花木蘭文化出版社，2015〔民 104〕
目 4+156 面；21×29.7 公分
（中國語言文字研究輯刊 九編；第 1 冊）
ISBN 978-986-404-382-8（精裝）
1. 甲骨文 2. 金文
802.08 104014803

ISBN- 978-986-404-382-8

**中國語言文字研究輯刊**
**九 編 第 一 冊** ISBN：978-986-404-382-8

# 殷商至秦代出土文獻中的紀日時稱研究（上）

作 者 彭慧賢
主 編 許錟輝
總 編 輯 杜潔祥
副總編輯 楊嘉樂
編 輯 許郁翎
出 版 花木蘭文化出版社
社 長 高小娟
聯絡地址 235 新北市中和區中安街七二號十三樓
電話：02-2923-1455／傳真：02-2923-1452
網 址 http://www.huamulan.tw 信箱 hml 810518@gmail.com
印 刷 普羅文化出版廣告事業
初 版 2015 年 9 月
全書字數 410895 字
定 價 九編 16 冊（精裝） 台幣 40,000 元

# 《九編》總目

編輯部編

# 《中國語言文字研究輯刊》九編　書目

古文字研究專輯

第 一 冊　彭慧賢　殷商至秦代出土文獻中的紀日時稱研究（上）
第 二 冊　彭慧賢　殷商至秦代出土文獻中的紀日時稱研究（中）
第 三 冊　彭慧賢　殷商至秦代出土文獻中的紀日時稱研究（下）
第 四 冊　吳欣倫　吳越徐舒銘文研究
第 五 冊　林聖峯　傳抄古文構形研究（上）
第 六 冊　林聖峯　傳抄古文構形研究（下）
第 七 冊　黃雅雯　《集篆古文韻海》文字研究

詞語研究專輯

第 八 冊　李昱穎　中古佛經情緒心理動詞之研究（上）
第 九 冊　李昱穎　中古佛經情緒心理動詞之研究（下）
第 十 冊　邱達維　古漢語同源異形詞研究——以《經典釋文》「二反」、「三反」、「二音」、「三音」字為對象

古代音韻研究專輯

第十一冊　王　冲　前四史韻語研究（上）
第十二冊　王　冲　前四史韻語研究（中）
第十三冊　王　冲　前四史韻語研究（下）
第十四冊　趙　庸　《王三》異讀研究
第十五冊　郭懿儀　《大廣益會玉篇》直音字研究
第十六冊　陳雅萍　《字彙》反切音系研究

# 《中國語言文字研究輯刊》九編
# 各書作者簡介・提要・目次

## 第一、二、三冊　殷商至秦代出土文獻中的紀日時稱研究

### 作者簡介

彭慧賢，台北市人，成功大學中國文學系博士。博班期間曾任臺灣大學中國文學系、暨南國際大學中國語文學系兼任講師，現任臺灣大學中國文學系、臺北商業大學通識教育中心兼任助理教授，擅長古文字學、語法學。曾發表〈從西周戰爭銘文再探《詩經》征伐動詞〉、〈商末紀年、祭祀甲骨之研究〉、〈從傳世文獻再探兩周金文分段紀時制度〉等數十篇文章。

個人著作

一、期刊論文

（1）〈論唐傳奇《朝野僉載》對史書影響〉，《中國文化月刊》第 323 期（2007 年 11 月），頁 33～68。

（2）〈從中唐水、旱災後之賑恤論白居易濟民思想〉，《彰化師大國文學誌》第 16 期（2008 年 6 月），頁 129～159。

（3）〈郭店楚簡「[illegible]」之研究〉，《明道通識論叢》第 6 期（2009 年 5 月)，頁 65～85。

（4）〈從西周戰爭銘文再探《詩經》征伐動詞〉，《興大人文學報》第 43 期（2009 年 9 月），頁 55～78。

（5）〈由殷墟卜辭觀察晚商氣候變化與政權覆滅〉，《明道中文學報》第 2 期（2009 年 12 月），頁 105～127。

（6）〈甲骨文「某芻于某」句型之研究〉，《靜宜語文論叢》第 3 卷第 1 期

（2009 年 12 月），頁 237～257。

（7）〈商末紀年、祭祀甲骨之研究〉，《元培學報》第 16 期（2009 年 12 月），頁 53～82。

（8）〈用二重證據法再探商代農業生產概況〉，《雲漢學刊》第 22 期（2011 年 2 月），頁 1～17。

（9）〈周原戰爭、祭祀類甲骨研究〉，《高雄應用科技大學學報》第 40 期（2011 年 5 月），頁 73～98。

（10）〈從傳世文獻再探兩周金文分段紀時制度〉，《先秦兩漢學刊學報》第 17 期（2012 年 3 月），頁 61～88。

二、研討會論文

（1）〈西周厲、宣時期戰爭銘文研究〉，浙江大學等主辦：「2008 年杭州海外漢學與中西文化交流國際研討會」（2008 年 10 月 24～26 日）。

（2）〈由殷墟卜辭觀察晚商氣候變化與政權覆滅〉，逢甲大學主辦：「第十一屆中區文字學座談會」（2009 年 5 月 23 日）。

（3）〈郭店楚簡否定詞「不」、「弗」之研究〉，玄奘大學主辦：「『國科會 97 年度研究計畫——楚系簡帛文字字典基礎工程』成果發表會」（2009 年 6 月 27 日）。

（4）〈從郭店、上博簡論《禮記》「刑德」觀〉，高師大經學研究所主辦：「第五屆青年經學研討會」（2009 年 11 月 15 日）。

（5）〈論殷商卜辭所載水患之預防及重建〉，靜宜大學主辦：「第十一屆『現代思潮』全國學術研討會」（2010 年 5 月 28 日）。

（6）〈從傳世文獻再探兩周金文分段紀時制度〉，輔仁大學中文所主辦：「第十屆中國訓詁學國際學術研討會」（2011 年 5 月 21 日～22 日）。

（7）〈從秦簡紀日時稱再探人們生活概況〉，逢甲大學主辦：「第十四屆中區文字學座談會」（2012 年 5 月 26 日）。

（8）〈殷商至秦代出土文獻時稱的文字特色〉，靜宜大學主辦：「第二十三屆中國文字學國際學術研討會」（2012 年 6 月 1～2 日）。

三、專書及專書論文：

（1）李佩霖、林佳樺、邱郁茹、彭慧賢、雷晉豪、歐修梅、鄭宇清、蔡明芬、蘇郁茜等著：《《首陽吉金》選釋》（高雄：麗文文化事業股份有限公司，2009 年 12 月）。

（2）沈寶春、莊惠茹、林宏佳、張宇衛、高佑仁、彭慧賢等著：《2009 年金文學題要與年鑑》（台南：成功大學圖書館，2010 年 10 月）。

## 提　要

紀時，是對時間的描述與紀錄，中國自殷商以來具有悠久的紀時傳統，舉凡自然氣象、物候盛衰、星辰運行的規律皆曾經被人們用來記述時間。我國古代紀時方法豐富，不同時期紀時方式不盡相同，藉助出土資料、傳世文獻紀時語彙的蒐羅，能較完整地建構古人對時間的觀念。因此，本文以出土文獻紀時爲核心，輔以傳世典籍，詳實地運用二重證據法，希冀瞭解殷商至秦代各時期的紀時語彙。

全文共分七章，第一章〈緒論〉探討論文的研究動機、研究方法，並蒐集學界各家之說，使得讀者能掌握目前學術動向。第二章至第四章則統計甲骨、銅器、簡帛的紀日時稱，企圖釐清殷商、兩周、秦代人們使用紀日詞彙之異同。同時，我們也發現戰國末年的秦簡處於紀時文化的關鍵，本身除了繼承晚商以來的分段紀時制，也開創新的紀時觀念，將一日等分，產生「十二時制、十六時制、廿八時制」；而後兩類時制也蘊含陰陽五行之觀念。

第五章「殷商至秦代紀日時稱二重證據之探討」：爲了使中國紀時更加完備，本論文蒐羅傳世《周易》、《尚書》、《詩經》、《周禮》、《儀禮》、《禮記》、《左傳》、《呂氏春秋》等十四種傳世典籍，藉此與出土文獻相互對比，希冀完整地呈現殷商至秦文獻的紀時全貌。

第六章「殷商至秦代紀日時稱的語法結構與文字現象」：先透過語法結構來分析紀日時稱，再剖析出土文獻的文字結構，得出單一時稱具有「繁化、簡化、異化、同化」及「文字假借」五種現象。

第七章「結論」：總結中國紀時文化，進而聯繫不同時期的紀時文化，瞭解到紀日時稱蘊含「自然觀測、祭祀活動、國家朝政、郵驛傳遞、吉凶禍福、軍事出征」等觀念，藉著時間詞彙以瞭解秦以前人們生活所關注的焦點。

## 目　次

**中　冊**

## 第四冊　吳越徐舒銘文研究

### 作者簡介

吳欣倫，女，一九八四年生於台北，國立中正大學中國文學研究所畢業。大學時曾在《野葡萄文學誌》專欄發表文章，研究所時於《東方人文雜誌》發表〈徐國文字研究〉一文，爲碩士論文打底。畢業後仍熱愛文字學，現爲新北市漳和國中國文教師。

### 提　要

吳、越、徐、舒是春秋晚期活動於江、淮流域的楚系國家之一， 四國間的互動以及和楚國的交涉十分頻繁，但因爲彼此族屬、文化淵源不同，使得他們的文字在楚國的影響下，仍保有其特色。

有關吳、越、徐、舒有銘銅器的國別界定還有爭議，本文整理出四國銅器七十三件，釐清銘文內容、年代、待識字等問題，並對文字構形進行分析。在構形分類上以小篆爲基礎，佐以甲骨文、金文、秦簡等古文字形，將四國金文分成簡化、繁化、類化和變異三種。文字形體的分析，可以認清四國特殊寫法的字體，進而達到判斷國別的作用。除了一般金文之外，吳國和越國的鳥蟲書字體，也十分有特色。本文先探討各家對鳥蟲書形體的分類，依此定出論文的分類標準，並將二國鳥蟲書分為五類。文字裝飾符號的研究，讓我們對美術字體的形態和各國的地域寫法更了解，有助於四國的研究。

## 目 次

表格目次

# 第五、六冊　傳抄古文構形研究

## 作者簡介

林聖峯，男，雲林人。畢業於臺灣師範大學國文系碩士班、國立中興大學中國文學系博士班，學位論文題目分別爲《大徐本說文獨體與偏旁變形研究》、《傳抄古文構形研究》。曾參與國科會研究計劃「靜嘉堂與汲古閣大徐本《說文解字》版本研究」（季旭昇教授主持，擔任研究助理）、「《傳抄古文字編》釋字校註」（林清源教授主持，擔任協同研究人員）。曾任教於修平技術學院、大葉大學等校，現任國立中興大學中國文學系進修部兼任講師。

## 提　要

本論文以傳抄古文爲主要研究對象。論文析爲上下兩編，下編爲對傳抄古文形體的逐字考釋，依徐在國《傳抄古文字編》收字順序排列，考釋其書所錄字形；上編則在字形考釋的基礎上，進一步歸納傳抄古文的構形現象。

本論文主要研究目的有三：透過文字形體的爬梳，考釋前人未釋或疑而難定之傳抄古文形體；釐清釋文與其所隸古文形體之關係；歸納傳抄古文形體演變之規律。

傳抄古文形體與釋文間的關係錯綜複雜，透過本論文之研究，一方面期望具體呈顯傳抄古文系統之整體概況；另一方面，傳抄古文既爲對古文字的輾轉傳錄，則其形體與釋文間之相互關係，或可作爲研考古文字時的參考。

## 目　次

### 上　冊

凡　例

## 第七冊　《集篆古文韻海》文字研究

### 作者簡介

黃雅雯，1985 年生，女，臺灣桃園人，國立中央大學中國文學系學士、國立臺灣師範大學國文研究所碩士，現爲高中國文老師。自幼喜好文史，尤以知悉歷史制度、掌故趣聞爲樂。學術專長以文字學爲主，教學時常輔以漢字構形及其文化意涵解釋文本。有〈利用《集篆古文韻海》校補、考釋《汗簡》、《古文四聲韻》數則〉單篇論文計於《中國文字》(新四十一期，臺北藝文印書館)出版。

### 提　要

《集篆古文韻海》宋人杜從古撰，是繼《汗簡》、《古文四聲韻》以後，作爲傳抄古文字編的集大成之作。但其自成書以來卻罕爲世人所知，直至清人阮元搜訪四庫未收書，《集篆古文韻海》才被編選入《宛委別藏》之一。本論文以文字學的角度切入研究《集篆古文韻海》，最重要的研究重點在於糾正學界對版本的錯誤認識，以及彰顯本書保存字形的價值。全文共分爲六章，各章論述重點如下：

第一章「緒論」，說明問題意識與研究動機，指出杜從古《集篆古文韻海》有利於傳抄古文與出土文獻合證。並透過研究方法與步驟來梳理字形，以求彰顯本書價值。

第二章「《集篆古文韻海》述要」，首先介紹作者杜從古生平，以及糾正學界以爲《集篆古文韻海》僅存《宛委別藏》一孤本的認識，並釐清與比較《集篆古文韻海》現存三個版本間的體例、源流與傳抄差異。

第三章「《集篆古文韻海》引青銅銘文研究」，本章主要利用今存宋人金文著錄，儘可能比對《集篆古文韻海》雜參青銅銘文的字例，並對字形予以分析，改正錯誤的釋文。本論文中各字例考釋的字形表，同時也指出該字形收錄於徐在國《傳抄古文字編》的頁碼，學界可據改正後的成果兩相參考。

第四章「《集篆古文韻海》引唐代碑銘研究」，本章主要將《集篆古文韻海》與唐代以「古文」書刻的〈碧落碑〉、〈陽華岩銘〉比對。整理《集篆古文韻海》引用的情形，並對其引用〈碧落碑〉、〈陽華岩銘〉有助於形體理解者，予以分條地考釋說明。

第五章「《集篆古文韻海》之研究價值」，本章細部地提出《集篆古文韻海》校補唐宋碑刻、《汗簡》、《古文四聲韻》的貢獻，並整理《集篆古文韻海》的變異現象，證實其構形與戰國文字有高度相關。

第六章「結論」，總結本論文的研究成果、敘述研究侷限與未來展望。

## 目　次

## 第八、九冊 中古佛經情緒心理動詞之研究

### 作者簡介

李昱穎，東吳大學中文系學士、國立臺灣師範大學國研所碩士、國立中正大學中文所博士。先後師從許錟輝先生、林炯陽先生學習文字學與聲韻學，奠定語言文字學的基礎。碩士班時，師從陳新雄先生，以漢語語言學爲研究主題，博士班時，師從竺家寧先生，以佛經語言學、漢語詞彙學主題取得博

士學位，近年來的研究領域旁及文化語言學、語言風格學。

曾發表有：《中古佛經情緒心理動詞之研究》、〈由清儒到現代的研究進程看上古漢語韻部的分配與變遷〉、〈「喜愛」與「貪著」——論「喜、愛、嗜、好」在中古佛經中的運用〉等多篇論文。

## 提　要

專書專題詞彙研究，是全面描寫與研究一個時代詞彙系統的基礎。本文以中古（東漢魏晉南北朝）佛經詞彙系統的一個部分爲研究對象——中古佛經爲主要語料、情緒心理動詞爲研究主題，以反映詞彙系統的語義場理論爲指導，結合共時文獻材料，對語義場裡各義位關係進行描寫與研究，歸納其詞彙詞義系統的特點，並在此基礎探討詞彙詞義方面相關的一些問題。

本論文以「中古佛經情緒心理動詞之研究」爲題，便是希望以中古佛經爲材料，對「情緒心理動詞」進行研究分析。本論文有五點發現：

一、可見佛經材料與漢語基本詞彙的雙向運動

二、語義場的語法意義各不相同

三、語義場研究可以藉以瞭解斷代詞彙交替

四、反映中古漢語雙音化及使役結構產生的語言現象

五、有助於釐清佛經詞彙與中古中土文獻詞彙的色彩意義

本論文架構及各章節安排如下：

第一章「緒論」介紹本論文的研究動機與目的、前人研究成果、研究範圍及語料說明、研究方法及步驟等。

第二章說明「情緒心理動詞」定義、語義場理論及研究架構， 並以此進而類分中古佛經情緒心理動詞爲正負面語義場。

第三章分析中古佛經情緒心理動詞正面語義場，首先類分爲「喜悅」、「尊敬」、「喜愛」三個次語義場，次依構詞形式分爲不同「詞群」逐一討論。

第四章分析中古佛經情緒心理動詞負面語義場，先將其類分爲「憤怒」、「怨恨」、「驚駭懼怕」、「憂苦」四個次語義場，次依構詞形式分爲不同「詞群」逐一討論。

第五章是在前文的基礎下，進而討論中古佛經相關詞彙問題，包括：「喜悅」語義場、「喜愛」語義場的常用詞議題，還有雙音化及並列結構同素異序問題，並嘗試從語義場觀點切入，觀察中古佛經情緒心理動詞的歷時演變。

第六章總結前文，提出中古佛經情緒心理動詞的特點及未來研究方向。

# 目 次

## 上 冊

## 第十冊　古漢語同源異形詞研究——以《經典釋文》「二反」、「三反」、「二音」、「三音」字爲對象

### 作者簡介

邱達維，生於臺灣臺南市。2008 年國立臺灣大學中國文學系畢業。國立臺灣大學文學碩士（2013）。現任國立臺灣大學日本研究中心研究助理。研究領域爲歷史語言學，主要研究對象爲原始漢藏語的音韻系統。

### 提　要

同源異形詞是個別語言中，來自從前同一個詞位，語源有關的形式。同源異形詞的研究，是內部構擬法與比較方法的交會處。因此，古漢語同源異形詞的研究，不只是前上古漢語的研究，也是原始漢藏語研究的一部分。因爲將轉換與規則對應視爲一個整體，由比較方法構擬的原始漢藏語系統，得以用來解釋古漢語同源異形詞。

第一章是序論，定義了同源異形詞，並說明本文的討論框架。第二章討論《經典釋文》的術語「二反」、「三反」、「二音」、「三音」。由這些術語標記的一字異讀大部分並不別義，顯示它們是同源異形詞。這些同源異形詞正是本文討論的對象。

第三章至第七章討論這些同源異形詞轉換，由什麼音變造成。依序討論聲母的發聲、聲母的調音、介音、主要元音，以及韻尾。第八章則是結論，列出前幾章討論的所有音變。

# 目　次

## 第十一、十二、十三冊 前四史韻語研究

### 作者簡介

王冲，男，漢族，黑龍江省黑河市人，文學博士。內蒙古大學文學與新聞傳播學院講師。現從事中國古代漢語和現代漢語、對外漢語的教學和科研工作，研究領域主要爲音韻學，尤致力於上古語音的研究。

### 提 要

韻語的研究一直都是漢語語音史研究當中的一個基礎性環節。先秦的詩文用韻研究一直就是各家著力最深的，其韻部類別也基本成爲定論。而在上古晚期的兩漢音以及中古早期的魏晉音的研究中，既沒有像《切韻》那樣的韻書爲之折衷，又沒有像《詩經》那樣足以歸納音系的總集，再者韻語的叢雜廣泛，因此尚待解決的和有爭議的問題還比較多。

史書，對於歷史工作者而言，它是寶貴的歷史資料；而對於我們語言工作者來說，史書又是研究歷史語言的最有價值的語料。但是以往的研究者往往把史書歸入正統文言裏面，不太注重史書的語料價值。其實，史書的韻文材料對漢語史的研究價值並不比韻書、韻圖低。史書具備如下的優點：

第一，韻語的數量可觀，保證有足夠的可利用的材料，可以較全面地研究兩漢魏晉時期的語音實際情況；

第二，史書的文獻性很強，一般未經後人竄改，保持了韻文原有的歷史面貌。語料的眞實性可信，相應地其結論也就眞實可信；

第三，韻語的時代、地點一般來說都較爲明確，便於進行斷代、劃分區域的研究；

第四，散文中的韻語要比詩歌中的韻語更爲嚴密一些。詩歌中的韻語多來自民間，而散文中的韻語則出自文人之手。從本質上說，民歌的用韻是不會精於文人之筆的。文人爲了使自己的觀點容易被別人記住，於是編成韻文，因此這些韻文的性質也跟詩歌一樣，它們的價值也是非常高的。

第五，史書還保存了許多珍貴的口語資料。

可見，應該給史書以應有的重視。

《史記》、《漢書》、《後漢書》中關於兩漢的語料是異常豐富的，爲研究西漢和東漢時期的語音事實提供了諸多的材料。因此，《史記》、《漢書》、《後漢書》所代表的兩漢音可以反映上古晚期的語音狀況。而魏晉至劉宋，這段時期內的韻部類別既不同於兩漢，也不同於齊梁，在語音史上是一個承前啓後的時期。《三國志》和《後漢書》均成書於此階段，它們是研究魏晉和劉宋時期語言的重要史料。對《後漢書》和《三國志》進行語言研究，可以幫助我們進一步弄清處於過渡時期的魏晉、劉宋語言的實際情況，可以爲人們探索漢語語音發展的脈絡，提供許多清晰可查的線索，因此它具有重要的研究價值。

這樣，本書擬以前四史的韻語爲研究對象，在全面搜集韻語的基礎上，認眞釋讀其文字，進行校勘，以保所用語料的眞實面貌，並準確確定韻例，判斷韻字。

然後本文將運用數理統計的方法對前四史的押韻材料進行全面的統計分析。運用統計法主要有兩個目的：一方面，借助數理統計的分析方法可以得出先秦、兩漢以及魏晉時期的散文用韻情況的精確數據，以此詳細且全面地考察漢魏晉韻文所反映出來的分部狀況。在利用統計法進行劃分韻部、韻類的工作之後，把我們得出的結論同前人研究的成果進行比較，對有分歧的分部意見做出自己的評價。另一方面，朱曉農先生和麥耘先生使用的數理統計法，都是用於研究中古或近代漢語的，而本文則借用他們的方法來研究兩漢魏晉的韻語材料。希望能夠通過我的研究，使數理統計法，尤其是卡方檢測法，在音韻學中獲得更多的驗證，讓更多人瞭解並使用這種方法。

最後作出韻譜，與先秦音和切韻音進行對比，以此考察先秦、兩漢、三國、劉宋這幾個時代的漢語音韻的繼承和演變，並進行音系構擬，以期弄清這幾個連貫時代的語音傳承現象。所以，對前四史的語料加以專門地研究，是一項非常有意義的工作。

總之，對兩漢魏晉宋時期的研究還有待繼續深入，且長久以來，對這幾個時期韻系的研究都是以詩歌用韻作爲考察的對象，而對散文韻語的系統研究則尚爲這一時期音韻研究的處女地。對散文韻語的研究不但可以爲韻語研究另闢蹊徑，而且散文作者大多廣爲輯錄各家素材，因而能從更全面的角度驗證和補充詩歌用韻的不足。因此，對散文韻語進行系統研究是行之有效且完全必要的。爲此，本文不揣譾陋，對先秦兩漢魏晉宋這一時期的語音將從散文韻語研究的角度作進一步探討、研究和補充。

## 目　次

### 上　冊

## 第十四冊　《王三》異讀研究

### 作者簡介

趙庸，1981 年生，浙江杭州人。於浙江大學獲文學學士學位、文學博士學位，現供職於華東師範大學。主要從事中古音和中古韻書的研究工作。曾在《語言研究》《語言科學》《漢語史學報》《漢語史研究集刊》《語文建設》等刊物發表論文。主持國家級和省部級科研基金項目。曾獲丁邦新語言學獎、上海青年語言學者優秀論文獎。

### 提　要

《王三》（全稱《王仁昫刊謬補缺切韻》）異讀大部分是一字二音，少量爲一字三音或四音。比較《王三》又音紀錄可知：韻書卷次越靠前，撰者或抄者越是勤於音注；撰者或抄者確實曾著意在去聲卷中多施筆墨以提醒去聲的特殊性；入聲又音失注除和卷次靠後有關，可能還反映了撰者和抄者對入聲異讀的敏感度。

《王三》異讀的注音術語基本形式是反切注音法和直音注音法，其他形式反映了《王三》注音的靈活性。《廣韻》習見而《王三》未見的術語反映了唐宋學術發展的進步，也暗示了時人對音節結構分析的認識水平。

比較《王三》和箋三、《切二》的又音，可以發現《王三》對前書又音的繼承非常忠誠，《王三》和《切二》的關係比與箋三的關係要更密切一些，箋三、《切二》、《王三》增注又音彼此獨立，增注的都不是時音。

《王三》的異讀從文獻上可以溯源爲前人的典籍音注。生成原因大致有假借、誤認聲旁、方俗差異、語流音變、音以義別。

《王三》地名異讀主要反映的不是方言差異。個別僅是文字現象。聲母異讀反映的大多不是歷史音變關係，而是上古時期語音就已走了不同的發展道路。韻母異讀有歷史音變的反映，更多的情況可以直接追溯到上古時期。聲調異讀有關涉上聲的傾向，應該是四聲產生的表徵。地名異讀中有聲旁類推的現象。

## 目　次

# 第十五冊　《大廣益會玉篇》直音字研究

## 作者簡介

郭懿儀，台灣台南人，民國 68 年生，國立成功大學中國文學研究所碩士，國立成功大學中國文學研究所博士。曾任國立成功大學通識教育中心講師、實踐大學高雄校區講師。現任國立高雄大學通識教育中心兼任助理教授。曾教授：大學國文、閩南語概論、漢字與文化、聲韻學等課程。著有：碩士學位論文《《大廣益會玉篇》直音字研究》、博士學位論文《東漢佛經複合詞研究》，另有數篇期刊及會議論文，內容含括漢語風格學、聲韻學、詞彙學等。

## 提　要

《大廣益會玉篇》（以下簡稱為今本《玉篇》）由陳彭年等人奉敕修訂，目的是為了矯正當時「六書八體，今古殊形，或字各訓同，或文均而釋異」的現象，其中直音字例表現了時代語音的意義，從原本《玉篇》、《名義》、今本《玉篇》呈現在語音的特殊層累特色之外，在字形變化、字義改變、異體字的統一以及部首分部的修正與增減也值得注意。

今本《玉篇》獨有 481 例新出字，其中 450 例出現在「音某」條例，多以「一形一聲」的規則來建構，同時是直音字例是最好的表現方式。

語音方面，今本《玉篇》同時具備存古與創新。存古部分，如：明微相混，顯示輕脣音尚未分化完成。神禪混切，代表照二與照三正進入合併。喻三與喻四仍可清楚分辨，也顯示了零聲母擴大的影響力尚未開始。東冬鍾及魚虞模仍有分別，灰咍獨立，尤侯幽分立、儼韻尚未獨立，這些特色都保持著與《廣韻》相同或相近的語音特色，呈現今本《玉篇》保守語音的一面。

創新是指今本《玉篇》已和中古後期相近，且多是直音字影響，共有 68 組聲符（151 例），其被注字聲符與被注字讀音相同；相近的則有 36 組聲符（83 例）。又新出音讀表現在「亦音」與「今音」，這代表了語音演變的實際記錄，具有時代性。「亦音」和「又音某」的作用及地位相同。「今音」突顯了語音的選擇，與依據來源音切意見相左之處。

今本《玉篇》採取以標準字音為中心的編輯方式，並對語音及文字訂出標準，這是時勢所需，同時擔負著將語音標準化的功能。

## 目　次

附表目錄

## 第十六冊　《字彙》反切音系研究

### 作者簡介

陳雅萍，女，台灣新北市人，1981 年生。國立成功大學中文系、中文研究所畢業，目前為國立高雄師範大學國文所博士候選人、兼任講師。專長為聲韻學、漢語語言學、世說新語。曾發表〈從《字彙》直音闕字談其可能的版本及音韻問題〉、〈從「則聲」之諧聲偏旁字例見語音演變之跡〉、〈《廣韻》平聲字在現代國語中的例外音讀〉、〈論「菜市場名」之構詞形式及音韻特徵〉、〈從「禮義節情」到「委順至理」——論向秀養生思想之流衍〉等單篇論文。

### 提　要

《字彙》一書為梅膺祚所撰，乃明代重要字書之一，全書共收錄 33175 字，語音材料相當豐富，可惜歷來對其全面性的研究並不多見。本論文先就《字彙》一書加以介紹，包括作者生平、《字彙》版本、語音體例等逐一說明；次依反切系聯方法，將《字彙》反切之聲類、韻類加以系聯，總計得出三十聲類、一百一十五韻類之音韻體系；並將之與《洪武正韻》加以對照比較，分就聲、韻、調之演變詳加討論，得出《字彙》反切對《洪武正韻》有承襲亦有改易之處。最後就《字彙》反映的語音現象與現今吳方言作一對照，藉由歷時、共時之比勘，期能瞭解《字彙》反切音系之演變，並對明代語音現象有進一步的認識。

### 目　次

# 殷商至秦代出土文獻中的紀日時稱研究（上）

彭慧賢　著

## 作者簡介

彭慧賢，台北市人，成功大學中國文學系博士。博班期間曾任臺灣大學中國文學系、暨南國際大學中國語文學系兼任講師，現任臺灣大學中國文學系、臺北商業大學通識教育中心兼任助理教授，擅長古文字學、語法學。曾發表〈從西周戰爭銘文再探《詩經》征伐動詞〉、〈商末紀年、祭祀甲骨之研究〉、〈從傳世文獻再探兩周金文分段紀時制度〉等數十篇文章。

## 個人著作

### 一、期刊論文

（1）〈論唐傳奇《朝野僉載》對史書影響〉，《中國文化月刊》第323期（2007年11月），頁33～68。

（2）〈從中唐水、旱災後之賑恤論白居易濟民思想〉，《彰化師大國文學誌》第16期（2008年6月），頁129～159。

（3）〈郭店楚簡「𢦔」之研究〉，《明道通識論叢》第6期（2009年5月），頁65～85。

（4）〈從西周戰爭銘文再探《詩經》征伐動詞〉，《興大人文學報》第43期（2009年9月），頁55～78。

（5）〈由殷墟卜辭觀察晚商氣候變化與政權覆滅〉，《明道中文學報》第2期（2009年12月），頁105～127。

（6）〈甲骨文「某𢦏于某」句型之研究〉，《靜宜語文論叢》第3卷第1期（2009年12月），頁237～257。

（7）〈商末紀年、祭祀甲骨之研究〉，《元培學報》第16期（2009年12月），頁53～82。

（8）〈用二重證據法再探商代農業生產概況〉，《雲漢學刊》第22期（2011年2月），頁1～17。

（9）〈周原戰爭、祭祀類甲骨研究〉，《高雄應用科技大學學報》第40期（2011年5月），頁73～98。

（10）〈從傳世文獻再探兩周金文分段紀時制度〉，《先秦兩漢學刊學報》第17期（2012年3月），頁61～88。

### 二、研討會論文

（1）〈西周厲、宣時期戰爭銘文研究〉，浙江大學等主辦：「2008年杭州海外漢學與中西文化交流國際研討會」（2008年10月24～26日）。

（2）〈由殷墟卜辭觀察晚商氣候變化與政權覆滅〉，逢甲大學主辦：「第十一屆中區文字學座談會」（2009年5月23日）。

（3）〈郭店楚簡否定詞「不」、「弗」之研究〉，玄奘大學主辦：「『國科會97年度研究計畫——楚系簡帛文字字典基礎工程』成果發表會」（2009年6月27日）。

（4）〈從郭店、上博簡論《禮記》「刑德」觀〉，高師大經學研究所主辦：「第五屆青年經學研討會」（2009年11月15日）。

（5）〈論殷商卜辭所載水患之預防及重建〉，靜宜大學主辦：「第十一屆『現代思潮』全國學術研討會」（2010年5月28日）。

（6）〈從傳世文獻再探兩周金文分段紀時制度〉，輔仁大學中文所主辦：「第十屆中國訓詁學國際學術研討會」（2011年5月21日～22日）。

（7）〈從秦簡紀日時稱再探人們生活概況〉，逢甲大學主辦：「第十四屆中區文字學座談會」（2012 年 5 月 26 日）。

（8）〈殷商至秦代出土文獻時稱的文字特色〉，靜宜大學主辦：「第二十三屆中國文字學國際學術研討會」（2012 年 6 月 1 ～ 2 日）。

三、專書及專書論文：

（1）李佩霖、林佳樺、邱郁茹、彭慧賢、雷晉豪、歐修梅、鄭宇清、蔡明芬、蘇郁茜等著：《《首陽吉金》選釋》（高雄：麗文文化事業股份有限公司，2009 年 12 月）。

（2）沈寶春、莊惠茹、林宏佳、張宇衛、高佑仁、彭慧賢等著:《2009 年金文學題要與年鑑》（台南：成功大學圖書館，2010 年 10 月）。


## 提　要

紀時，是對時間的描述與紀錄，中國自殷商以來具有悠久的紀時傳統，舉凡自然氣象、物候盛衰、星辰運行的規律皆曾經被人們用來記述時間。我國古代紀時方法豐富，不同時期紀時方式不盡相同，藉助出土資料、傳世文獻紀時語彙的蒐羅，能較完整地建構古人對時間的觀念。因此，本文以出土文獻紀時爲核心，輔以傳世典籍，詳實地運用二重證據法，希冀瞭解殷商至秦代各時期的紀時語彙。

全文共分七章，第一章〈緒論〉探討論文的研究動機、研究方法，並蒐集學界各家之說，使得讀者能掌握目前學術動向。第二章至第四章則統計甲骨、銅器、簡帛的紀日時稱，企圖釐清殷商、兩周、秦代人們使用紀日詞彙之異同。同時，我們也發現戰國末年的秦簡處於紀時文化的關鍵，本身除了繼承晚商以來的分段紀時制，也開創新的紀時觀念，將一日等分，產生「十二時制、十六時制、廿八時制」；而後兩類時制也蘊含陰陽五行之觀念。

第五章「殷商至秦代紀日時稱二重證據之探討」：爲了使中國紀時更加完備，本論文蒐羅傳世《周易》、《尚書》、《詩經》、《周禮》、《儀禮》、《禮記》、《左傳》、《呂氏春秋》等十四種傳世典籍，藉此與出土文獻相互對比，希冀完整地呈現殷商至秦文獻的紀時全貌。

第六章「殷商至秦代紀日時稱的語法結構與文字現象」：先透過語法結構來分析紀日時稱，再剖析出土文獻的文字結構，得出單一時稱具有「繁化、簡化、異化、同化」及「文字假借」五種現象。

第七章「結論」：總結中國紀時文化，進而聯繫不同時期的紀時文化，瞭解到紀日時稱蘊含「自然觀測、祭祀活動、國家朝政、郵驛傳遞、吉凶禍福、軍事出征」等觀念，藉著時間詞彙以瞭解秦以前人們生活所關注的焦點。

# 目次

# 凡　例

一、本文採取嚴式隸定，後加□：表示闕一字，而▨：表示所闕字數不詳。〔　〕：依照同文例所增補之字。至於「=」表示合文符號或重文符號。

二、文中的造字多出自中央研究院文獻處理實驗室所發行「漢字構形資庫」。

三、本論文的上古音系統，一律採用郭錫良《漢字古音手冊》（北京：北京大學出版社，1986年）。

四、文中除筆者親炙的師長，尊稱爲「師」，其他學者依循梁啓超《清代學術概論・自序》「篇中對於平生所極崇拜之先輩，與夫極尊敬之師友，皆直書其名」，不稱先生，尚祈見諒。

# 簡稱表

## 一、甲　骨

| 簡　稱 | 全　　稱 | 編　者 |
| --- | --- | --- |
| 《合集》 | 《甲骨文合集》 | 郭沫若 |
| 《補編》 | 《甲骨文合集補編》 | 彭邦炯、謝濟、馬季凡編 |
| 《屯南》 | 《小屯南地甲骨》 | 中國社會科學院考古研究所 |
| 《花東》 | 《殷墟花園莊東地甲骨》 | 中國社會科學院考古研究所 |
| 《英國》 | 《英國所藏甲骨》 | 李學勤、齊文心、艾蘭 |
| 《東京》 | 《東京大學東洋文化研究所藏甲骨文字》 | 松丸道雄 |
| 《懷特》 | 《懷特氏等收藏甲骨文集》 | 許進雄 |
| 《天理》 | 《天理大學附屬參考館甲骨文字》 | 天理大學編 |
| 《蘇德》 | 《蘇、德、美、日所藏甲骨》 | 胡厚宣編 |
| 《北京》 | 《北京大學珍藏甲骨文字》 | 李鍾淑、葛英會主編 |
| 《瑞典》 | 《瑞典斯德哥爾摩遠東古物博物館藏甲骨文字》 | 李學勤、齊文心等編 |

## 二、金　文

| 簡　稱 | 全　　稱 | 編　　者 |
| --- | --- | --- |
| 《集成》 | 《殷周金文集成》 | 中國社會科學院考古研究所編 |
| 《近出》 | 《近出殷周金文集錄》 | 劉雨、盧岩編著 |
| 《新收》 | 《新收殷周青銅器銘文暨器影彙編》 | 鍾柏生、陳昭容、黃銘崇、袁國華編 |

**【專有名詞簡稱表】**

| 網　站　全　名 | 簡　稱 |
|---|---|
| 復旦大學出土文獻與古文字研究中心網站 | 復旦網 |
| 武漢大學簡帛研究中心 | 武漢網 |
| 山東大學文史哲研究院簡帛研究 | 簡帛研究網 |

# 謝　辭

論文終於告一段落，回首昔日種種，心中充滿的是幸福。

本論文的完成，首要感謝寶春老師的指導，沈師的豐厚學養，引領學生走進學術的殿堂，無論在課業、生活態度、處事原則都以身教的方式，讓人永記於心。此外，謝謝許學仁老師、林清源老師、季旭昇老師、許長謨老師提供精闢的論文初審、修訂方向，讓學生受益良多。

論文書寫過程，謝謝生命中的貴人們：東海中文系朱岐祥老師、成大中文系王翠玲老師、許長謨老師、江建俊老師一路走來的提攜、照顧，老師們總是用燦爛的笑容、滿滿的關愛，化解了學生的不安、焦慮的情緒。而彰師大蘇建洲教授、遠東科技大學陳雅雯教授惠贈論文大作，讓本論文得以有豐沛的養分。此外，也感謝同門學弟、學妹們陪伴我走過種種生命歷程，像是：佑仁總是提供大家竹簡新知；甜美的妍伶、欣儀及細心的壯城、郁茹，總是接下許多繁瑣的事物，讓我能全心地面對論文。甚至，論文口試日，欣儀、壯城全力協助、妍伶專程接送教授們，那份感激之情……銘記在心。

再者，是一大群用著無形力量，作堅強的後盾的麻吉團，成大朋友群：嘉璟學姐、怡云學妹、淑君（台文所博士）、博瀚、英娟賢伉儷（教育所博士）照料我在府城的生活。而暨大碩班朋友群：豬頭妹、思慧、培君、惠菁、佩靈，謝謝這群姊妹濤的體諒、包容，令我永遠緬懷草原上的青春歲月。東海同門友人：慧君學姐、維盈學姐、秋桂姐、唯眞、于萱、婉淳，即便多年不見，那份熟悉感，不曾因距離、時空而阻隔。超有義氣瑞能秉持大俠精神，陪我度過生命中的困頓、起落；而陽光嘉賢同學碩班以來的鼓勵，使得成大博班生涯、學習路上永遠不會孤單。

本論文謹獻給：培育我多年的爹娘，謝謝你們養育、體諒，讓身爲么女的我可以無後顧之憂的忙碌著學業。也感謝開明的婆婆，把我當親生女兒一樣疼愛；三姐慧雯以可愛的照片表達關心、疼愛之情。最後，更謝謝老公這十二年來深情守護，讓我體會被捧在手掌心上的幸福。

# 第一章　緒　論

## 第一節　研究動機與目的

所謂「紀時」是古人對一日時間的描述、紀錄，自殷商甲骨已出現紀日時稱，裡頭蘊含先民的天文曆法、文化制度，反映出自然氣候、物候盛衰、星辰運作的變化。先秦紀時方法甚多，隨著不同時期也有各自風貌，其屬文化傳統的一個側面；彰顯不同朝代人們所關注之焦點，故研究一個時期的紀時是深入瞭解該時期文化制度的有利契機〔註1〕。而本文之所以選取該議題作討論核心，乃因昔日學界在「紀時」的部分，幾乎無人通盤探討；有鑑於此，本論文考察出土文獻紀日時稱，分析殷商至秦代人們對於紀時辰、時分所採取之形式，期望瞭解不同時期人們對於紀日時稱使用上的異同。同時，本文於第二章至第四章採取「歷時」爲經、「時稱」爲緯，欲建構晚商至秦代紀時譜序，從而使讀者瞭解先秦出土文獻「紀日時稱」之全貌。

其次，學界對「先秦紀時」探討，多零星記載於天文學相關著作，譬如《中國天文學史》〔註2〕、《中國古代的天文與曆法》〔註3〕等，但上述書籍所

---

〔註1〕黃琳：《居延漢簡紀時研究》（上海：華東師範大學中國語言文學系碩士論文，2006年），頁2。

〔註2〕陳遵嬀：《中國天文學史》第三章「中國歷代天文學簡介」（上海：上海人民出版社，

關注的是曆法體制之演變，未細緻探討「紀日時稱」。同時，部分學者藉助《史記》、《漢書》、《呂氏春秋》等典籍上溯殷商、西周〔註4〕，此類研究雖能尋繹相似「時稱」，但時空遙隔，成果難免侷限、偏頗；惟有運用二重證據法才能詳實地反映人們所運用之紀時語彙。故本論文於第五章第一節以此作探討的語言材料，藉此釐清先秦紀時的發展。

再者，學界對於先秦紀時之方式，僅有宋鎮豪以二重證據作依據，提出先秦人們曾採取「刻漏制、分段紀時制、十二辰制」加以紀時，其中「刻漏制」可溯源《周禮・夏官・司馬》「挈壺氏：掌挈壺以令軍井，挈轡以令舍，挈畚以令糧。凡軍事，縣壺以序聚㯻；凡喪，縣壺以代哭者。皆以水火守之，分以日夜」；而從出土文物之實證，迄今最早的「漏壺」爲西漢時期所造，分別出土在「陝西興平、河北滿城、內蒙古伊克昭盟」〔註5〕等地。上述出土實物證明「刻漏制」在漢代通行，但依里耶秦簡的記載內容，卻能將此制度溯源至秦代，因簡 8－154B 載有「水十一刻下二，郵人得行。圂手」、簡 8－156「水一十刻下五，守府快行少內」反映早在秦代已用水漏計時。

另外，關於先秦「十二時辰予以紀時」則出現睡虎地秦簡〈日書〉乙種〈十二時〉簡 156「〔雞鳴丑，平旦〕寅，日出卯，食時辰，莫食巳，日中午，㬱（日

1980 年）（第一冊），頁 188～222。

〔註3〕陳久金、楊怡著：《中國古代的天文與曆法》（北京：商務印書館，1998 年），頁 115～124。

〔註4〕詳見（1）鍾宗憲：《先秦兩漢文化的側面研究》第一輯「史記八書初探之二」（臺北：知書房出版社，2005 年），頁 41～48、59～77。（2）張聞玉：《古代天文曆法講座》（桂林：廣西師範大學出版社，2008 年）第二講「紀時系統」依據《史記》、《春秋》、《國語》、《左傳》、《周禮》等記載古代「紀年、紀月、紀日、紀時」，頁 30～64。（3）陳美東：《中國古代天文學思》「緒論」依《史記・天官書》、《周禮》、《左傳》、《洪範・五行》探討古代官象授時、官辦天文學的特徵（北京：中國科學技術出版社，2008 年），頁 6～14。（4）張培瑜等著：《中國古代曆法》第三章針對《左傳》、《春秋》曆法加以剖析（北京：中國科學技術出版社，2008 年），頁 164～249。（5）劉操南：《古代天文曆法釋證》將《史記・曆書》、《史記・天官書》、《漢書・律曆志》等予以考辨（杭州：浙江大學出版社，2009 年），頁 3～271。（6）李匯洲、陳祖清：〈《呂氏春秋》與中國古代天文曆法〉，《理論月刊》第 8 期（2010 年），頁 67～69。

〔註5〕宋鎮豪：〈先秦時期是如何紀時的〉，《文史知識》第 6 期（1986 年），頁 80～84。

失）未，下市申，舂日酉，牛羊入戌，黃昏亥，人定〔子〕」，此批竹簡之年代，經饒宗頤、王暉判定爲「戰國晚年至秦初」〔註6〕。至於「分段紀時」始於殷商，延續至兩周，透過甲骨文、金文能證明殷周紀時制度的一脈相承。

綜合上述之內容，可知歷來討論者多傾向在戰國時期（竹簡所載「刻漏制」、「十二辰制」），但西周紀時明顯被忽略。故本論文第三章「兩周金文所見紀日時稱」處理了金文材料，時間上包含：西周時期「自武王至幽王都鎬京」約300年〔註7〕、東周時期「自西元前770年周平王東遷洛邑至西元前256年秦滅六國爲止」的514年，企圖對銘文採取「歷時」研究，建構出兩周時期「紀日時稱」原貌。同時，透過金文材料的排比、分析，希冀釐清昔日不被人們所關注的紀時用語。

總結而言，本論文處理時間限定於「殷商至秦代」，將出土材料鎖定在殷周甲骨文、金文及春秋戰國簡帛文字。故將時代不合之漢簡、三國簡牘一律摒除；且即便時代吻合，但無關「紀時」主題的出土文物，僅以行文稍加說明。另外，第四章採取「分域」之研究，先勾勒出竹簡「紀日時稱」之原貌；再運用楚簡、

---

〔註6〕詳見饒宗頤：〈雲夢秦簡日書研究〉，《楚地出土文獻三種研究》，（北京：中華書局，1993年），頁405。此外，王暉《秦出土文獻編年》亦認爲：「睡虎地簡《日書》甲、乙種約秦昭襄王五十一年（B.C.256年）至秦始皇三十年（B.C.217年）之四十年間」，（臺北：新文豐出版股份有限公司，2000年），頁189～249。

〔註7〕針對西周積年不同之因：「古史說法不同」及「金文資料中月相瞭解不同」，針對「古史說法不同」部分，許倬雲《西周史》（前言）提到：「茲先說古史說法的不同。西周共和以後，年代可據，但共和以前諸王年代有待推定。單以武王伐紂年來說，劉歆根據《武成篇》的資料，以三統曆推定武王伐紂年相當於西元前1122年。但是裴駰《史記集解》、僧一行在《新唐書》『曆志』大衍曆議訂的武王伐紂年，董作賓先生推定相當於西元前1111年。其他的說法還有西周諸王中若干王的年代，分別見於《帝王世紀》等處。又《史記·魯世家》的魯國諸公年代，可用來補共和以前諸王年代的空白。但是今本『魯世家』和《世經》所引『魯世家』，其年代又頗多不同。依據這些不同史料，各家各有選擇，也各有其拼合遷就處，所得結果難免有歧異了」（臺北：聯經出版事業公司，1990年），頁II～IV。關於「金文月相」的部分，葉正渤蒐集了歷來（董作賓、陳夢家、章鴻釗、榮孟源、李仲操、張汝舟、張聞玉、劉啓益、朱鳳瀚、張榮明、李勇）諸家對此論題相關研究，見《金文月相紀時法研究》第三章「月相詞語與西周起年、王年、積年研究」，頁133～191。

秦簡的對比，剖析時人所使用的紀時語彙，得知兩地人們在語用上之分別。

## 第二節　紀日時稱的定義

本文所謂「紀日時稱」指人們紀錄一日時間的名稱〔註8〕，像是殷商甲骨「旦、夕、朝」等字。目前學界對漢語時稱的研究，多關注在「時制（tense）、時態（aspect）」，以上詞語高名凱、呂叔湘等人率先探討〔註9〕，至90年代龔千炎完整地討論現代漢語時制、時態〔註10〕。上述研究者針對「現代漢語」，而探討古漢語「時制、時態」則有王力〔註11〕、李佐豐〔註12〕、劉承慧〔註13〕；綜合諸位學者的說法，可知古代漢語無法在文字本身表現「時態」，僅能透過「字詞」（也、矣）彰顯動作、語句之完成。至於「時制」部分，本文將於第四章「戰國至秦代簡帛所見紀日時稱」予以探討，像是戰國末年睡虎地、放馬灘秦簡分別出現「十二時制」、「十六時制、廿八時制」及周家臺秦簡出現「廿八時制」。

另外，關於「時點」、「時段」也是研究紀時系統中的重要範疇，以上兩詞

〔註8〕昔日學者曾用「紀時、時稱」加以稱呼，像是（1）宋鎮豪：〈試論殷代的紀時制度〉，收入胡厚宣主編：《全國商史學術討論會論文集》（《殷都學刊》增刊，1985年），頁302～336。（2）李宗焜：〈卜辭所見一日內時稱考〉，《中國文字》新18期（1994年），頁173～208。（3）黃天樹：〈殷墟甲骨文所見夜間時稱考〉，收入《黃天樹古文字論集》（北京：學苑出版社，2006年），頁178～193。而我們欲強調論文的研究屬「一日內的時稱」，故訂名爲「紀日時稱」。

〔註9〕參見（1）呂叔湘：《中國文法要略》（臺北：臺灣商務印書館，1977年），頁228。（2）高明凱：《漢語語法論》（上海：開明出版社，1985年），頁375。

〔註10〕龔千炎：《漢語的時相時制時態》把「時態」劃分八大類，即：「（1）完成、實現時態。（2）經歷時態。（3）近經歷時態。（4）進行、持續時態。（5）起始時態。（6）繼續時態。（7）將行時態。（8）即行時」。（北京：商務印書館，1995年），頁44。

〔註11〕王力：《中國語法理論》對「情貌」定義爲「在語言裡，對於動作的表現，不著重在過去現在或將來，而又和時間性有關係者，叫做情貌」。（濟南：山東教育出版社，1984年），頁216～219。

〔註12〕李佐豐：《上古漢語語法研究》，（北京：北京廣播學院出版社，2003年），頁243。

〔註13〕劉承慧：〈先秦「矣」的功能及其分化〉，《語言暨語言學》8卷3期（2007年），頁743～766。劉氏：〈先秦「也」、「矣」之辨——以《左傳》文本爲主要論據的研究〉，《中國語言學集刊》2卷2期（2008年），頁43～71。

爲呂叔湘於 1947 年《中國文法要略》始提出。爾後，丁聲樹、李向農皆對此概念提出不同的看法，經整理之後，可歸納成下表：

| 學　者 | 時　　點 | 時　　段 |
| --- | --- | --- |
| 呂叔湘〔註 14〕 | 包含「實指性時間詞」（晉太元中）、「通指性時間詞」（今／來）、「無定指稱性時間詞」（天天／時時）。 | 表示時間長短，或應用「年、月、日」等單位。 |
| 丁聲樹〔註 15〕 | 表示「什麼時候」，說的是：時間的位置、時間的早晚。 | 表示「多少時候」，說的是：時間長短、時間的久暫。 |
| 李向農〔註 16〕 | 表示「時位」，即時間位置的功能。 | 表示「時量」，即時間長短的功能。 |

三位學者對「時點、時段」之看法，又以李向農《現代漢語時點時段研究》論述最爲詳細，書中採用下列三種方法分辨之，即：

|  | 時　　點 | 時　　段 |
| --- | --- | --- |
| 表達功能 | ◎可以用來推算和指定時間的順序位置。<br>◎可以定指古往今來的一個時間或特指相對於說話時間的一個時間。 | ◎可以用來計算和劃分時間的長短段落。<br>◎可以表示具有起點和終點。<br>◎可以表示長或短的一段時間。 |
| 指代詞關係 | ◎可以回答「什麼時候」的提問。<br>◎可以用「這個時候／那個時候」來指稱。 | ◎可以回答「多長時間」的提問。<br>◎可以用「這段時間／那段時間」來指稱。 |
| 語言結構 | ◎以「某時／時候／時分／時節／時刻」爲代表形式。 | ◎以「某（的）時間／時期／期間／功夫／階段內」爲代表形式。 |

上表將「時點、時段」的內涵、構成形式、表意功能等方面作了完整的分析。而本論文述及的紀日時稱，涵蓋「時點、時段」之概念。

〔註 14〕 呂叔湘：《中國文法要略》，頁 218～222。

〔註 15〕 丁聲樹等著：《現代漢語語法講話》第八章「時間詞、處所詞、方位詞」（北京：商務印書館，1999 年），頁 69～72。

〔註 16〕 李向農：《現代漢語時點時段研究》（武昌：華中師範大學出版社，2003 年），頁 18～20。

## 第三節　研究範圍與方法

### 一、研究範圍

本文主要材料依據係以「甲骨」、「青銅器」、「簡帛」三大類爲限，選取時代範圍上自殷商下迄秦代，以下分別羅列本論文材料的來源，有：

#### （一）甲　骨

自 1899 年殷墟卜辭出土後，學者紛紛投入心血加以研究，至 1903 年始有第一本甲骨文專著《鐵雲藏龜》（拓片）石印成書，其標誌了甲骨研究的發端。到了 1978 年出版《甲骨文合集》，象徵了甲骨學進入甲骨資料刊布的興盛。而本文所運用的甲骨材料爲：

1. 中國社會科學院歷史研究所編、郭沫若主編：《甲骨文合集》，上海：中華書局，1978 年～1983 年。
2. 中國社會科學院考古研究所編：《小屯南地甲骨》，上海：中華書局，1980 年～1983 年。
3. 松丸道雄：《東京大學東洋文化研究所藏甲骨文字》，東京：東京大學東洋文化研究所，1983 年。
4. 雷煥章：《法國所藏甲骨錄》，臺北：光啓出版社，1985 年。
5. 天理大學編：《天理大學附屬參考館甲骨文字》，東京：天理教道友社，1987 年。
6. 許進雄編著：《懷特氏等收藏甲骨文集》，多倫多：皇家安大略博物館，1991 年。
7. 李學勤、齊文心、艾蘭編：《英國所藏甲骨集》，北京：中華書局，1992 年。
8. 雷煥章：《德瑞荷比所藏一些甲骨錄》，臺北：光啓出版社，1997 年。
9. 胡厚宣編：《蘇、德、美、日所藏甲骨》，成都：四川辭書出版社，1998 年。
10. 彭邦炯、謝濟、馬季凡編：《甲骨文合集補編》，北京：語文出版社，1999 年。
11. 李學勤、齊文心等編：《瑞典斯德哥爾摩遠東古物博物館藏甲骨文字》，北京：中華書局，1999 年。

12. 中國社會科學院考古研究所編：《殷墟花園莊東地甲骨》，昆明：雲南人民出版社，2003 年。

13. 李鐘淑、葛英會主編；北京大學中國考古學研究中心、北京大學考古文博學院編：《北京大學珍藏甲骨文字》，上海：上海古籍出版社，2008 年。

上述甲骨文材料中，《甲骨文合集》蒐集 41956 片，《小屯南地甲骨》爲 4626 片，《英國所藏甲骨集》有 2674 片，《東京大學東洋文化研究所藏甲骨文字》1315 片，《懷特氏等收藏甲骨文集》爲 1915 片，共計 52486 片；此五套書籍經由姚孝遂等人編纂，按字形分門別類，輯爲《殷墟甲骨刻辭類纂》〔註 17〕，是目前甲骨文研究者重要之檢索工具書，故本文個別辭例檢索亦參考之。

另外，《甲骨文合集補編》共收錄 13450 片，是書爲《甲骨文合集》所未收或漏列的材料，也汲取學界甲骨綴合之成果。同時，《天理大學附屬參考館甲骨文字》692 片、胡厚宣《蘇德美日所見甲骨集》421 片，爲 80 年代海外流散的甲骨著錄本，本文蒐羅甲骨材料時，也將兩書納入參考範疇。

至於《殷墟花園莊東地甲骨》是 1991 年河南安陽殷墟花園莊東地 H3 坑所挖掘出土的儲存甲骨 1583 片（卜甲 1558 片，卜骨 25 片），屬於非王卜辭一類一個名「子」的貴族所擁有的甲骨。整批材料經整理後，共計有字甲骨 561 版，經科學挖掘、地層斷定，研判本批甲骨隸屬「武丁早期非王卜辭」〔註 18〕，其與𠂤組卜辭時代相近，故本論文在探討𠂤組「時稱」時，一併將花東甲骨納入探討，企圖勾勒完整的武丁早期「紀日時稱」。

最後，關於《北京大學珍藏甲骨文字》，本套書蒐集 2929 片甲骨，書中材料來源是北京大學研究所與燕京大學國學研究所舊藏，也替本論文提供更爲完整的甲骨文材料。

---

〔註 17〕姚孝遂編：《殷墟甲骨刻辭類纂》（北京：中華書局，1989 年）。

〔註 18〕中國社會科學院考古研究所編：《殷墟花園莊東地甲骨》第一分冊〈前言〉提到：「花東 H3 卜辭的歷史時代，大體上相當於武丁前期。這一結論，與 H3 坑所處的地層關係和共存陶器也基本吻合」及第一冊〈H3 卜辭的性質〉「花東甲骨是屬於武丁中期以前的非王卜辭」，（昆明：雲南人民出版社，2003 年），頁 35、26。

### （二）青銅器

從西漢以來，中國各地陸續發現銅器銘文，《說文・敘》曾言「郡國亦往往于山川得鼎彝」，至北宋始舉金石以論史，遂見呂大臨《考古圖》、歐陽修《集古錄》、趙明誠《金石錄》、《宣和博古圖》等著述豐富。乾隆以後，金石學發展達到鼎盛，阮元《積古齋鐘鼎彝器款識》、吳榮光《筠清館金文》、吳式芬《攈古錄金文》等書籍陸續出版。自民國以後，眾多青銅器分散在浩瀚的著錄書海中，搜尋極爲不便；有鑑於此，中國社會科學院考古研究所開始廣泛地蒐羅有字的銘文，出版了《殷周金文集成》。下列書籍是本論文所用的金文材料，即：

1. 中國社會科學院考古研究所編：《殷周金文集成》，北京：中華書局，1984 年～1994 年。
2. 劉雨、盧岩編著：《近出殷周金文集錄》，北京：中華書局，2002 年。
3. 鍾柏生、陳昭容、黃銘崇、袁國華編：《新收殷周青銅器銘文暨器影彙編》，臺北：藝文印書館，2006 年。

上述《殷周金文集成》收錄圖版 12113 版，共計 11983 件青銅器，爲從事金文研究的重要參考材料。同時，自《殷周金文集成》出版後，中國各地仍陸續出土殷周金文，劉雨等人遂將新出土之金文、考古報告、銅器圖錄等資料，按《殷周金文集成》體例編輯成《近出殷周金文集錄》。書中共收 1354 件器，蒐集資料至 1999 年 5 月底，並將每器詳記器號、器名、字數、時代、度量、著錄、出土、流傳、現藏地加以註明，以利於讀者研究。本文所徵引之器名、編號皆出此二書。

另外，2006 年鍾柏生、陳昭容、黃銘崇、袁國華合編《新收殷周青銅器銘文暨器影彙編》，書內收錄《殷周金文集成》所遺漏的 2005 件器物，其中部分銅器銘文雖已見《近出殷周金文集錄》，但仍屬迄今收錄銘文拓本資料中最新之著作。總之，以上三套書籍已涵蓋當前金文出土材料之大貌。而近年來學界陸續對《殷周金文集成》內容重新校釋，有：（1）中國社會科學院考古研究所編：《殷周金文集成釋文》（香港：香港中文大學中國文化研究所，2001 年）。（2）中國社會科學院考古研究所編：《殷周金文集成：修訂增補本》（北京：中華書局，2007 年）。至於，本論文在蒐集青銅器材料除上述專著之外，也檢閱出土報告、相關論著適度補入。

### （三）簡　帛

自 19 世紀末以來，中國各地陸續挖掘大量的出土文物，尤其以竹簡爲最大宗，使得學者投入大量心血加以研究，並將簡文資料集結成冊，迄今已出版戰國末年至秦代之竹簡、帛書，分別有：

1. 饒宗頤、曾憲通編：《楚帛書》，香港：中華書局，1985 年。
2. 湖北省荊沙鐵路考古隊編：《包山楚墓》，北京：文物出版社，1991 年。
3. 湖北省文物考古研究所、北京大學中文系編：《江陵望山楚簡》，北京：中華書局，1995 年。
4. 湖北省文物考古研究所、北京大學中文系編：《九店楚簡》，北京：中華書局，2000 年。
5. 馬承源主編：《上海博物館藏戰國楚竹書（一）》，上海：上海古籍出版社，2001 年。
6. 馬承源主編：《上海博物館藏戰國楚竹書（二）》，上海：上海古籍出版社，2002 年。
7. 馬承源主編：《上海博物館藏戰國楚竹書（三）》，上海：上海古籍出版社，2003 年。
8. 馬承源主編：《上海博物館藏戰國楚竹書（四）》，上海：上海古籍出版社，2004 年。
9. 馬承源主編：《上海博物館藏戰國楚竹書（五）》，上海：上海古籍出版社，2005 年。
10. 馬承源主編：《上海博物館藏戰國楚竹書（六）》，上海：上海古籍出版社，2007 年。
11. 馬承源主編：《上海博物館藏戰國楚竹書（七）》，上海：上海古籍出版社，2008 年。
12. 馬承源主編《上海博物館藏戰國楚竹書（八）》，上海：上海古籍出版社 2011 年。
13. 河南省文物考古研究所編著：《新蔡葛陵楚墓》，鄭州：大象出版社，2003 年。
14. 清華大學出土文獻研究與保護中心編、李學勤主編：《清華大學藏戰國竹簡（壹）》，上海：中西書局，2010 年。

上述竹簡的出土地集中於湖北、湖南、河南三省，其中湖北省有「江陵」（發現望山、藤店、天星觀、九店、秦家嘴、雞公山、磚瓦場楚簡）、「隨縣」（曾侯乙墓竹簡）、「荊門」（包山、郭店楚簡）；而湖南在「黃岡」（曹家崗）與「長沙」（五里牌、仰天湖、楊家灣）、「常德」（夕陽坡）及「慈利」（石板村）發現諸多簡文。至於河南省則出土「信陽長臺關楚簡」、「新蔡葛陵楚簡」。整體來說，2004年至今已有19批戰國楚簡被當地考古隊所挖掘；其中只有「江陵」藤店、雞公山、「慈利」石板村楚簡尚未正氏發表，上述簡文內容多半已集結成冊或散見出土報告、相關論著，譬如：《楚地出土戰國簡冊〔十四種〕》收錄「包山2號墓簡冊、郭店1號墓簡冊、望山1號墓簡冊、望山2號墓簡冊、九店56號墓簡冊、九店621號墓簡冊、曹家崗5號墓簡冊、曾侯乙墓簡冊、長臺關1號墓簡冊、葛陵1號墓簡冊、五里牌406號墓簡冊、仰天湖25號墓簡冊、楊家灣6號墓簡冊、夕陽坡2號墓簡冊」〔註19〕。

另外，本文運用的秦簡出土材料，則有：

1. 睡虎地秦墓竹簡整理小組編：《睡虎地秦墓竹簡》，北京：文物出版社，1990年。
2. 中國文物研究所、湖北省文物考古研究所編：《龍崗秦簡》，北京：中華書局，2001年。
3. 湖北省荊州市周梁玉橋遺址博物館編：《關沮秦漢簡牘》，北京：中華書局，2001年。
4. 甘肅省文物考古研究所編：《天水放馬灘秦簡》，北京：中華書局，2009年。
5. 張春龍主編：《湖南里耶秦簡》，重慶：重慶出版社，2010年。
6. 朱漢民、陳松長主編：《嶽麓書院藏秦簡（壹）》，上海：上海辭書出版社，2010年。

上述六批材料爲秦簡，出土地並非侷限在「秦」地，部分竹簡甚至出土於湖北、湘西，其中《關沮秦漢簡牘》收錄周家臺秦簡，此批材料蘊含大量《日書》，書中內容能與「睡虎地」、「放馬灘」相對比，同樣彰顯秦文化之特色。値得注意的是，我們雖也尋繹「四川青川郝家坪秦木牘」、「湖北睡虎地4號秦木牘」等，

〔註19〕陳偉：《楚地出土戰國簡冊〔十四種〕》（北京：經濟科學出版社，2009年）。

但以上幾批出土材料並無涉及紀時語彙，於第四章各節開頭處，採用表格方式以列舉「不含紀日時稱」的秦、楚簡，以供讀者參酌。

整體而言，本論文企圖全面蒐羅殷商至秦代出土材料，以建構不同時期紀時之概況；惟有透過原始材料的呈現，才能精確顯示各時期使用的詞彙，進而彰顯「先秦紀日時稱」完整性與差異性。

## 二、研究方法

本論文所採的研究方法，分別是：

### （一）歸納法

本論文預先將商周、兩周等出土材料加以分門別類，再歸納相關字例，企圖尋繹先秦人民「紀時」用詞。此外，透過相同時期、不同載體的甲文、金文、簡文，更能理解殷商至秦代各時期詞彙使用之異同。

### （二）定量分析法

所謂「定量分析」為唐鈺明所提出，即「將處於隨機狀態的某種語言現象給予一定的數量統計，然後通過頻度、頻度鏈等量化形式來揭示這類現象背後所隱藏的規律性」〔註 20〕。藉助此方法，本論文將材料通盤蒐羅成果，置於文末〔附錄〕，可進一步反映紀日時稱的時代演變規律，使本研究得以建立在科學基礎上，確切掌握紀日時稱於殷末、兩周、秦代的變化。

### （三）二重證據法

此方法為王國維在 1925 年所提倡，他認為「吾輩生於今日，幸於紙上之材料外，更得地下之新材料。由此種材料，我輩固得據以補正紙上之材料，亦得證明古書之某部分全為實錄，即百家不雅馴之言，亦不無表示一面之事實。此二重證據法惟在今日始得為之」〔註 21〕。即運用「地下之新材料」與「古文獻」記載相互印證，企圖用考古補正歷史文化。近日更有學者建基於王氏之說，提出「三重證據法」，即將考古材料細分作「考古資料」和「古文字資料」兩部分

〔註 20〕唐鈺明：《定量和變換——古文字資料詞匯語法研究的重要方法》（廣州：中山大學中文研究所博士論文，1988 年），頁 2。

〔註 21〕王國維：《古史新証——王國維最後的講義》第一章總論（北京：清華大學出版社，1994 年），頁 2。

〔註 22〕。本文於第二章分析金文紀日時稱、第五章「殷商至秦代紀日時稱之探討」，皆採取《左傳》、《詩經》等文獻與出土文物相互對應，即此方法之應用。

### （四）共時、歷時研究法

本文的「共時、歷時研究法」源自語言學家索緒爾，曾提出「語言要與說話的大眾、時間結合才有意義」，且「語言」因時間、空間改變，產生不同之形式，遂將語言研究劃分「共時語言學」及「歷時語言學」。其中「共時語言學的目的是要確立任何特異共時系統的基本原則，任何語言狀態的構成因素」；「歷時語言學」則研究語言在較長歷史時期中所經歷的變化〔註 23〕。從上述內容可知「分析語言」必須透過共時、歷時之對比，故本論文考察殷商、西周、春秋戰國紀日時稱之內容，並將其與時代相近的傳世文獻相互對比，進而觀察出紀日時稱在殷商、西周、東周、秦代各時期橫斷面的特色。另外，藉助「歷時研究」瞭解殷商至秦代紀日時稱的演變，從而建構不同時期紀日時稱樣貌。

## 第四節　研究回顧

本節的主軸，先著墨於歷來學者對時間議題的探討作一回顧，主要根據不同出土材料整理之。

### （一）甲骨方面

自殷墟甲骨出土後，對「紀時制度」僅有少數學者加以論述，且觀點有所分歧。例如：董作賓提出殷商「重在晝，不在夜⋯⋯紀時、紀日之法，新舊兩派，略又不同」〔註 24〕；爾後，陳夢家、宋鎮豪、李宗焜、常玉芝、黃天樹紛

---

〔註 22〕饒宗頤著：《饒宗頤新出土文獻論證》（上海：上海古籍出版社，2005 年），頁 68～69。

〔註 23〕（瑞士）費爾迪南・德・索緒爾（Ferdinand de Saussure）著；高名凱譯：《普通語言學教程》（北京：商務印書館，1999 年）第一編「一般原理」第三章「靜態語言學和演化語言學」、第二編、第三編「共時語言學、歷時語言學」，頁 143、144～213。

〔註 24〕董作賓：《殷曆譜》上編卷一〈殷曆鳥瞰〉，歸納殷商紀時法，並將晚商 273 年劃分爲新派、舊派兩類紀時法，分別是：舊派（武丁、文武丁）：明→大采→大食→中日（日中）→昃→小食→小采→夕（全夜）；新派（祖甲、廩辛、康丁、帝乙、帝辛）：妹→兮→朝→中日→暮→昏→夕（全夜）。《董作賓先生全集》乙編第一冊

紛對此議題表示看法〔註 25〕。其中，陳氏以「武丁卜辭」作區隔，輔以傳世文獻，歸納殷商與今日紀日時稱對照表，參見〔附表一〕。宋鎮豪則依董作賓之斷代分期，終提出「時稱」出現頻率以三、四期（「廩辛、康丁」與「武乙、文丁」）卜辭居冠，其次爲武丁卜辭，再次爲二期祖庚、祖甲時期，帝乙、帝辛時期所見最少。常玉芝則進一步將甲骨分組分類，蒐羅各期時稱之區別。以上學者意見彼此之間仍存歧見，例如：其一、各時期時稱之別？其二、時稱與傳世文獻之對照。有鑑於此，唯有藉助實際地搜羅甲骨文材料，將其以「分組分類」的方式，對比各時期「紀日時稱」的差異，希冀瞭解殷商人民不同時期對「時稱使用」之異同。因此，本論文第二章試圖釐清甲骨文各時期「紀日時稱」之別，使殷商紀時制度得以完善地重現。

### （二）青銅器方面

關於兩周青銅器之紀時，宋鎮豪〈先秦時期是如何紀時的〉僅以「西周時代大概承用殷人的紀時制，西周典籍和金文中出現的時稱與甲骨文大致相同」簡略地帶過〔註 26〕。但究竟西周銘文有多少時稱？是否與殷商一樣兼具時間差異？目前未有人關注此議題。但值得注意的是，諸多文獻如《詩經》、《春秋》、《左傳》等確實已見「分段紀時」之條目，若《詩經・白駒》:「縶之維之，以永今朝」、〈雨無正〉:「三事大夫，莫肯夙夜；邦君諸侯，莫肯朝夕」、〈北山〉:「朝夕從事」、〈何草不黃〉:「朝夕不暇」、〈女曰雞鳴〉:「女曰：『雞鳴』，士曰：『昧旦』」、〈東方未明〉:「不能辰夜，不夙則莫」。有鑑於此，本文在於第三章「兩周金文紀日時稱」透過相同時代青銅器銘文與傳世文獻相

---

（臺北：藝文印書館，1977 年），頁 30～35。

〔註 25〕詳見（1）董作賓：〈殷代的紀日法〉，《臺大文史哲學報》第 5 期（1953 年），頁 388。（2）陳夢家：《殷虛卜辭綜述》第七章第三節「一日內的時間分段」（北京：中華書局，1988 年），頁 229～233。（3）宋鎮豪：〈試論殷代的紀時制度〉，收入胡厚宣主編：《全國商史學術討論會論文集》（《殷都學刊》增刊，1985 年），頁 302～336。（4）李宗焜：〈卜辭所見一日內時稱考〉，《中國文字》新 18 期（1994 年），頁 173～208。（5）常玉芝：《殷商曆法研究》（長春：吉林文史出版社，1998 年），頁 135～180。（6）黃天樹：〈殷墟甲骨文所見夜間時稱考〉，《黃天樹古文字論集》（北京：學苑出版社，2006 年），頁 178～193。

〔註 26〕宋鎮豪：〈先秦時期是如何紀時的〉，頁 81～82。

互參照，瞭解到兩周銅器紀日時稱使用情況。

### （三）簡帛、木牘方面

本論文第四章「戰國至秦代出土文獻紀日時稱」透過竹簡、帛書、木牘上的文字記載，瞭解當時人們在時辰之運用。針對「竹簡紀時」的討論，最常被學界徵引的是于豪亮之論點，即：秦漢間施以「曆法家的十二時制」及「民間的十六時制」〔註27〕。爾後，學界對於簡文紀日時稱研究概況，參見下表：

| 學　者 | 內　　容 |
| --- | --- |
| 于成龍〔註28〕 | 針對楚簡紀時加以討論，主張「目前出土的楚簡中沒有記載紀時系統」。 |
| 魏德勝〔註29〕 | 著墨於睡虎地秦簡語法，文中討論「十二時制」及「夙暮」、「晝夕」部分紀日時稱。 |
| 何雙全〔註30〕 | 討論放馬灘「紀時」有「十二時辰」及「十六時辰」，進而重新印證于豪亮之說法。 |
| 吉仕梅〔註31〕 | 探討簡帛之語法，書中「名詞」未述及紀日時稱。 |
| 陳　偉〔註32〕 | 先討論九店、天星觀楚簡，關注於「紀月法」、「紀年法」。 |

綜合上述學者之觀點，可知于成龍則是在博士論文第一章第五節「紀時法」探討楚簡紀時，但蒐集大多爲秦簡資料（睡虎地、放馬灘、周家臺），眞正以楚簡爲核心卻僅有五條，顯然搜羅材料不夠齊全，且引證內容待商榷，因徵引三條楚簡殘闕不全，使得研究成果不盡可信。至於魏德勝、何雙全主要對於睡虎地

〔註27〕于豪亮：〈秦簡《日書》紀時紀月諸問題〉《雲夢秦簡研究》（北京：中華書局，1981年），頁436～439。

〔註28〕于成龍：《楚禮新證——楚簡中的紀時、卜筮與祭禱》（北京：北京大學考古文博學院博士論文，2004年），頁13～15。

〔註29〕詳見（1）魏德勝：《《睡虎地秦墓竹簡》語法研究》（北京：首都師範大學出版社，2000年），頁58～59。（2）魏德勝：《《睡虎地秦墓竹簡》詞彙研究》（北京：華夏出版社，2002年），頁76、78～79

〔註30〕何雙全：《雙玉蘭堂文集》下「捌、從《放》簡《日書》看秦代社會」（臺北：蘭臺出版社，2002年），頁592。

〔註31〕吉仕梅：《秦漢簡帛語言研究》第五章至第八章（成都：巴蜀書社，2004年），頁134～226。

〔註32〕陳偉：《新出楚簡研讀》第二章第三節（武漢：武漢大學出版社，2010年），頁69～81。

秦簡、放馬灘秦簡中「紀時」探討。而吉氏《秦漢簡帛語言研究》完成於 2004 年，是書述及「量詞」、「副詞」、「介詞」、「連詞」，卻忽略秦簡紀時詞彙（名詞）。其後，陳偉《新出楚簡研讀》第二章第三節論及「新發表楚簡資料所見的紀時制度」，探討九店、天星觀「紀月法」、「紀年法」，進而比較九店楚簡《日書》與睡虎地秦簡《日書》曆法。面對諸多之說法，啓人疑竇的是：楚、秦竹簡究竟有多少紀日時稱？運用哪些方式予以紀時？秦、楚紀時之異同？針對上述諸多疑點，學界目前無人通盤探討；有鑑於此，第四章的核心在探討戰國時期楚、秦兩地紀時之詞彙，並採取分域的方式來論述。

綜合以上研究回顧可知，目前研究先秦紀時之概況多散見單篇論文，而近日大陸開始有學位論文企圖探討「時間觀念」，即《居延漢簡記時研究》。但是文限於篇幅，無法深入詳細剖析；同時，文內僅對漢簡、漢代文獻加以論述〔註 33〕。因此，學界迄今依舊無人以「時間」爲主軸綜觀先秦之紀日時稱。

因此，本文擬將不同時代紀日時稱加以對比，企圖瞭解先秦人民的用字習慣。探討的材料除甲骨文外，更將擴及到銅器銘文、簡帛，藉此來釐清人們書寫於不同載體、不同時代，在紀時語彙上是否具有差異。

總之，本文探討殷商至秦代文字對時間的紀錄，因古代紀時深受農業、陰陽五行等影響，且從現存傳世經籍無法完整反映當時生活的全貌，故需考察先秦出土文獻的紀時使用情況。這包含甲骨、金文、簡帛之文字，並需結合其語境、語言形式，方能瞭解殷周、春秋戰國、秦代在生活中所使用的紀時方式與紀時語言，進而體現不同時代人們對於「時間」的觀念。

〔註 33〕黃琳：《居延漢簡記時研究》（上海：華東師範大學中國語言文學系碩士論文，2006 年）。

# 第二章　殷商甲骨所見紀日時稱

殷商時期對於時間概念爲何？本章企圖釐清當時人們對時間觀念的異同，並藉助「歷時」爲經、「時稱」爲緯，建構晚商紀時譜序，從而使讀者瞭解殷商甲骨的紀時用語。

關於先秦紀時制度，主要有「刻漏制、分段紀時制、十二辰制」三類〔註1〕，其中「分段紀時制」，宋鎮豪曾指出「分段紀時之制起自何時不詳。早在大汶口文化時期的陶文，已有旦、昃兩字」〔註2〕，但「陶文」是否屬於文字，尚存爭議；且大汶口出土陶文僅出現單獨的符號，並無完整的「詞彙或句子」，也不具備文字的「形、音、義」三要素。因此，我們認爲「分段紀時法」能追溯確切的時期，應從「殷商」開始，故以此爲核心。

針對「殷商紀時議題」之討論，始於1945年董作賓《殷曆譜》，書中提出殷商「重在晝，不在夜……紀時、紀日之法，新舊兩派，略又不同」〔註3〕。爾

〔註1〕宋鎮豪：〈先秦時期是如何紀時的〉，《文史知識》第6期（1986年），頁80～84。

〔註2〕宋鎮豪：〈試論殷代的紀時制度〉，胡厚宣主編：《全國商史學術討論會論文集》（《殷都學刊》增刊，1985年），頁302～336。

〔註3〕董作賓：《殷曆譜》上編卷一〈殷曆鳥瞰〉，歸納殷商紀時法，並將晚商273年區分爲新派、舊派兩類紀時法，分別是：舊派（武丁、文武丁）：明→大采→大食→中日（日中）→昃→小食→小采→夕（全夜）；新派（祖甲、廩辛、康丁、帝乙、帝辛）：妹→兮→朝→中日→暮→昏→夕（全夜）。是說收錄於《董作賓先生全集》乙

後，陳夢家、宋鎮豪、李宗焜、常玉芝、黃天樹、馮時紛紛對此議題表示看法〔註4〕，其中陳氏以「武丁卜辭」作區隔，輔以傳世文獻（頁233，〔附表一〕）。而宋鎮豪則依董作賓之斷代分期，新提出「殷商時稱」出現頻率，在三、四期（「廩辛、康丁」與「武乙、文丁」）卜辭居冠，其次爲武丁卜辭，再次是二期祖庚、祖甲時代，帝乙、帝辛所見最少（頁306）。

隨著甲骨文研究的日益精細，分組、分類的觀念也運用卜辭紀時之探討，譬如：常玉芝統整殷商各期的紀日時稱（詳見〔附表二〕），我們透過整理學者們之意見，發現各家說法仍存歧見，像是：（一）各時期在時稱之別。（二）紀日時稱與傳世文獻之對照。

面對以上兩點疑惑、眾多說法的分歧，本章藉助實際地分析殷商甲骨文原材料，才能解決上述疑問，釐清各家說法之是非。因此，本章先施行「分組分類」把甲骨先行作「時代的區隔」，採用「時間先後順序」爲主軸〔註5〕，再對比殷商各時期「紀時用語」，希冀瞭解殷商人們在不同時期對於「紀日時稱」使用的異同。

---

編第一冊（臺北：藝文印書館，1977年），頁30～35。

〔註4〕詳見（1）董作賓：〈殷代的紀日法〉，《臺大文史哲學報》第5期（1953年），頁388。（2）陳夢家：《殷虛卜辭綜述》第七章第三節「一日內的時間分段」（北京：中華書局，1988年），頁229～233。（3）宋鎮豪：〈試論殷代的紀時制度〉，頁302～336。（4）李宗焜：〈卜辭所見一日內時稱考〉，《中國文字》新18期（1994年），頁173～208。（5）常玉芝：《殷商曆法研究》（長春：吉林文史出版社，1998年），頁135～180。（6）黃天樹：〈殷墟甲骨文所見夜間時稱考〉，《黃天樹古文字論集》（北京：學苑出版社，2006年），頁178～193。（7）馮時：〈殷代紀時制度研究〉，《考古學集刊》第16集（北京：科學出版社，2006年），頁287～345。（8）馮時：《百年來甲骨文天文曆法研究》第五章第一節「時辰」（北京：中國社會科學出版社，2011年），頁140～190。

〔註5〕本文分組、分期及甲骨文之時代劃分依據李學勤、彭裕商：《殷墟甲骨分期研究》（上海：上海古籍出版社，1996年），頁326。且爲避免贅述，行文涉及卜辭斷代皆引自李學勤、彭裕商之說法，採取隨文附註書名、頁碼之方式；此外，常玉芝雖將殷墟卜辭時稱予以分組分期，但卻將「𠂤組」與「賓組」合併討論（《殷商曆法研究》，頁152），本文經實際蒐羅甲骨之原材料，發現（「𠂤組」與「賓組」）兩組卜辭雖同隸屬武丁時期，但「時稱」有所差異，故採用分別羅列方式，呈現殷商同期詞彙之別。

# 第一節　𠂤組、子組所見紀日時稱

關於「𠂤組」被學者視爲武丁較早之卜辭〔註6〕，本時期所出現的紀時用語，有：

## 一、旦（日出之時）

《合集》21025

九日辛亥旦大雨自東，小☐〔虹〕西。　　𠂤小字

首先，甲骨文「旦」寫作「☐」，象日出地上之形，此字爲于省吾所考釋，于氏依《說文》「旦，明也」，率先指出「旦」爲「時稱」〔註7〕；爾後，學界紛紛藉助文獻記載，研判「旦」的對應時間，像是：陳夢家《殷虛卜辭綜述》提出「卯時說」（早上五點～七點）、宋鎭豪〈試論殷代的紀時制度〉主張「寅時說」（凌晨三點到五點）〔註8〕。面對不同之說法，必須藉助其他時期的「旦」字句卜辭加以分辨，因此，透過無名、賓組卜辭涉及「旦」的內容，發現：殷商人們曾經在此時段進行「祭祀」、「戰爭」、「田獵」、「偵測天象」，分別見於《合集》40513「貞：燎于旦十〔牛〕」、《合集》26897「癸于旦廼伐，𢦏」、《合集》28566「于旦王廼田，亡𢦏」、《合集》29272、29781「旦至于昏不雨」。從以上列舉的例子，研判若「旦」處於凌晨時分，卻能進行田獵、征伐等重大戶外行爲，非常不合邏輯；故本文認爲陳夢家將「旦」研擬的時間（日出之時），較爲可信。

再者，從傳世文獻也能證明上述「旦」之說法，譬如《尚書・太甲》「先王昧爽丕顯，坐以待旦」，故本文將卜辭的「旦」視爲「日出之時」，指「天剛亮」的時稱。此外，引文《合集》21025 屬驗辭，版內的前辭、命辭雖有所殘闕，依據現存「九日辛亥旦大雨自東」可說明兩點現象：其一、武丁時期史官事後追刻天象之情況。其二、殷商人們對於降雨記載甚爲詳細，除了說明「時間」

〔註6〕學者經坑位、地層考察𠂤組卜辭，指出其所處的考古學分期爲殷墟一期，當在武丁早期。詳見中國社會科學院考古研究所：《殷墟的發現與研究》（北京：科學出版社，1994年），頁169～170。

〔註7〕于省吾：〈釋☐〉，《殷契駢枝全編》（臺北：藝文印書館，1975年），頁10～12。

〔註8〕詳見（1）陳夢家：《殷虛卜辭綜述》，頁233。（2）宋鎭豪：〈試論殷代的紀時制度〉，頁332。

（九天後辛亥日）、「時稱」（日出之時）、「降雨程度」（雨勢大）、「降雨方位」（東方）。

## 二、明（日出天明之時）

《合集》20190

甲申卜，𠂤，王令亶人日明[illegible]（奔）于京？　　𠂤小字

《合集》21016

癸亥卜，貞：旬？二月。乙丑夕雨。丁卯明雨。戊小采日雨，止〔風〕。己明啓。　　𠂤小字

首先，《合集》20190「明」爲「時稱」，經陳夢家推斷「明」相當於「早上六點，卯時」（《綜述》，頁229、233），但殷商人們對時間未曾有如此縝密概念，若輕易地將本時稱與卯時相結合，存在相當大的危險。而本文僅能從賓組卜辭（《合集》11506）加以研判：「明」位處「食日」前，應指「日出天明之時」〔註9〕。

值得注意的是，陳夢家、常玉芝曾指出《說文》「昧爽，旦明也」，是誤將「昧」與「旦明」混淆；但實際上，「昧爽與旦」有別，透過文獻《尚書・太甲》「先王昧爽丕顯，坐以待旦」，可知彼此發生的順序爲：「昧爽」在「旦」之前。

同時，昔日深受《說文》「旦，明也」之影響，陳夢家、常玉芝皆主張「旦、明」代表相同的時間，然宋鎮豪不贊成上述說法，並將卜辭「旦」擬定於「寅時」（凌晨三到五點），而「明」作爲「卯時」（早上五點到七點）〔註10〕。上述兩派說法，各自有文獻作爲依據，前者「相同說」見於《說文》及《儀禮・少牢饋食禮》「旦明行事」。但《儀禮》中〈士虞禮〉「將旦而祔，則薦」及〈既夕禮〉「質明，滅燭。徹者升自阼階，降自西階」亦見「旦、明」個別出現之例子。故單純以傳世文獻而論，無法消弭「『旦、明』異同」之爭議。

依據本文所蒐集殷商至秦代的出土文獻（〔附錄一〕至〔附錄三〕），反倒證明了「旦、明」隸屬「相鄰」的紀時用語，因無論是甲骨、金文或簡文從未出

〔註9〕常玉芝：《殷商曆法研究》，頁152～154。

〔註10〕宋鎮豪〈試論殷代的紀時制度〉提到「在甲骨文中，日出日落的時稱，一期有旦、明、大采，而明與大采時區是重合的」，頁316～317。

現「旦明」合稱之例。此外，目前所見「旦、明」合稱的例子，僅見於傳世文獻，譬如《淮南子・天文訓》「至于曲阿，是謂旦明」、《易林》「專征束裝，俟時旦明」等，上述典籍皆屬於「漢代」以後之作。

至於《合集》20190的內容，動詞「[glyph]」字，姚萱根據分析其構形、金文辭例，研判其作「奔」，並將「甲申卜，自，王令𪓐人日明[glyph]（奔）于京」理解成「商王命令𪓐族之人在天明之時奔走於農田所在地『京』服勞役」〔註11〕。

此外，透過文例相互比對，得知《合集》21016命辭與「卜旬」有密切相關〔註12〕，本版驗辭追刻當旬四日天氣情況，透過「干支＋時稱＋天候情況」句型予以呈現，其中「夕」、「明」、「小采」皆爲「時稱」，而「戊」、「己」後省略地支「辰」、「巳」，故此版命辭呈現出：武丁早期（𠂤組）貞人已於旬末藉助占卜詢問下一旬吉凶；而驗辭則事後追刻：兩天（乙丑日）、四天（丁卯日）、五天（戊辰日）、六天（己巳日）天氣概況。同時，針對本版驗辭內容，黃天樹曾提出「貞卜者，很可能兼管氣象的觀測」〔註13〕，其說待商榷，原因爲：其一、殷人卜事有分工，非專由一人獨攬，陳夢家藉由《周禮》所載「龜人、菙氏、卜師、大卜、占人」（《綜述》，頁17），說明殷商史官、書手各司其職。其二、從卜辭大量重見史官名（貞人名），卻分別刻有不同字跡，顯示殷商時期進行占卜之「史官」與刻寫甲骨「書手」有別。總之，「驗辭」僅能視爲殷商人們對占卜事後之紀錄，非與史官（貞人）職能有關。

## 三、大采（早上）

《合集》21021

（4）癸亥卜，貞：旬？一月。昃雨自東。九日辛未大采各云自北，雷祉，大風自西刜云，率〔雨〕，母（毋）蕭日☒。

（7）☒大采日各云自北。雷、風，〔午〕雨不祉，隹（唯）

---

〔註11〕姚萱：《殷墟花園莊東地甲骨卜辭的初步研究》（北京：線裝書局，2006年），頁112。

〔註12〕黃天樹〈殷墟甲骨文驗詞中的氣象紀錄〉提到：「『卜旬』卜辭，賓組命辭一律作『旬亡𡆥』（憂）；而𠂤組小字類的命辭一律作『旬』，在卜旬之後，驗詞往往詳細紀錄一旬內的天氣情況」，收錄自陳昭容主編：《古文字與古代史》第一輯（臺北：中央研究院歷史語言研究所，2007年），頁38。

〔註13〕黃天樹：〈殷墟甲骨文驗詞中的氣象紀錄〉，頁48。

好□。　　　　　　　　　　　　　　　　𠂤小字

《合集》21493

〔癸〕亥于大采，克？　　　　　　　　　𠂤小字

首先，《合集》21021 驗辭與氣象有關〔註 14〕，版內「昃」、「大采」皆屬「時稱」，董作賓提到：「[illegible]」象人影倚斜，下從日（爲日照人影之側斜，因而定一日之時間），正爲「昃」之義，其爲紀時專字，約當今下午兩、三時左右；而「大采」相當於「朝」〔註 15〕。爾後，陳夢家、宋鎮豪贊成此說，但對「大采」所擬定的時間，有所差異，分別認定其相當「辰時」（早上八時，早上）、「卯」（凌晨五點到早上七點）〔註 16〕。本文傾向前說，因從卜辭內容研判，若「旦」處於早上，人們較易觀察雲的走向。

其次，《合集》21021 出現「蕭日」一詞，曾被陳夢家、李宗焜誤判爲「紀時用語」（陳文，頁 232、李文，頁 185），但陳、李二氏卻忽略「蕭」在武丁卜辭之用法，常見「勿蕭」、「不蕭」、「弜蕭」，例如《合集》13021「□巳卜，王壬申不蕭雨」、《合集》20546「□巳卜，王壬申不蕭雨」、《合集》20953「庚午卜，扶，曰：弗蕭雨」。上述例子中《合集》13021 與《合集》20546 命辭相同，而《合集》20953 可與《合集》20901、《合集》20960 相綴合〔註 17〕，彼此皆見「否定詞＋蕭」之句型，此類句型有加強否定的作用〔註 18〕，傳達出「商王不期待降雨」的內心意圖。

〔註 14〕此版綴合，曾有下列學者予以討論：見（1）李學勤、曾毅公：《殷墟文字綴合》（北京：科學出版社，1955 年），頁 33。（2）嚴一萍：《殷虛第十三次發掘所得卜甲綴合集》（臺北：藝文印書館，1989 年），頁 188。（3）蔡哲茂：《甲骨綴合續集》（臺北：文津出版社，2004 年），頁 133。（4）蔣玉斌：《𠂤組甲骨文獻的整理與研究》（吉林：東北師範大學碩士學位論文，2003 年），頁 8～9。（5）宋雅萍：《殷墟 YH127 坑背甲刻辭研究》（臺北：政治大學中國文學研究所碩士論文，2008 年），頁 63～65。

〔註 15〕董作賓：《殷曆譜》上編卷一〈殷曆鳥瞰〉，頁 33、下編卷四〈日至譜〉，頁 520。

〔註 16〕詳見（1）陳夢家：《殷虛卜辭綜述》，頁 232～233。（2）宋鎮豪：〈試論殷代的紀時制度〉，頁 311、332。

〔註 17〕此版爲蔣玉斌〈𠂤組甲骨新綴三例〉所綴合，收錄蔡哲茂編著：《甲骨綴合續集》第四九九組（臺北：文津出版社，2004 年），頁 193。

〔註 18〕張政烺：〈殷契「𦣻」字說〉，《張政烺文史論集》（北京：中華書局，2004 年），頁 658～659。

再者，《合集》21493「克」作爲「戰爭動詞」，有「戰勝、攻取」之意，相似用法載於《詩經・泮水》：「既克淮夷，孔淑不逆」及《易・既濟》：「高宗伐鬼方，三年克之」、西周銘文〈㺇尊〉「唯武王既克大邑商」、〈小臣單觶〉「王後坂（返）克商，在成師」、〈曾伯霥簠〉「克狄（遏）淮尸（夷）」，其中〈泮水〉內「不測不克」，鄭箋：「不可測度，不可攻勝」〔註 19〕。故此版卜辭與戰爭有關，命辭爲史官詢問：癸亥那一日早上能否戰勝（敵人）。

## 四、大食（食用早餐時分）

《合集》21021

（2）癸丑卜，貞：旬？〔甲寅大〕食雨〔自北〕。乙卯小食大攼。丙辰中日大雨自南。　　　𠂤小字

《合集》20961

丙戌卜，三日雨？丁亥隹（唯）大食雨。　　　𠂤小字

上述內容皆涉及氣象，其中「雨」爲動詞，即「降雨」，而《合集》21021「攼」，于省吾依《說文》「晵」之說，訓解成「雨而晝姓（晴）」之意〔註 20〕；故《合集》21021 驗辭連續記載三天的氣候狀況，皆呈現「日期（干支）＋時稱＋氣象＋（方位）」之句型。值得注意的是，𠂤組卜辭常見上述句型，顯示當時王室對自然天候之關心，才會於「驗辭」詳細的記載不同時辰的天候概況。

另外，關於《合集》21021「大食」、「小食」、「中日」隸屬武丁早期「時稱」，從版中「干支」已說明驗辭的「時稱」分屬三天不同時段，而常玉芝運用文例比對，研判本版紀日時稱先後次序是：先從「大食」到「中日」，再到「小食」（頁 178）。宋鎮豪依循常玉芝的說法，再將本版所見三項紀日時稱與今日時辰相對應，研判「大食」爲「辰時」（約七點至九點），「小食」則是「申時」（約十五點至十七點），而「中日」相當於「午時」（約十一點至十三點）〔註 21〕。

〔註 19〕〔漢〕毛亨注；〔漢〕鄭玄箋；〔唐〕孔穎達疏；〔唐〕龔抗雲等整理：《毛經正義》（臺北：臺灣古籍出版社有限公司，2001 年），頁 1475。

〔註 20〕于省吾：〈釋啓〉，《甲骨文字釋林》（北京：中華書局，1999 年），頁 287～290。

〔註 21〕案：陳夢家、宋鎮豪對於「大食、小食」、「中日」之看法一致，但詳細時間表略有差異，其中陳夢家《殷虛卜辭綜述》主張「『大食』在辰時（8 點），『中日』在午時（12 點），『小食』在申時（16 點）」，頁 233。而宋鎮豪〈試論殷代的紀

以上說法點出三種時稱的先後順序，而我們認爲殷商人未有「時點」之概念，故傾向將「大食」定位於「人們食用早餐之時」。

再者，《合集》20961 先記載著占卜時間「丙戌日」，再書寫詢問內容：「三天內降雨與否」，最後，史官僅寫占卜隔日的天候狀況，即「食用早餐時分有降雨」。有趣的是，此版顯示武丁早期人們對氣候占卜習慣，往往會在「當日」、「未來日子」詢問降雨概況，譬如《合集》20416「丁酉〔卜〕，來己日雨」、《合集》20036「辛卯卜，王：甲午日雨不（否）」、《合集》20907「己未卜，今日不雨，才來」、《合集》20919「辛酉卜，貞，自今五日至〔于〕乙丑雨」、《合集》20965「丁酉卜：今二日雨」。

## 五、中日（正午時分）

《合集》11775

□戌卜，□貞：中日不雨？　　　　　　　　𠂤小字

上述《合集》11775 及《合集》21021（2）皆見「中日」一詞，其中《合集》21021（2）前處已討論，「中日」相當於「正午時分」；在其他組甲骨又被稱爲「日中」，例如：賓組《合集》13036「貞：日中〔至〕于昃雨」、無名組《合集》29788「莫，于日中廼往，不雨」、《合集》29789「叀日中又大雨」。

針對殷商用來指「正午時分」的「中日、日中」，至傳世文獻一律寫作「日中」，如《周易・繫辭下傳》：「包犧氏沒，神農氏作……日中爲市，致天下之民，聚天下之貨，交易而退，各得其所，蓋取諸噬嗑」、《尚書・無逸》「（文王）自朝至于日中昃，不遑暇食，用咸和萬民」、《左傳・宣公十二年》「楚子爲乘廣三十乘，分爲左右。右廣雞鳴而駕，日中而說；左則受之，日入而說」、「叔孫歸，曾夭御季孫以勞之。且及日中不出」及《鬻子》「是以禹嘗據一饋而七十起，日中而不暇飽食」。藉由傳世文獻可知紀日時稱隨著人們使用的習慣有所變遷，導致「中日」逐漸被「日中」所取代。

---

時制度〉則主張「『大食』在辰時（7～9 點），『中日』在午時（11～13 點），『小食』在申時（15～17 點）」，頁 332。但筆者認爲殷商人們不可能如此精細地定位「準點時辰」，遂在行文論述的過程，未將紀日時稱與各時辰直接劃上等號。

## 六、昃（太陽偏西之時）

《合集》20967

甲子卜，乙丑雨？昃雨自北，少（小）。

甲子卜，翌丙雨？乙丑昃雨自北，少（小）。　　𠂤小字

《合集》20965

丁酉卜，今二日雨？余曰：「戊雨」。昃允雨自西。

𠂤小字

《合集》20966

癸巳卜，王旬？四日丙申昃雨自東，小采既，丁酉少（小），至東雨，允。二月。　　𠂤小字

《合集》21013

（3）丁未卜，翌日昃雨？小采雨，東。　　𠂤小字

版內「昃」原指「太陽偏西之時」，《說文・日部》提到「昃，日在西方時側也。《易》曰：『日昃』之離」〔註 22〕。根據《說文》所示「日昃」即「日測」，乃日西而人影倚斜之象，所示時間爲自正午過後，日行西斜之時。而學者再從《尚書・無逸》孔穎達〈正義〉「以昃爲未時，即午後二時」研判「昃」相當於「未時」〔註 23〕。同時，在《合集》20967 最後一字，拓片作「ı¦ı」（少），應理解爲「小」。因姚孝遂已提出，卜辭「小」（ı'ı）、「少」（ı¦ı）基本上有所區別；但偶爾有例外，如「小宰、小牢」之「小」偶作「ı¦ı」、「小臣」亦或作「ı¦ı臣」、「小雨」亦或作「ı¦ı雨」，這些例外，說明其仍處於分化的過渡中，是文字在早期不可避免的現象〔註 24〕。因此，「小」是用來「修飾降雨」之程度，反映殷商人們對雨勢的關心，源自「雨之大小不僅涉及年收之豐歉，而

---

〔註 22〕〔漢〕許愼著；〔清〕段玉裁注：《說文解字注》七篇下，頁 308。

〔註 23〕筆者案：雖各家對「昃」確切時辰稍有差異，整體而言，可分爲兩大類型：（1）14 點～15 點：源自董作賓之說（〈日至譜〉，頁 520），爾後，陳夢家（頁 230）、陳玉芝（頁 160～161）、溫少峰（頁 73、74）、李宗焜（頁 189）等人從之。（2）13～15 點：爲宋鎮豪所提出（頁 332）。

〔註 24〕姚孝遂：〈再論古漢字的性質〉，《古文字研究》第十七輯（北京：中華書局，1989 年），頁 314～315。

且關係到殷商的日常活動」〔註 25〕，故於命辭、驗辭大量出現降雨之紀錄。

上述四條引文的句意是：其一、《合集》20967 根據「前辭」研判，版內兩條卜辭屬同一天的占卜，分別詢問：明天（乙丑日）抑或後天（丙寅日）是否會降雨。驗辭則是記載「乙丑日」下午從北方有降雨，且雨勢很小。其二、《合集》20965 爲完整卜辭，出現了「前辭」、「命辭」、「固辭」、「驗辭」四項內容，「前辭」說明史官占卜日期在丁酉日，「命辭」則是詢問：自占卜日爲始的兩天內是否會降雨呢？爾後，商王根據龜甲爆裂紋路研判應該在隔天「戊日」會降雨；而「驗辭」則寫到，果然在「戊日」下午西邊有降雨。其三、《合集》20966 驗辭爲「省略」之形式，當中「既」、「小」，依循著甲骨文例研判，其應是「既雨」、「小雨」的省文，兩者是屬於占卜後追刻的紀錄：說明了占卜日後四天（丙申）、五天（丁酉）之氣候情況，並用「紀日時稱」明白指出本次降雨的「確切時間」。其四、《合集》21013 命辭是卜問隔日下午是否會降雨？結果下午時分未降雨，直到傍晚（小采）才下雨，且降雨方位在東方。

值得注意的是，花東甲骨曾將「昃」置於前辭，企圖強調占卜之時間，即：

《花東》123（H3：401+1607）

（1）辛酉昃，歲妣庚：黑牝一，子祝？

（2）辛酉昃，歲妣庚：黑牝一，子祝？

《花東》175（H3：540）

辛酉昃，歲妣庚：黑牝一，子祝？

《花東》437（H3：1364 正）

（7）辛酉昃，歲妣庚：黑牝一，子祝？

上述《花東》123 與《花東》175、《花東》437 刻寫相同前辭、命辭；版內「歲」指「歲祭」，乃屬殷人祭祀祖先的常祭，本類祭祀之目的在於「求雨豐年」、「求王福佑」〔註 26〕。同時，三版中「子」爲祭祀者（「子」家族的主祭者）〔註 27〕，

---

〔註 25〕姚孝遂、肖丁合著：《小屯南地甲骨考釋》（北京：中華書局，1985 年），頁 128。

〔註 26〕朱歧祥師：《甲骨文讀本》（臺北：里仁書局，1999 年），頁 123～124。

〔註 27〕筆者案：花東甲骨「子」之寫法，分別作「[illegible]」、「[illegible]」，最早爲將兩類構形相繫連，爲朱鳳瀚《商周家族形態研究》（天津：天津古籍出版社，2004 年），頁 600。爾

而「祝」從人跪地，張口向天，有禱告意。卜辭習見『祝至于某先祖』、『祝于某先祖』，有求佑之意〔註28〕，整體而言，上述三版講述了辛酉日史官在下午時分所舉行的占卜：詢問是否由花東主人「子」親自舉行歲祭，祭祀對象爲妣庚，並採取黑色母羊一頭作爲祭牲。

此外，李宗焜〈卜辭所見一日內時稱考〉也注意到與「昃」相類的紀日時稱，即「𡈼昃」〔註29〕。該詞曾出現在：

《合集》20962

癸亥貞：旬？甲子方又祝，才邑南。乙丑𡈼昃雨自北，丙寅大☐。（附圖一）　　自小字

《合集》20957

☐𤰔日大啟？昃亦雨自北，𡈼昃啟。（附圖二）　　自小字

上述兩版涉及「𡈼昃」，其中「𡈼」寫作「☐」爲「黃」之異體，而「𡈼昃」獨見於𠂤組卜辭，歷來學者未曾研判其確切時間，是因傳世文獻「時稱」未見該詞，黃天樹藉由《合集》20957「昃亦雨自北，黃昃啓」，得以研判「𡈼昃」應晚於「昃」，應在「太陽落下後，天色昏黃之時」〔註30〕。

另外，李學勤也依商末雕骨找出「癸酉，萬入，畋。余女曰『宜』。黃昃雨自東，休𢿌大寢」作爲𠂤組卜辭「黃昃爲時稱」的旁證〔註31〕。因此，綜合李學勤、黃天樹之看法，可知《合集》20957 出現的「昃」、「𡈼昃」皆爲「紀時用語」，本版於驗辭詳細記載天候狀況。

---

後，朱說被韓江蘇、劉源所接受，分別見：韓氏《殷墟花東 H3 卜辭主人「子」研究》（北京：線裝書局，2007 年），頁 311～312。劉源：〈試談《花東》卜辭中的☐〉，發表於玄奘大學中語系、應外系、海華基金會聯合主辦：「2009 華語文與華文化教育國際研討會」（2009 年 12 月 11 日～12 日）。另外，對於「☐」是否相當於占卜主人「子」，魏慈德則持保留態度，參閱《殷墟花園莊東地甲骨卜辭研究》（臺北：臺灣古籍出版有限公司，2006 年），頁 82～87。

〔註28〕朱歧祥師：《殷墟甲骨文字通釋稿》，頁 41～42。

〔註29〕李宗焜：〈卜辭所見一日內時稱考〉，頁 189～190。

〔註30〕黃天樹：〈殷墟甲骨文所見夜間時稱考〉，頁 179。

〔註31〕詳見（1）李學勤：〈論《骨的文化》的一件刻字小雕骨〉，《胡厚宣先生紀念文集》，（北京：科學出版社，1998 年），頁 46。（2）李學勤：《四海尋珍》（北京：清華大學出版社，1998 年），頁 238。

至於《合集》20957「亦」字，早年曾被學者誤釋爲「夜」字，經胡光煒、楊樹達、趙誠的分辨〔註32〕，已糾正「夜」說，且透過《合集》20957「昃亦雨」，也能證明「亦」絕非「夜」字。故《合集》20957 說明「太陽偏西之時」有降雨來自北方，「太陽落下後，天色昏黃之時」雨停了，天氣逐漸放晴。

本文藉助《合集》20957、《合集》20962 記載內容，可知殷商甲骨文「蕑昃」作爲紀日時稱，該詞所處的時間點應從黃天樹之說，將其定位在「晚於『昃』，處於『太陽落下後，天色昏黃之時』」，故兩種紀日時稱的先後順序上是「昃」（太陽偏西之時）處於「蕑昃」（太陽落下後，天色昏黃）之前。

## 七、小食（食用晚餐時分）

《合集》21021（2）

癸丑卜，貞：旬？〔甲寅大〕食雨〔自北〕。乙卯小食大启。

丙辰中日大雨自南。　　　　　　　　　　　　自小字

上述《合集》21021 驗辭載有三天特定時辰的氣象，值得注意的是，「小食」唯獨出現自組卜辭〔註33〕，與「大食」相對。有鑑於此，董作賓《殷曆譜》率先提出「古人每日兩餐，早餐曰『朝食』、曰『饔』、曰『早食』、曰『食時』，即卜辭中之『大食』。晚餐曰『餔』、曰『飧』、曰『夕食』，即卜辭中『小食』。大食約當今上午九、十時，小食約當今下午四、五時」（頁 32）。爾後，陳夢家雖認同董說，但將是說稍加修正，成爲：「古代用食之時，有所不同。從事農作的，

〔註32〕甲骨文「亦」（）釋爲「夜」，主要爲：（1）王襄：《簠室殷契徵文考釋》〈天象〉（北京：北京圖書館出版社，2000 年），五葉下。（2）溫少峰、袁庭棟：《殷墟卜辭研究——科學技術篇》第二章「曆法」（四川：四川社會科學院出版社，1983 年），頁 78。另外，反對「亦」作爲「夜」，並新提出「其多用爲語詞，表達『再又』之意」，則有：（1）楊樹達：《積微居甲文說》〈釋亦〉（臺北：大通書局，1974 年），頁 23～25。（2）胡光煒：〈甲骨文例〉，原載《胡小石論文集三編》（上海，上海古籍出版社，1995 年）；後收入宋鎮豪、段志洪主編：《甲骨文獻集成》第十八冊（成都：四川大學出版社，2001 年），頁 487。（3）趙誠：〈甲骨文虛詞探索〉，《古文字研究》第十五輯（北京：中華書局，1986 年），頁 284。

〔註33〕昔日溫少峰、袁庭棟：《殷墟卜辭研究——科學技術篇》述及「小食」曾羅列《京》3927，但經筆者實際翻閱《京》3927（收入《合集》34174，歷組卜辭，詳見附圖三）未曾見到該詞彙，故「小食」僅見「自組」卜辭。

朝、夕兩餐在家熱食，中午在田上冷食；冬季則兩餐而已」，並藉助《孟子》、《淮南子》、《周禮》、《說文》等文獻內容，來證明己說（《綜述》，頁231～232）。

綜合上述兩家之說法，可歸納：其一、殷商人們較為重視早餐，並已運用「大／小」（形容詞）予以修飾「食」。其二、雖對「一日諸餐」看法，稍有差異，但不約而同將「小食」視為人們「食用晚餐時分」。總之，武丁早期人們從自身飲食習慣，制訂出「標誌時間」的稱謂；但隨著時間演變，或因飲食習慣改變、詞彙使用等諸多複雜因素，遂使「小食」逐漸被人們所遺忘。

## 八、小采（傍晚時分）

《合集》20966

癸巳卜，王〔貞〕：旬？四日丙申昃雨自東，小采既，丁酉少，至東雨，允。二月。　　𠂤小字

《合集》21013（3）

丁未卜，翌日昃雨？小采雨，東。　　𠂤小字

《合集》21016

癸亥卜，貞：旬？二月。乙丑夕雨。丁卯明雨。戊小采日雨，止〔風〕。己明啟。　　𠂤小字

上述三版驗辭內容與降雨密切相關，版內出現多項「紀日時稱」，也表現武丁早期人們對天象紀錄之詳細，出現「日期」（干支）、「時稱」、「天候概況」、「方位」。同時，依《合集》20966、《合集》21016顯示𠂤組卜辭史官不單僅有書寫一日概況，也會不厭其煩地刻寫相隔數日之氣象，並縮小範圍到「時稱」。

其中，對「小采」之理解，董作賓曾比勘《國語・魯語》內容，歸結出：「『少采』即『小采』，此『夕』相當於『少采』及『暮』」（《殷曆譜》，頁31～32）。上述董氏對「小采」之見解，是以身份之別（天子、諸侯、卿大夫、庶人）作區隔，但卜辭本身未有此區隔。

再者，卜辭「小采」被視為殷商時間之稱謂，于省吾認為與「雲色有關」，其因太陽光之強弱，導致雲色有所變化〔註34〕。因此，本項紀日時稱命名與陽

〔註34〕于省吾始將「采」與「雲色」加以繫聯，《殷契駢枝全編》〈釋大采小采〉，頁70～72。爾後，李孝定贊同，參《甲骨文字集釋》卷六，（臺北：中央研究院歷史語

光強弱、雲之色彩有密切關係。而陳夢家、宋鎮豪、常玉芝一致看作「酉時」，相當今日「17 時至 19 時」左右（傍晚時分），且推算「昃」在「小采」之前，進而確立殷商𠂤組卜辭從下午至傍晚時稱順序，先爲太陽偏西之時的「昃」，再爲傍晚時分的「小采」〔註 35〕。

解析《合集》20966 與《合集》21013 之內容，兩版命辭詢問各有差異，卻同樣在驗辭載有天候概況，呈現出武丁早期王室最爲關注之事：莫過於「降雨」，故史官無論卜問何時（卜旬、卜雨），驗辭處幾乎都會論及「降雨」日期、時辰、方位。

值得注意的是，殷墟甲骨「小采」總共出現 7 次（詳見〔附錄一〕），其中 6 次出現「𠂤組」卜辭，惟有 1 次出現在「㞢類」〔註 36〕，即《合集》20397「壬戌㞢雨？今日小采允大雨。征伐，萠日隹（唯）啓」，從以上證據顯示「小采」僅見非王卜辭（《合集》第七冊），該詞相當特殊，被當時人們作爲「紀時」之用；日後，殷商甲骨再也遍尋不到「小采」之蹤跡。

此外，甲骨文「大采」消失的時間較「小采」晚，根據卜辭內容所顯示「大采」被人們使用於𠂤組、賓組兩時期（參見〔附錄一〕），本詞於武丁以後卜辭已銷聲匿跡。針對此現象，我們推測兩點可能：第一、「紀日時稱」伴隨時間演進，遂有不同之面貌，此與人們書面語習慣改變密切相關。第二、我們依于省吾之說，「大采」與「小采」是殷商人們觀察日照雲朵變化，專就「雲色而言」所制訂之詞；恐怕武丁時人發覺到「雲色變化」無法精準紀錄時間，逐漸被其他語意相近的詞所取代，進而埋沒在人們記憶，成爲專屬武丁之時稱。

## 九、枳（天黑掌燈時分）

甲骨文「枳」寫作「[甲骨文字形]、[甲骨文字形]」，學者對其語意著墨甚多，唐蘭始提出「其本義則人持屮木爲火炬也……或以紀時，如云：『枳入，不雨，夕入，不雨』

---

言研究所，2004 年影印六版），頁 2012。

〔註 35〕分別見（1）陳夢家：《殷虛卜辭綜述》，頁 232～233。（2）宋鎮豪：〈試論殷代的紀時制度〉，頁 333。（3）常玉芝：《殷商曆法研究》，頁 161～164。

〔註 36〕殷墟卜辭「㞢類」仍被黃天樹納入武丁時期，處於「𠂤肥筆」、「𠂤歷」之間，詳見《殷墟王卜辭的分類與斷代》前言（臺北：文津出版社，1991 年），頁 13。

讀爲爇入，殆如上燈時候矣」〔註 37〕。此說被宋鎮豪、常玉芝、黃天樹採用〔註 38〕，但學界也存有部分反對的聲浪〔註 39〕。但單純從㠯組卜辭無法清楚分辨各家說法之正確與否，必須尋繹更多卜辭證據，釐清「枖」的語意。故透過下表的呈現，羅列甲骨文「枖」所見的辭例，進而說明是字的用法：

| 甲　骨　文　內　容 | 分　組 | 分　期 |
|---|---|---|
| 《合集》27766<br>夕入，不雨？<br>枖▨，不□？ | 何二 | 三、四 |
| 《合集》28572<br>王其田，枖入，不雨？<br>夕入，不雨？吉。 | 無名 | 三、四 |
| 《合集》28628<br>翌日辛王其省田，枖入，不雨？吉。茲用。<br>夕入，不雨？ | 無名 | 三、四 |
| 《合集》30113＋30094<br>王夕入于之，不雨？<br>王其枖入，不冓（遘）雨？<br>莫（暮）往，不冓（遘）雨？ | 無名 | 三、四 |
| 《合集》32182<br>王賓枖禣，亡囚？ | 無名 | 三、四 |

〔註 37〕唐蘭：《天壤閣甲骨文存考釋》（北京：北京圖書館，2000 年），頁 46。

〔註 38〕學界贊成唐蘭說法（枖爲時稱），詳見（1）宋鎮豪：〈試論殷代的紀時制度〉，頁 307。（2）常玉芝：《殷商曆法研究》，頁 164。（3）黃天樹：〈殷墟甲骨文所見夜間時稱考〉，《黃天樹古文字論集》，頁 190～191。

〔註 39〕反對唐說則有：（1）于省吾〈釋枖〉提出：「枖讀爲邇，邇訓近……總之，卜辭之𣏌枖，金文作𤔲𢦚，石鼓文作𢦚，均爲藝之古文。古音埶與從爾得聲之字音近通借。以田獵言者讀爲獮，以祭祀言者讀爲禰，以行動言者讀爲邇。考其文，審其音，索其旨，揆其詞例，無不脗合矣」，《殷契駢枝全編》，頁 83～86。（2）張秉權認同于省吾之說（埶通邇），又新將部分甲骨「枖」解釋爲「地名」，詳見《小屯・殷墟文字丙編考釋》（臺北：中央研究院歷史語言研究所，1997 年影印），頁 223～225。（3）屈萬里則是將「枖」作「祭名」（燃庭燎或燭以祭）之用，詳見《殷虛文字甲編考釋》，（臺北：中央研究院歷史語言研究所，1992 年影印版），頁 100。（4）姚孝遂編纂《甲骨文字詁林》（第一冊）認同于省吾之說，頁 435。

| | | |
|---|---|---|
| 《屯南》2383<br>（3）王其省盂田，不雨？<br>（4）蓄往夕入，不冓雨？<br>（5）王其省盂田，蓄往枫入，不雨？<br>（6）夕入，不雨？ | 康丁 | 四 |

藉助以上五版何組、無名組之例證，我們相信甲骨文「枫」確實有作「時稱」之用，原因是：其一、無名組卜辭反覆地出現「枫入，不雨」、「夕入，不雨」的句型，從上述內容糾正昔日將「田枫」連讀（作爲地名）之誤。其二、康丁時期《屯南》2383 第（4）（5）辭〔註40〕，出現了「蓄往夕入」及「蓄往枫入」兩句，當中「夕入」與「枫入」相對，而「枫入」又發生在「蓄往」之後，已清楚指向「枫」作爲「時間詞」之用。其三、根據甲骨文例來研判，出組、何組命辭常見「王賓＋紀日時稱＋祭祀動詞，亡囚」的句型，有理由相信《合集》32182 中「枫」爲紀時用語。基於以上三點考量，本文將卜辭「枫」視爲「時稱」，並採納唐蘭之說，將其看作「天黑掌燈之時」。

至於，花東卜辭也見 2 版「枫」，同樣亦作「紀時用語」，參見：

《花東》223

（16）庚卜：于翌日枫𢼊伐？

《花東》267

（1）己亥卜：子于𡚬宿，枫𢼊牢妣庚？用。

上述《花東》223、《花東》267「𢼊」字，于省吾提出「𢼊訓爲剖腹支解，是說既剖割其腹腸而又支解其肢體，今驗之於甲骨文，不僅割解牲畜，而且割解俘虜以爲祭牲」〔註41〕，于氏認爲「𢼊」有「割裂」之意，故卜辭「𢼊＋祭牲」可解釋成「用割裂方式處理祭牲」，作爲「用牲法」。同時，花東甲骨中「枫」的語意，〔原釋文〕指出作爲「時稱」之用（頁 1648）。

因此，《花東》223 卜問隔天的天黑掌燈時分，是否以割裂的人牲來祭祀，而將《花東》267 命辭細分成兩部分：前者先點明花東主人「子」止宿之地（于𡚬），後者則是記載是否要祭祀妣庚；本版可理解成：史官於己亥日進行占卜：

〔註40〕中國社會科學院考古研究所編：《小屯南地甲骨》下冊（第一分冊　釋文），頁 1010。

〔註41〕于省吾：〈釋𢼊〉，《甲骨文字釋林》，頁 161～167。

記載子在㹜地先行休息，並在「天黑掌燈之時」是否採用割裂圈養的牛牲來祭祀妣庚。以《花東》內容予以研判，甲骨文「楓」作爲「紀時用語」，可上溯自武丁早期。

## 十、㚉（月出之時）

《合集》20957

己亥卜，庚又雨？其㚉允雨。

于辛雨？庚㚉雨。辛㪿。　　𠂤小字

《合集》21016

癸亥卜，貞：旬？二月。乙丑夕雨。丁卯㚉雨。戊小采日

雨止，〔風〕。己明㪿。　　𠂤小字

上述兩版「㚉」寫作「 」，該字李宗焜始提出其屬「夜裡時段」（頁 195），而黃天樹認同李說，並新增《合集》20964+21310「癸丑卜，貞：旬？五月。庚申寐人雨自西㚉既」、午組《合集》22093「丙午㚉卜，㞢（侑）歲于父丁：羊一」兩例〔註 42〕。是字從構形上分析「從二夕（月）」，馮時主張其「表現月初出之象」，指「月出之時」〔註 43〕。

## 十一、夕（夜晚）

卜辭「夕」是否爲「時稱」，歷來學界有所爭議，即：董作賓、陳夢家、常玉芝皆認爲「『夕』指整個黑夜」（見《殷曆譜》頁 30、《殷虛卜辭綜述》頁 229、《殷商曆法研究》頁 184）。而宋鎮豪卻擬定「夕」相當於「子時」約晚上 23～凌晨 1 點（頁 333）。面對分歧之說法，從傳世文獻《詩・小雅・北山》：「偕偕士子，朝夕從事」及《左傳・昭公元年》：「君子有四時：朝以聽政，晝以訪問，夕以脩令，夜以安身」加以說明。上述文獻「夕」作爲「泛稱」，指「整個夜晚」，但殷商卜辭用法是否與文獻相同？尚需藉助卜辭內容來辨析，下列是「𠂤組卜辭」出現的部分「夕」字句，如：

---

〔註 42〕黃天樹：〈殷墟甲骨文所見夜間時稱考〉，頁 188～189。

〔註 43〕馮時：〈殷代紀時制度研究〉，《考古學集刊》第 16 集（2006 年），頁 333。

《合集》20913

己卯卜，今夕雨？　　𠂤小字

《合集》20916

今夕雨？不雨。　　𠂤小字

《合集》21016

癸亥卜，貞：旬？二月。乙丑夕雨。丁卯明雨。戊小采日雨止，〔風〕。己明啟。　　𠂤小字

前兩版內容「夕」的用法仍屬「泛稱」，指向「整夜」，故曾有學者透過賓組卜辭常見「今夕、今日」相對，遂把「夕」釋爲「全夜」〔註 44〕。但甲骨文「夕」字曾與其他時稱共見之例證，例如：《合集》21016 與《屯南》2383（4）「暮往夕入，不冓雨」「王其省盂田，暮往枫入，不雨」，故甲骨文「夕」也蘊含特定時段（在暮之後）。

另外，賓組卜辭、花東甲骨出現「冬（終）夕」一詞〔註 45〕，皆運用形容詞「終」予以修飾「夕」，用來傳遞「從開始到末了一整段時間」概念，其與單純「夕」有別。結合卜辭本身的內容，發現殷商時期「夕」有兩種概念，一種是「泛指」（指「整夜」），另一種則是「特指」（專指「特定時段」）。

再者，花東甲骨「夕」專指「整夜」之意，譬如《花東》103 提到：

（1）丁卯卜：雨不至于夕？

（2）丁卯卜：雨其至于夕？子占曰：其至，亡翌戊。用。

---

〔註 44〕甲骨文「日」、「夕」同辭，諸多學者已提出，詳見（1）常玉芝：《殷商曆法研究》，頁 127～134。（2）于省吾主編；姚孝遂按語《甲骨文字詁林》第二冊，頁 1120。（3）王宇信、楊升南主編：《甲骨學一百年》第十四章「關於商代氣候、曆法與醫學傳統的發掘與研究」（北京：社會科學文獻出版社，1999 年），頁 662～663。（3）馮時：《百年來甲骨文天文曆法研究》，頁 140～142。

〔註 45〕卜辭「冬（終）夕」出現 6 版（賓組卜辭 5 版，花東甲骨 1 版）：分別是：（1）《合集》6057　反「⧄〔其〕㞢來〔嬉〕⧄〔允〕㞢來〔嬉〕⧄乎⧄東啚，𢦏二邑。王步自餓，于醋司⧄□夕隸。壬寅王亦冬（終）夕[illegible]」。（2）《合集》7829 反「⧄〔王〕倈曰：隹⧄冬（終）夕⧄」（3）《合集》11502「⧄冬（終）夕⧄[illegible]，亦大星」。（4）《合集》11656「貞：不⧄冬（終）夕⧄」（5）《合集》12998　正「貞：不其冬（終）夕雨」。（6）《花東》10（1）「乙未卜：子宿在[illegible]，終夕□□自□？子占曰：不〔雟〕」。

（3）己巳卜：雨不祉？

（4）己巳卜：雨其祉？子占曰〔註46〕：其祉終日。用。

（5）己巳卜，在𣎵：庚不雨？子占曰：其雨亡司。夕雨。用。

（6）己巳卜，在𣎵：其雨？子占曰：今夕其雨，若。己雨，其于翌日庚亡司。用。

上述各辭爲正反對貞，讀法爲「先讀肯定句，再讀否定句。以肯定句爲主，否定句爲配。刻辭順序亦如是」〔註47〕。其中（1）（2）辭「于」爲介詞，本版透過「至于＋夕」之句型，企圖詢問夜晚時分會降雨；而子（花東甲骨主人）則根據龜甲爆裂紋路予以研判當天晚上恐會有降雨，且本場雨會延續到隔日。同版第（3）（4）命辭則是詢問降雨是否會持續，至（5）（6）則是與（3）（4）同日占卜，命辭卻是詢問隔日（庚）降雨概況。

再者，《瑞典斯德哥爾摩遠東古物博物館藏甲骨文字》著錄108片甲骨〔註48〕，當中5片出現「今夕」之辭例（參〔附錄一〕），像是編號38（2）「乙未卜，貞：今夕亡囚？三月」、編號98「乙丑卜，貞：今夕亡〔𡆥〕」。而《法國所藏甲骨錄》著錄59片甲骨，惟有編號CF S12（HE S4-5）涉及卜夕內容，即：（1）「丙寅〔卜，貞〕：王今〔夕〕亡〔𡆥〕？」與同版（2）庚午卜，貞：王今夕〔亡𡆥〕？」經學者從字形和書體加以研判，本版屬於「帝乙、帝辛時期」刻辭〔註49〕。

此外，《德瑞荷比所藏一些甲骨錄》所見七版「夕」字（參〔附錄一〕），一律出現在出組一類及出組二類，像是GSNB B192「甲午卜，𡧊貞：今夕西言王？」

---

〔註46〕曹錦炎、沈建華認爲此版「衍一『子』字」，詳見《甲骨文校釋總集》卷十九，頁6504。

〔註47〕朱歧祥師：《殷墟花園莊東地甲骨論稿》第七章「花東子的占卜——論花東甲骨的對貞句型」（臺北：里仁書局，2008年），頁75。

〔註48〕李學勤、齊文心等編：《瑞典斯德哥爾摩遠東古物博物館藏甲骨文字》（北京：中華書局，1999年），頁2。

〔註49〕雷煥章《法國所藏甲骨錄》提到：「CF S12是中國學術研究院藏的HE S4-5片，在《巴黎》書中編號爲四，爲龜腹甲。本片刻辭之拓本既未收入商承祚《殷契佚存》，亦未被島邦男所徵引。從字體和書體上判斷，它顯然屬於帝乙、帝辛時期。內容有關卜『今夕』之事。」（臺北：光啓出版社，1985年），頁146。

與 Chi-w 七 WS19「□□卜貞：〔王賓〕夕禱，〔亡〕尤」，其中 GSNB B192「言」應作「歆」，本句理解為「言今夕王祭於西宗而神歆其祀也」〔註 50〕。

至於，《北京大學珍藏甲骨文字》共見 125 次「夕」字（參〔附錄一〕），像是：編號 611「壬午卜，貞：王賓夕，亡尤？」及編號 964「己酉卜，㱿貞：今夕亡囚」、編號 1177「丙寅卜，尹貞：今夕亡囚？在十月」、編號 1238「戊戌卜，貞：今夕亡囚」、編號 1256「甲戌卜，貞：王今夕亡䀌」等版，其中編號 611 隸屬帝乙、帝辛卜辭，後四版則屬第一、二、三、五期卜辭〔註 51〕，分別隸屬「祭祀類」、「王事類」。在本批甲骨最常出現「夕」莫過於在「王事」（84 次）、「天象、氣象」（26 次）兩類〔註 52〕，例如：

《北京》971

丙寅卜，史貞：今夕亡囚？　　第一期

《北京》1280

辛酉卜，貞：王今夕亡䀌？　　第五期

---

〔註 50〕于省吾：《雙劍誃殷契駢枝續編》（北京：中華書局，2009 年），三十葉下至三十三葉上。

〔註 51〕針對是批甲骨的斷代，原書依據董作賓的五期分法，參見李鍾淑、葛英會編：北京大學中國考古學研究中心、北京大學考古文博學院編：《北京大學珍藏甲骨文字》「編輯凡例」（上海：上海古籍出版社，2008 年），頁 9。

〔註 52〕《北京大學珍藏甲骨文字》依卜辭內容區分成十二類，即：（1）農事：包括祈年、受年以及農事活動的各個環節。（2）田獵：包括狩獵的方法與獵取的對象。（3）祭祀：包括追享先人的宗廟祭祀如周祭、祔祭、祊祭以及關於祭禮的卜日、卜牲、卜賓、卜尸與各種殺牲、用牲的記載。（4）戰爭：包括徵調兵員、聯合同盟部族以及關於戍、旅、師等軍事編制，關於征、伐、敦、目、見、望等軍事行為。（5）巡狩：包括王與眾步於某地、𢓊於某地以及「王省」、「王循」等巡視、鎮撫行為。（6）刑獄：包括拘執戰俘與囚禁刑殺。（7）徵調、納貢：包括乞取與入致龜骨、犧牲與其他品物的記事刻辭與卜辭。（8）王事：包括王與子、婦之旬夕禍福、生育、病疾、夢幻等。（9）天氣、氣象：包括日月食、星象、風、雲、雨、雪等。（10）干支、曆數：包括干支表、殘斷卜辭只剩數字或紀年、紀月、紀日者。（11）卜法：包括審視龜骨與「不玄冥」、「小告」、「二告」、「王占曰」等占卜術語。（12）其他：包括上述十一類不能納入的特殊卜辭，以及所有不可分類的殘字、殘詞。參見李鍾淑、葛英會編：北京大學中國考古學研究中心、北京大學考古文博學院編：《北京大學珍藏甲骨文字》，頁 7～8。

《北京》1440

乙未卜：舞，今夕从雨？不。　　第一期

《北京》1596

卜：今夕雨？　　第二期

《北京》1607

貞：今夕雨？　　第三期

前兩版屬於「王事類」甲骨，彼此命辭相同，唯獨「𡆥、猒」出現早期、晚期文字寫法的差異。另外，後面三版則屬「天象、氣象類」，命辭皆與「卜雨」有關，其中《北京》1440「舞」寫作「」像人手持牛尾揮舞之形，本版內容可與《周禮・司巫》:「若國大旱則帥巫而舞雩」相呼應，反映殷商人們「舞祭求雨」之觀念[註53]。至於《北京》1596、《北京》1607 則是史官占卜之內容，欲詢問鬼神：今天晚上是否會降雨呢？

附帶一提的是，尋繹甲骨文所見「夕」之過程，亦發現「殷商日始自『旦』予以計算」，原因在於卜辭舉凡「夕」之甲骨，一律作「今日夕」、「今夕」、「之日夕」辭例；但述及「旦」抑或「明」之時，往往出現了「翌」字，例如《英國》2336、《合集》41308「于翌日旦大雨」與《合集》6037「貞：翌庚申我伐，易日？庚申明霒，王來𡗝首，雨小」、《合集》40341「丙申卜，翌丁酉彭伐，攸？丁明霒，大食日攸」，根據上述文例，研判武丁時期以「旦」作為「一天之始」。

## 十二、寐（人臥息睡眠之時）

《合集》20966

（3）癸丑卜，王貞：旬？八〔日〕庚申寐（），允雨自西，小〔采〕既，〔夕〕⧄。五月。　　𠂤小字

《合集》20964

癸丑卜，貞：旬？五月，庚申寐（），雨自西⧄。　　𠂤小字

關於甲骨文「」字，宋鎮豪依《合集》20966 驗辭「八〔日〕庚申」與

[註53] 朱歧祥師：《甲骨文讀本》，頁7。

同版「癸巳卜，王旬？四日丙申昃，雨自東，小采既，丁酉雨至東。二月」研判兩辭屬於「同版異日卜旬」刻辭，從而認定版內「」爲「時稱」，將文字構形分析成「：象一人睡在室內床上呵呼虛吸之意」〔註 54〕。隔年（1985 年），宋鎮豪再尋找𠂤組卜辭「」，即《合集》20964，並重申此字作爲「紀時用語」，文中提出「」爲「」之省形，研判其屬「殷商人們尚欲睡覺之時」〔註 55〕。

以上宋鎮豪的說法獲得黃天樹之認同，黃氏在〈殷墟甲骨文所見夜間時稱考〉提到「字字形象一個人在寢室的床上睡眠，當是『寐』的初文。甲骨文字是個會意字，其後改造爲從『穴』、『未』聲的形聲字。當『臥息』講」〔註 56〕。從兩位學者之看法，發現皆將此字視爲「夜晚人臥息睡眠之時」，而黃氏更進一步說明「寐」造字原理，從甲骨「會意字」轉變成小篆「形聲字」的過程。

總括以上內容，可知𠂤組卜辭出現了 12 種紀日時稱，然而，探討學界尚存爭議的紀時用語，分別是：

（一）「夙」（夙，寫作「」）：常玉芝認爲該字爲紀時用語，並在《殷商曆法研究》列舉《庫》1091 反（頁 164～165），經實際翻閱《材料來源表》，得知《庫》1091 相當於《合集》20346，正面刻辭爲「辛丑卜，扶：戠史人沚」，反面則是「☑夙复止」。當中，反面刻辭已殘闕，不具備完整的文意，故無法輕易斷言「夙」爲時間稱謂。同時，再藉助同一時期「夙」出現的辭例來釐清其語意，分別見於：《合集》20231「鬥夙☑方其☑王𠀠（）☑？六月」、《合集》20462「丁未卜，王令夙田」、《合集》21189「□〔酉〕卜，，夙☑廼☑宋☑」、《合集》21386「☑唐☑小夙臣☑囚」四版，以上三版爲殘辭，僅有《合集》20462 爲完整句，其中「王令夙田」可證明「夙」作爲「人名」，絕非時稱之用。另外，《花東》出現「夙」字，見於編號 39（17）「戊卜：子其取吳于夙，丁弗乍」，〔原釋文〕認爲：「夙」作「時稱」（引用宋鎮

---

〔註 54〕宋鎮豪：〈釋寤〉，《殷都學刊》第 4 期（1984 年），頁 9～13。

〔註 55〕宋鎮豪：〈試論殷代的紀時制度〉，頁 311。

〔註 56〕黃天樹：〈殷墟甲骨文所見夜間時稱考〉，《黃天樹古文字論集》（北京：學苑出版社，2006 年），頁 181。

豪之說），即「天未啓明而星月猶見，約是下半夜至天明之前」〔註 57〕。但我們無法贊同原釋文之說，因此版涉及祭祀，未曾述及任何時稱，若貿然地以該版來斷定「夙」在武丁早期已爲「時稱」是過於危險的，故本文對武丁早期「夙」作爲「紀時用語」的論點，採取較爲審愼、保留之態度〔註 58〕。

（二）「」：李宗焜〈卜辭所見一日內時稱考〉認爲「」所指時間在「小采」之後，依《合集》21016「癸亥卜，貞：旬？二月。乙丑夕雨。丁卯多雨。戊小采日雨，〔風〕。己明攸」作爲單一例證（頁 200）。但實際細審拓本，是字在版內寫作「」，而李學勤把「」、「風」以逗號區隔，將「雨」視爲「雨止」〔註 59〕，故「」應非時稱。

（三）武丁早期「『莫』已作爲時稱」之用，昔日常玉芝、宋鎮豪侷限材料，紛紛將「莫」出現時間定位於武丁以後（頁 178、頁 333），但自花東甲骨出版後，除了顚覆部分文字斷代外，也證明殷商武丁早期「莫」已作爲「紀時用語」，例如：《花東》286（25）與（26）「己卜：蓳（）攺，卯三牛：妣庚」、《花東》314（1）「甲戌卜：蓳（）攺祖乙歲？用」、《花東》340（3）「蓳（）酌：宜一牢、伐一人？用」、《花東》451（1）「己巳卜：暱庚歲妣庚黑牛又羊，蓳（）攺倩」，上述皆見「莫＋祭名」之句型，其中「莫」構形雖有差異，但語意無別。同時，本文又從新材料（花東甲骨）得知武丁早期「莫」已用來指涉時間。

値得注意的是：花東甲骨「叉」寫作「」字，黃天樹依編號《花東》267（H：789）（3）「甲辰卜：叉祭祖甲，叀子祝」、（4）「甲辰叉祭祖甲友𠂤一」、（5）「甲辰叉祭祖甲友𠂤一」（6）「乙巳叉祭祖乙友𠂤一」、（10）「庚戌叉祭妣庚友白𠂤一」五條辭例加以研判：版內「」疑讀爲「早晨之『早』，指舉行祭祀的時間」〔註 60〕；因此，《花東》267 命辭是卜問「甲辰日、乙巳日、庚

〔註 57〕中國社會科學院考古研究所編：《殷墟花園莊東地甲骨》第六分冊「釋文」，頁 1577。

〔註 58〕卜辭「俎」（）非作「時稱」，主要作「祭名、地名」，且姚孝遂已提出「《說文》『俎』之或體作爲『夙』，訓爲『早』，乃是後起引申義」，詳見《甲骨文字詁林》第一冊，頁 422～423。

〔註 59〕李學勤：〈續說「鳥星」〉，《夏商周年代學札記》（瀋陽：遼寧大學出版社，1999 年），頁 65～66。

〔註 60〕黃天樹：〈殷墟甲骨文白天時稱補說〉，收入《黃天樹古文字論集》（北京：學苑出

戌日」早晨時分祭祀祖先的概況。

至於，𠂤組卜辭《合集》20964＋21310「癸卯卜，貞：旬？四月。乙巳**𣞤**雨。」而原拓本，參見下圖〔註 61〕

版內左側「[illegible]」構形，黃天樹經偏旁分析，研判「[illegible]」與《合集》14103「[illegible]」（典賓組）屬同一字，皆在「彔」旁加上表意的「夕」旁，構成「**𣞤**」；而語義上與「中彔」無別（作爲「日中」的對蹠點），指「夜半時分」〔註 62〕。

總之，殷商「時稱」諸多學者予以探討，但專用分組、分類角度切入的僅有常玉芝，惜成書時間較早，將「𠂤」與「賓」組卜辭合併而論。而今日隨著斷代的日漸精細，傾向透過字形結構、書體風格、用字習慣逐一辨析，但迄今武丁早期「紀時用語」仍無人深入剖析。有鑑於上述研究之憾，本文在分析𠂤組卜辭之餘，將同期的花東甲骨一併納入討論範圍，並綜合學界所擬定「時稱」相對的時間；文中括號所擬定的時段，能約略瞭解不同紀日時稱的順序，但在殷商人們的觀念，各類「時稱」是相對概念，絕非精準的時間點。

## 第二節　賓組所見紀日時稱

賓組卜辭之年代分析，李學勤、彭裕商曾藉助卜辭相互聯繫，推算其上

---

版社，2006 年 8 月），頁 228。

〔註 61〕以上兩版甲骨爲黃天樹所綴合，詳見〈甲骨新綴 11 例〉，收錄《黃天樹古文字論集》（北京：學苑出版社，2006 年），頁 250。

〔註 62〕黃天樹：〈殷代的日界〉，原載《華學》第四輯（2000 年 8 月），又收入王宇信、宋鎮豪主編：《紀念殷墟甲骨文發現一百周年國際學術研討會論文集》（2003 年 3 月）；本文引自《黃天樹古文字論集》，頁 174～176。

限為「武丁中期偏早」，而下限至「祖庚」之世；並將本時期的甲骨與時代相近卜辭排列時間順序，即：𠂤組小字二類→𠂤賓間組→賓組一類→賓組二類→出組一類〔註63〕。從上述研究成果，可知「賓組卜辭」的時間是在「𠂤組卜辭」之後，故本文將賓組卜辭置於第二節加以探討，而本時期出現紀日時稱為：

## 一、▨（朦，黎明破曉之時）

賓組卜辭「朦」字，甲骨寫作「▨」，出現在下列卜辭，即：

《合集》15738

癸卯卜，㱿〔貞〕：于翌▨朦酻燎？　賓一

《合集》13751

（正）五旬㞢一日庚申朦▨？　典賓

《合集》13752

（正）二旬㞢一日庚申朦▨？　典賓

針對上述諸版「▨」字，宋鎮豪主張該字作為武丁時期「時稱」，相當於傍晚杳冥之時〔註64〕。但裘錫圭修正其說，並從文字構形、讀音予以研判「▨」似可讀為「昧爽之爽」〔註65〕。然本文藉助文例推勘，研判賓組「▨」作「時稱」可能性很高；因與「▨」文字構形相類的「▨」出現在《合集》6037反「王固曰：其雨。乙丑夕雨小，丙寅喪雨多，丁▨」，是字相當於「黎明破曉之時」；而當太陽露出地平線後則為「旦」。

## 二、旦（日出之時）

《合集》1074

正貞：𢼄人于𩫏，旦？　典賓

《合集》40513

貞：燎于旦十〔牛〕？　賓一

---

〔註63〕李學勤、彭裕商：《殷墟甲骨分期研究》，頁118～126

〔註64〕宋鎮豪：〈試論殷代的紀時制度〉，頁312～314。

〔註65〕裘錫圭：〈釋「木月」「林月」〉，《古文字論集》，頁89。

以上兩版爲賓組卜辭皆涉及「旦」字，命辭內容皆與祭祀有關；其中《合集》1074「𢼄」有割裂之意，「𡬠」（ ）爲「地名」〔註 66〕，本版爲貞人詢問是否要割裂人牲於𡬠（地名），又再詢問「進行用牲法之時辰」（天剛亮）。故「𢼄人于𡬠」與「旦」應分讀，構成「𢼄人于𡬠，旦」兩句。

另外，《合集》40513 內容亦見《英國》1182，版內「袞」依據《說文》之解爲「柴祭天也」〔註 67〕，其屬殷商常舉行的祭祀之一。早期「 」木旁小點象燃燒時迸出之火星，三期以後作 、 、 ，象以火燃木，四期以後作 、 諸形，省去了火，但火星則保留〔註 68〕，上述說明甲骨文「尞」於各時期構形之變化，此類祭祀在殷商用以祭祀祖先、地祇。專就句型而論，殷商時期五期皆出現過「尞祭＋先公先王」之句型，可視爲殷商祭祀制度之繼承。再回歸引文《合集》40513 句意，本辭是史官詢問：是否要在日出之時舉行「尞祭」，並採用十頭牛爲祭牲？

## 三、明（日出天明之時）

《合集》6037 正

貞：翌庚申我伐，易日？庚申明𩂣，王來𡋤首〔註 69〕，雨小。

《合集》6037 反

翌庚其明雨？　　典賓

---

〔註 66〕李孝定：《甲骨文字集釋》卷五，頁 1843。

〔註 67〕〔漢〕許慎；〔清〕段玉裁注：《說文解字注》十篇上，頁 485。

〔註 68〕王輝：〈殷人火祭說〉，原載《古文字研究論文集》（1982 年），後收入《一粟集——王輝學術文存》（臺北：藝文印書館，2002 年），頁 1～26。

〔註 69〕學界對卜辭「𡋤（途）首」之解釋：（1）金祥恆提出其相當於「首途」，並將「王來𡋤首雨小」解釋成「王來啓程時雨小矣」，參見〈加拿大多倫多大學安達黎奧博物館所藏一片牛肩胛骨刻辭考釋〉，《中國文字》第 9 卷（1962 年），頁 4254。（2）郭靜云：〈由商周文字論「道」的本義〉認爲：「王途首」即「表達王爲前引者」，猶如《左傳‧成公十六年》所言：「塞井夷灶，陳於軍中，而疏行首」，故「王來途首，表達王來引導之義」，其文刊載宋鎮豪主編：《甲骨文與殷商史》新一輯（北京：線裝書局，2009 年），頁 203～226。針對以上說法，筆者傾向金說，原因在於郭說雖對「首」字構形詳加探討，卻忽略「𡋤（途）」之語意；同時，以傳世文獻（《左傳》）企圖證明殷商之用法，恐怕也未能使人信服。

《合集》15485

　　貞：勿隻（獲）？丁明歲。　　賓三

《合集》40341

　　丙申卜，翌丁酉酓伐，敀？丁明雀，大食日敀。　　賓一

上述是賓組卜辭延續武丁早期，將「明」作爲「時稱」之用。其中《合集》6037 正「易日」歷來討論甚豐，而有「更日：猶言變天」（孫詒讓、孫海波、陳年福）、「天雨求賜日」（饒宗頤）、「陰日」（陳夢家、郭沫若）等說法〔註 70〕。面對上述諸多說法，已有學者依《說文》、卜辭文例等內容，提出「易日」當讀爲「暘日」，屬於「雨及𣄨之間的一種天氣現象」〔註 71〕。因此，《合集》6037 出現三種天氣，分別是「易日、雀、雨」，版內命辭出現戰爭動詞「伐」〔註 72〕，兩條卜辭大意「（史官）卜問：下個庚申日商王進行討伐，其天氣是否爲『雲開』？結果庚申日天剛亮時分，天氣爲『陰天』；爾後，商王外出啓程時，開始降下『小雨』」。

〔註 70〕學者對於「易日」之說，詳見于省吾主編：《甲骨文詁林》第四冊，頁 3382～3390。此外，陳年福〈甲骨文「易日」爲「變天」說補正〉贊成孫詒讓、孫海波的說法，認爲「甲骨文『易日』爲『變天』」，《古漢語研究》第 2 期（1995 年），頁 40～41。爾後，陳說遭吳國升反對，進而提出「日出」說，即所謂「出日頭」、「出太陽」，〈甲骨文「易日」解〉，《古籍整理研究學刊》第 5 期（2003 年），頁 12～16。直到近日（2010 年），陳年福重新對吳氏之疑問處，提出新論證，見〈釋「易日」——兼與吳國升先生商榷〉，復旦網（2010 年 3 月 1 日）。

〔註 71〕姚孝遂、肖丁：《小屯南地甲骨考釋》，頁 147～149。另外，嚴一萍〈釋[illegible]〉提到「以余考之，字當讀『易』，與『易』爲一字，『易』爲『暘』之初文。《說文》：『易，雲開也』。『暘，日出也』。觀乎卜辭所記，以『雲開』『日出』之義，最爲適合……諸辭皆以『易日』與『雨』『不雨』同貞，此可證卜之日必爲陰天。回天陰之變化非『雨』即『晴』。故凡卜之日天氣陰沈，不知明日之晴雨，而望其轉晴者，即有『易日』之貞」，《中國文字》第 40 冊（1971 年），頁 4430～4434。

〔註 72〕劉釗歸納卜辭之內容，將戰爭過程分十二類，分別爲（1）集合：登人、登眾、立中。（2）出兵：出、來、爯、至、敀、爯冊。（3）偵察：望、見、目。（4）騷擾：撲、凡皇。（5）征伐：正、伐、𦎫、侵。（6）防禦：衛、御……等。（7）追擊：追、关伐。（8）擒獲：隻、擒、執……等。（9）遭遇：冓。（10）殲擊：𢦏、戋。（11）駐紮：𠂤、師。（12）聯絡：史人。詳見〈卜辭所見殷代的軍事活動〉，《古文字研究》第十六輯（北京：中華書局，1989 年），頁 67～139。

另外，《合集》15485驗辭、《合集》40341命辭皆述及武丁時期之祭祀，前版陳述在丁日天剛亮時，舉行歲祭；後者則爲卜問「明日丁酉那一天舉行酌、伐兩種祭祀，天氣是否會放晴」，結果事後史官紀錄當日的天候狀況，即：天剛亮時爲陰天，至人們食用早餐時分天氣轉爲晴天。同時，從《合集》40341內容能瞭解下列幾點現象：（一）殷商史官會卜問隔日之祭祀概況。（二）從命辭反映殷商人們在祭祀時，不希望在降雨情況下舉行祭祀。

## 四、早（早晨時分）

《合集》39964

（1）貞：今早王比望乘？　典賓

（2）貞：今早王勿比望乘？

《合集》6461 正

（1）庚寅卜，**穷**貞：今早王其步伐尸？　賓一

（2）庚寅卜，**穷**貞：今早王勿步伐尸？

版內「早」寫作「[illegible]」，歷來說法分歧，譬如：孫詒讓作「木」、葉玉森、唐蘭釋爲「春」、于省吾改作「秋」、陳夢家隸定成「世」，而劉釗則釋爲「者」〔註 73〕。面對以上諸說，陳劍先從文字構形出發，再分析句意，最終將甲骨文「[illegible]」作爲「早晨時分」〔註 74〕。因此，《合集》39964與《合集》6461則是兩版則是史官卜問：今天早晨時分，商王是否要對方國「望乘」、「尸」進行征戰？

## 五、大采（早上）

《合集》12424

貞：翌庚辰不雨？庚辰〔龕〕，大采☐。　典賓

《合集》12814 正

〔註73〕上述各家說法皆已收錄在劉釗：〈釋[illegible]〉，《古文字研究》第十五輯（北京：中華書局，1982年），頁229～234。

〔註74〕陳劍：〈釋造〉，《甲骨金文考釋論集》，頁150～176。

乙卯卜，㱿貞：今日王往于◻？之日大采雨，王不〔步〕。

◻　典賓

上述兩版爲典賓組卜辭，同期甲骨述及「大采」之內容，迄今多屬殘辭，像是《合集》3223、《合集》11726、《合集》12425、《合集》12810、《合集》12812、《合集》12813 及賓組一類《合集》13377。因此，以上引文爲我們選取較爲完整甲骨作爲本期之例證。其中《合集》12424 命辭涉及卜雨，《合集》12814 則屬田獵卜辭，版內「大采」皆見驗辭，隸屬事後追刻之紀錄。

## 六、大食、食日（食用早餐時分）

《合集》13450

乙未卜，王翌丁酉酌伐，易日？丁明陰，大食◻。　賓一

《合集》40341

丙申卜，翌丁酉酌伐，啟？丁明陰，大食日啟。　賓一

上述驗辭皆見「明」、「大食」紀時之稱，順序分屬先後，其中《合集》40341 內容又與《英國》1101 相同，爲史官在丙申那日詢問：隔日舉行祭祀（酌、伐）天氣是否會放晴。而《合集》13450「翌」後皆干支（丁酉），可知是詢問兩天以後，商王舉行酌、伐之天氣概況。透過以上甲骨片可知：殷商時期「翌」之時間所指，非單純「次日」，也有「再次日」（甚至九天以內）〔註 75〕。

另外，賓組卜辭「大食」也稱作「食日」，見於：

《合集》11506 反

王固曰：之日勿雨。乙卯允明陰，三𠧢，食日大星。

上述引文具有「固辭」、「驗辭」兩部分，其中固辭以「勿」來否定其後動詞「雨」〔註 76〕；而「勿雨」獨見於賓組卜辭，至於本版驗辭「明」、「食日」皆屬「時稱」〔註 77〕，「星」讀作「晴」〔註 78〕。本版固辭說明：商王根據甲骨爆裂紋

---

〔註 75〕針對各時期「翌」所指向日數表，常玉芝曾經深入剖析，見〈「翌」的時間所指〉，原刊載《徐中舒先生百年誕辰紀念文集》（成都：巴蜀書社，1998 年），上述看法也收錄於《殷商曆法研究》第三章第六節「紀日的時間指示詞」，頁 239～247。

〔註 76〕趙誠：〈甲骨文虛詞探索〉，《古文字研究》第十五輯，頁 283。

〔註 77〕詳見常玉芝：《殷商曆法研究》第三章第三節，頁 135～180。

路，研判不會降雨。而驗辭則是史官占卜後的追刻內容，裡頭寫到：乙卯日天剛亮時天氣是「陰天」，到人們食用早餐時分天氣轉變成「晴天」。

## 七、中日（正午時分）

《合集》13613

旬㞢（有）咎？王疾首，中日羽。　　典賓

首先，命辭「咎」寫作「□」，歷來說法可分二類，即：(一) 隸定「𠦪」，源自孫詒讓，而本說法被楊樹達、屈萬里、李孝定所採信[註79]。(二)隸作「求」，羅振玉始提出「□」「引申祈求之『求』」，深受裘錫圭贊同。而裘氏並考釋「求」乃「蛷」之初文，再提出「□」除假借「求索」、「要求」以外，又引申作「咎」之義，故「处跟讀『咎』的『求』大概是本字跟借字的關係」[註80]。面對學界分歧之看法，裘錫圭從語意、古音加以釋讀「□」，最終提出「『求』、『咎』都是群母字，上古音都屬幽部，所以『求』可讀成『咎』。《說文・人部》:『咎，災也。』《周易》中『無咎』之語習見」[註81]。以上裘說較爲可信，是說較爲貼近殷商卜辭之原意（句末出現「亡災」或「亡𡆥」)，且能從《周易》尋繹佐證，故《合集》13613 的命辭是史官卜問：下一旬（十天內）是否有災禍。

其次，《合集》13613「羽」之語意，陳夢家訓解「除」；爾後，裘錫圭也引述甲骨文□字，指出「直接表示用彗掃去臥床病人的疾病」，認定「中日彗」與《黃帝內經素問・藏器法時論第二十二》:「心病者，日中慧，夜半甚，

---

[註78] 學界最早將甲骨文「星」讀作「晴」爲楊樹達〈釋星〉,《積微居甲文說》，頁 10～11。此後李學勤沿用楊氏之說，理解卜辭「大星」爲「大晴」，詳見《夏商周年代學札記》（瀋陽：遼寧大學出版社，1999 年），頁 65～66。

[註79] 參見（1）孫詒讓認爲「□」本義爲「彖」字，詳見《契文舉例》（北京：北京圖書館出版社，2000 年），頁 26（反面）。(2）楊樹達：《卜辭求義》（臺北，大通書局，1971 年），頁 17。(3）屈萬里：《小屯・第二本・殷虛文字甲編考釋》，頁 296。(4）李孝定：《甲骨文字集釋》卷九，頁 3000。

[註80] 參見（1）羅振玉：《增訂殷虛書契考釋》（臺北：藝文印書館，1981 年）中卷，頁 42～43。(2）裘錫圭〈釋求〉，原載《古文字研究》（北京：中華書局，1986 年），頁 195～206。後收入《古文字論集》，頁 59～69。

[註81] 裘錫圭：《古文字論集》，頁 67。

平旦靜」同義，並引用馬王堆漢墓帛書《五十二病方》:「以月晦日之丘井有水者，以敝帚騷（掃）尤（疣），祝曰:『今日月晦，騷（掃）尤（疣）北。』入帚井中」，研判古人已用「掃帚掃去疾病」（巫術思想）〔註 82〕。綜合楊、裘二氏之說法，可知「羽」與「治療疾病使之獲得痊癒」有關。故版內「王疾首，中日羽」可理解成：商王患頭部疾病，經治療後直到正午時分才獲得痊癒。

## 八、昃（太陽偏西之時）

《合集》10405 反

王固曰：㞢（有）希。八日庚戌㞢（有）各雲，自東，[illegible]（面）母。昃亦㞢（有）出虹，自北㱃于河。　典賓

《合集》14932

貞：昃入，王㞢（侑）匚于之，亦壴？　典賓

上述《合集》10405 述及「虹」自北㱃于河，同時期內容相類的卜辭，尚見《合集》13442「戊☐又（佑）？王固☐隹（唯）丁吉其☐未允☐允㞢（有）設明㞢（有）☐雲☐昃亦㞢（有）設㞢（有）出虹自北☐于河。在十二」。其中，于省吾已指出其可與傳世文獻「虹飲水傳說」相呼應〔註 83〕。

同時，殷商人不明「虹」的生成原因（光線折射所產生之天文現象），往往直接視其爲災禍跡象〔註 84〕。故在《合集》10405固辭才將「虹」、「有希」並見。另外，沈建華曾歸納甲骨文「虹」之紀錄，進而推算殷商曆法，發現其與《逸周書・時訓解》「清明之日，桐始華，後五日，田鼠化爲鴽，後五日，始見虹」、《禮記・月令》「季春，虹始見。孟冬，虹藏不見」相符合，即「虹多見於季春時節」〔註 85〕。然從目前武丁時期所刻寫「虹」內容，無法研判沈

---

〔註 82〕詳見（1）陳夢家：〈讀胡厚宣君殷人疾病考〉,《積微居甲文說》卷下，頁 85。(2）裘錫圭：〈殷墟甲骨文「彗」字補說〉,《華學》第二輯（1996 年），頁 33～38。

〔註 83〕于省吾：〈釋虹〉,《甲骨文字釋林》，頁 4。

〔註 84〕晁福林：〈說殷卜辭中的「虹」——殷商社會觀念之一例〉，收錄於郭旭東主編《殷商文明論集》（北京：中國社會科學出版社，2008 年），頁 66～73。

〔註 85〕沈建華：〈從《菁華》大版卜辭看商人風俗與信仰〉，詳見中國國家博物館編《中國國家博物館館藏文物研究叢書・甲骨卷》（上海：上海古籍出版社，2007 年），

氏所言「虹多見於季春時節」，但確知殷商人們將虹視爲動物，故有「飲水於河」之動作。

最後，《合集》14932 句尾「壴」（寫作「[illegible]」），沈建華、沈培、黃天樹表示是一種「時間概念」，而黃天樹藉助本版「昃」、「亦（夜）壴」推測殷商「夜鼓」應與時稱有關〔註 86〕。但實際上殷商甲骨「壴」常與祭祀有關，例如：《合集》1291「癸丑卜，史貞：其障壴，告于唐一牛」、《合集》15456「丁丑卜，爭貞：彡其酌壴」，上述兩版武丁時期甲骨「壴」皆爲祭儀；反觀《合集》14932 也應被視爲「祭儀」。同時，版內「亦」不作爲「時稱（夜）」之用，故本版甲骨是商王卜問：在太陽偏西之時分進入宗廟舉行侑祭，是否要採用打鼓的祭儀呢？

附帶一提：黃天樹述及無名組《屯南》435「祖丁舌，叀枫、祖〔丁〕舌，其鼓」、歷組二類《屯南》2576「□未貞：畀束于茲三壴」、何組二類《合集》30388「〔貞〕：叀五鼓□，上帝若，王〔受〕又又（有佑）」作爲殷商「以擊鼓的數字以計時」，但經我們實際翻閱《屯南》435 釋文是「叀〔于〕棘，亡戋」、《屯南》2576「□〔未〕貞：畀束于茲三壴」、《合集》30388「☐叀五鼓☐上帝若，王〔受〕又又（有佑）」，其中《屯南》435 徵引有所訛誤，《合集》30388 殘辭無法作爲證據，而僅剩《屯南》2576「三壴」，再從文例加以對比，研判本版「三」應是「彡」之誤寫，因「三」與「彡」構形相同，惟有橫豎之別，甚至「壴彡」曾見同期甲骨《合集》32418、《合集》34475，但「三壴」卻僅見《屯南》2576，故「三壴」應是「彡壴」，從而也推翻殷商「以擊鼓的數字以計時」之說。

## 九、枫（天黑掌燈時分）

《合集》1965

翌丁未枫𢼄于丁一牛？　　賓三

頁 294。

〔註 86〕詳見（1）沈培：《殷墟甲骨卜辭語序研究》（臺北：文津出版社，1992 年），頁 82。（2）沈建華：〈甲骨卜辭中所見的鼓〉，《于省吾教授百年誕辰紀念文集》（長春：吉林大學出版社，1996 年），頁 21～25。（3）黃天樹：〈殷墟甲骨文所見夜間時稱考〉，頁 189～190。

《合集》2543

甲辰卜，貞：翌乙巳枳㞢（侑）于母庚：宰？　　　賓三

上述《合集》1965 及《合集》2543 同屬祭祀卜辭，其中「丁」、「母庚」爲本次受祭者，主祭者已省略（應爲商王「武丁」），而「一牛」、「宰」爲祭祀所用的犧牲，故兩版可理解爲「隔天丁未日天黑掌燈時分，商王是否要割裂牛牲以祭祀祖先『丁』」、「隔天乙巳日天黑掌燈時分，商王是否要對母庚舉行侑祭，並以圈養的羊作祭牲」。

## 十、夕（夜晚）

賓組卜辭曾見「干支＋夕，月㞢食」之句型，本類句型與過去半世紀以來甲骨學研究「月食」有關，迄今學界已運用「分組、分期」探討殷商「日月食」，例如：黃天樹〔註 87〕、彭裕商〔註 88〕。綜合以上對於「日月食」之研究，可知武丁時期共見五次「月食」的紀錄，分別在「壬申夕月食」、「乙酉夕月食」、「己未夕𡆥庚申月食」、「癸未夕月食」、「甲午夕月食」〔註 89〕。下列舉兩條卜辭爲例：

〔註 87〕黃天樹：〈賓組「日有食」卜辭的分類及其時代位序〉提到：「賓組卜辭「月有食」皆出於驗辭，總共有七處：即《合集》11483、《合集》11484、《合集》11482、《英國》886、《英國》885、《合集》11485、《合集》11486（其中《合集》11485 與《合集》11486 記載屬同文對貞），文中先羅列卜辭之內容，進而採用字體特徵加以研判時間先後，得出彼此間時間順序爲：癸未夕→甲午夕→己未夕→庚申→壬申→乙酉」，原刊載《古文字研究》第二十二輯（北京：中華書局，2000 年）；此文又收錄《黃天樹古文字論集》（北京：學苑出版社，2006 年），頁 157～164。

〔註 88〕彭裕商則歸納、整理歷組卜辭所見「日有戠」，得出此類記載主要見於《合集》33696～33704，進而透過「前辭」分析歷組卜辭：（1）「日戠」，有三時段，即「庚辰日」（《合集》33698、33699）、「乙巳日」（《合集》33696、33704）、「乙丑日」（《合集》33697、33700）。（2）「月有戠」的年代約在祖庚後半期，見於《屯南》726「壬寅貞：月有戠，王不于一人咎？有咎？」與「壬寅貞：月有戠，侑宰？茲用」，詳見〈歷組卜辭「日月有食」「日月有戠」卜骨的時代位序〉，收錄於郭旭東主編《殷商文明論集》（北京：中國社會科學出版社，2008 年），頁 74～83。

〔註 89〕參閱（1）王宇信、楊升南主編：《甲骨學一百年》第十四章，頁 636～647。（2）馮時：〈殷卜辭月食資料的整理與研究〉，《古文字與古史新論》（臺北：臺灣書房出版有限公司，2007 年），頁 125～148。

《合集》40204

己未夕皿庚申㞢〔食〕。 典賓

《合集》40610 正

癸未卜，爭貞：旬亡囚？王固曰：㞢咎。三日乙酉夕皿丙戌，允㞢來入齒。十三月。 典賓

上述《合集》40204、《合集》40610 皆出現「夕＋皿」之句型，昔日對「皿」構形、語意皆不清〔註 90〕；遂對此次月食發生時間有不同討論，例如：（一）董作賓認爲「庚申月食」〔註 91〕。（二）德效騫、周法高主張「己未日夜至庚申日凌晨」〔註 92〕，直到 1993 年裘錫圭新提出「皿」應作「皿」，表示「前後兩天之間的一段時間」這種用法的「皿」應讀爲「鄉」即「向」，並認爲它與《詩經》「夜鄉晨」的「鄉」同義。上述裘氏之看法，深獲得常玉芝同意，常氏更表示「干支夕皿干支」代表前一干之日即將結束，後一個干支日即將開始之時，並翻閱《辭典》、《字典》得知該字具「臨近、接近、將近」之意〔註 93〕。而曹定雲〈殷墟卜辭「皿」「敦」之初文考〉雖認同裘氏對「皿」的理解，卻修訂對此字的形、聲、義，主張「皿」乃「敦」之初文，作爲「時名詞間」，當甲骨文出現「干支夕皿」之辭例，是代表前一日之末尾；而「（前一日）干支夕，皿（下一日）干支」則表示當日夜晚，鄰近隔日的時候。文中進一步描繪殷代「日界」示意圖，即〔註 94〕：

---

〔註 90〕詳見（1）陳夢家：《殷墟卜辭綜述》，頁 246。（2）于省吾：〈釋皿〉，《殷契駢枝全編》（臺北：藝文印書館，1975 年），頁 27～30。（3）張秉權認爲「皿」作連接詞，如「及、和、與」等之用，《小屯·殷墟文字丙編·考釋》上輯·第二冊（臺北：中央研究院歷史語言研究所，1997 年影印），頁 134～137。

〔註 91〕董作賓：〈殷曆譜〉下編卷三「交食譜」，《董作賓先生全集》乙編，頁 448～451。

〔註 92〕針對德氏之說，詳閱周法高〈論商代月蝕的紀日法〉，原刊《哈佛亞洲學報》第 25 期，而此文經趙林翻譯，收入《大陸雜誌》第 35 卷第 3 期（1967 年 8 月），頁 26～28。

〔註 93〕詳見（1）裘錫圭：〈釋殷墟卜辭中「皿」「[illegible]」等字〉，常宗豪等編：《第二屆國際中國古文字學研討會論文集》（香港：香港中文大學中國語言及文學系，1993 年），頁 73～94。（2）常玉芝：《殷商曆法研究》，頁 33。

〔註 94〕曹定雲：〈殷墟卜辭「皿」「敦」之初文考〉，收錄王宇信、宋鎮豪主編：《紀念殷墟甲骨文發現一百周年國際學術研討會論文集》（北京：社會科學文獻出版社，2003

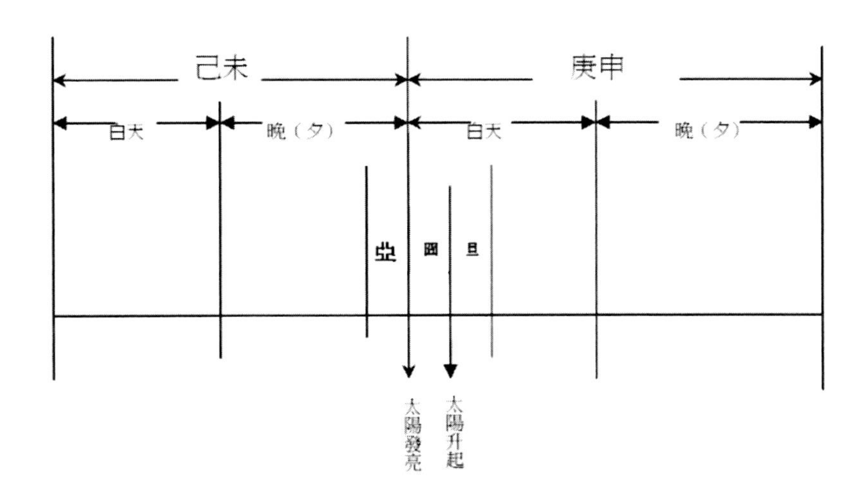


從上圖可知「𡆥」與「囧」乃殷代「日界」的分界線；而「𡆥」之切確時間是前一天「夕」的末尾，在後一日「夙」與「昧爽」之前。因此，目前學界將卜辭「𡆥」語意釐清之後，有助於重建上述兩版典賓組卜辭發生月食之時間，分別在「己未日夜間鄰近庚申日天明」（己未月食）與「乙酉日夜間鄰近丙戌日天明」（乙酉月食）。

因此，從以上內容可知賓組卜辭共發生五次月食，人們紀錄「跨日」會以不同干支加以表達，且採以「夕𡆥」聯繫兩項干支，構成「干支＋夕𡆥＋干支」形式，該類句型能溯源自武丁早期，譬如《花東》493（6）「壬辰𡆥癸巳夢丁［字］，子用［字］，亡至艱」。

整理本節之內容，可知賓組卜辭的紀時用語，可歸納出幾點現象：

其一、武丁時期出現許多對於氣象之觀測，例如：賓組卜辭《合集》13391「〔茲〕云其降〔雨〕」、「〔貞〕：茲云其㞢降其雨」皆屬「主語（茲云）＋動詞（降）＋賓語（雨）」的句型，藉由上述句型，可知武丁時人已具備氣象知識，深知「雲與雨」相關性，同期之紀錄，尚見：《合集》13385「貞：茲云〔其〕雨」及《合集》13386「庚寅貞：茲二云其雨」、《合集》13387「貞：茲云其雨」、《合集》13393「茲云雨」。以上皆說明殷商人們除了認為「雲層會致使降雨外」，更瞭解「降雨與打雷」密切相關，例《合集》13406「癸巳卜，𠂤貞：☐雨雷」、《合集》13407反「乙巳卜，賓貞：茲雷其〔雨〕」及《合集》13408正「〔丙〕子卜，貞：茲雷其〔雨〕」。

其二、甲骨文除了記載「降雨時間」以外，也會記載降雨確切之方位，例

年），頁165～177。

如：賓組卜辭：《合集》12870 乙「其自南來雨」，可知該時期人們已具四方觀念，並藉助占卜來詢問降雨方位，如：《合集》12871「〔其〕自南〔來〕雨」。再者，《合集》12872「㞢來雨自北西」降雨方位「北西」。上述卜辭透露出：殷商人們把方位劃分得相當精細，除了「四方觀念」以外，進而闡發「八方」概念〔註 95〕。

其三、賓組卜辭尚見紀日時稱，像是「夙」字，寫作「[glyph]」〔註 96〕，是字見於《合集》16131 反「王固曰：其夕雨，夙明」，版內出現「夕」、「夙」兩詞，明顯是相對之概念，其中「夙」指「早晨」，「夕」則是指「夜晚」。

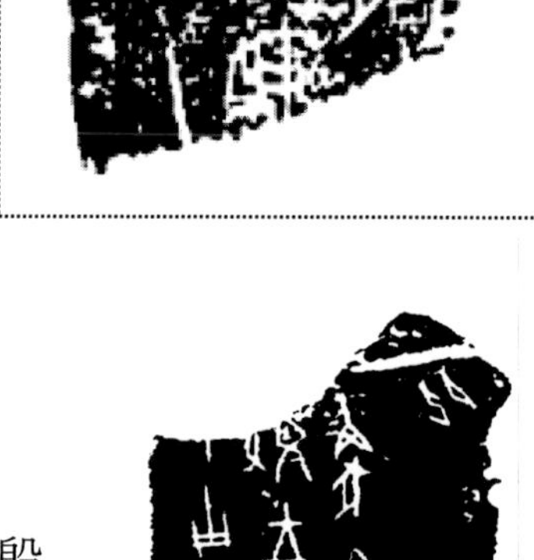

其四、賓出類「[glyph]」，參見右圖——→唯獨見於《合集》13135「今夕☐之夕〔雨〕[glyph]攸」，裘錫圭將「[glyph]」爲「小亦（夜）」之合文，而黃天樹進而將「[glyph]」釋爲「夜未深」〔註 97〕，但本版屬殘辭，無法確切將「[glyph]」與「時稱」劃上等號，尚需更多證據予以證明。

其五、賓組卜辭「㱲」（[glyph]、[glyph]），黃天樹〈殷墟甲骨文所見夜間時稱考〉研判其屬「黃昏」（頁 178～179），但值得注意的是，黃文列舉甲骨惟《合集》10719 屬完整內容（見右圖），然拓本內龜甲明顯已

10719

〔註 95〕黃天樹：〈說殷墟甲骨文中的方位詞〉，刊載於王宇信、宋鎮豪、孟憲武主編：《2004 年安陽殷商文明國際學術研討會論文集》（北京：社會科學文獻出版社，2004 年），頁 118～126。

〔註 96〕筆者案：無名組卜辭《合集》26897 曾出現「癸戌夙伐𢦏，不雉〔人〕」與「癸于旦廼伐𢦏，不雉人」選擇性對貞，明顯證明殷商「夙」確實作爲時稱之用；但歷來對其隸屬之時間點，有所爭議，例如宋鎮豪：〈試論殷代的紀時制度〉將其定位在「寅時」，約凌晨 3～5 點（頁 332）；而常玉芝《殷商曆法研究》則將「夙」置於「枫」之後（頁 165）。但筆者主張以宋說較爲可信，原因：其一、傳世文獻《書・舜典》：「夙夜惟寅，直哉惟清」，孔穎達〈正義〉「夙，早也」，可視「夙」爲白天之輔證。其二、賓組卜辭《合集》16131 曾見「夕、夙」相對之內容。

〔註 97〕分別見（1）裘錫圭：〈殷墟甲骨文字考釋（七篇）〉，《湖北大學學報》第 1 期（1990 年），頁 51。（2）黃天樹：〈殷墟甲骨文所見夜間時稱考〉，頁 180～181。

明顯殘闕，甚至「[illegible]」左上半的構形已不復見。顯然黃文中唯一絕對證據也動搖了。

同時，藉助甲骨的辭例加以研判「[illegible]」，從未作爲「時稱」。

例如：《合集》7781、7782、21421 皆見「生某月＋[illegible]」之句型，前兩版內容殘闕，而後版《合集》21421 僅出現「貞：一月[illegible]」恐與祭祀有關。此外，是字又見《英國》905，版內命辭也屬「殘辭」。故迄今唯一完整出現「[illegible]」是《合集》13675 正「壬戌卜，古貞：钔疾[illegible]妣癸」、「钔疾[illegible]于妣癸」命辭與疾病有關，版內出現「疾＋[illegible]」的句型。由上述句型，加以研判「[illegible]」應是患病部位，故本版是商王採取「钔祭妣癸」，欲攘除本次疾病。

其六、賓組卜辭「冥」，寫作「[illegible]」，李宗焜列舉《合集》12971 始認定其指「昏暮之時」，是說被黃天樹所採信〔註 98〕。但實際上翻閱《合集》12971「壬辰卜，內：翌癸巳雨？癸巳[illegible]，允雨」，其中「[illegible]」于省吾、趙誠皆釋爲「[illegible]、[illegible]、[illegible]」異體字，將「冥」用來形容天象，專指「天氣陰蒙而雲蔽日」〔註 99〕。同時，從卜辭位置研判「冥允雨」應以逗號分讀，不應像是李、黃二氏「癸巳冥允雨」。故 12971 描述了「癸巳日天氣陰蒙」，不久後「果然降雨」。因此，賓組卜辭「冥」非「紀時用語」，是字主要用來描述天象。

歸納本節之內容，發現賓組卜辭共見以下幾項時稱，分別是：朧（日出之前）、旦（日出之時）－明（天剛亮）－大食、食日－早、大采（早晨時分、早上）－中日（中午時分）－昃（太陽偏西之時）－枫（掌燈時）－夕（夜晚時分）－夙。再對比宋鎮豪之研究「旦（眉）－明（大采）－[illegible]－食日（大食）－中日－昃－小食－小采－黃昃－會－枫－夕－夙」（頁 314），可知彼此差異處，在於賓組卜辭「眉」無法藉助甲骨文例，研判是否爲「紀時用語」，而「小食、小采」僅見於武丁早期𠂤組卜辭，至晚期不復見。故賓組卜辭共見十二種紀日時稱，其中「旦」爲一日之始，而「中日」代表正午時分，夜間分爲「枫、夕、夙」三項別稱，雖然部分「時辰」未能尋繹甲骨文相對應之「時

〔註 98〕詳見（1）李宗焜：〈卜辭所見一日內時稱考〉，頁 193。（2）黃天樹：〈殷墟甲骨文所見夜間時稱考〉，頁 180。

〔註 99〕詳見（1）于省吾：〈釋冥〉，《甲骨文字釋林》，頁 113～114。（2）趙誠：《甲骨文簡明辭典—卜辭分類讀本》（北京：中華書局，1988 年），頁 192。（3）于省吾主編：《古文字詁林》第一冊，頁 613～614。

段」，但從目前已出現卜辭內容，已反映「殷商人較重視白天」，使得紀時用語在數量上「白天」明顯多過「夜間」。

## 第三節　出組所見紀日時稱

針對出組卜辭之研究，李學勤、彭裕商依字體將此期卜辭細分「一類」、「二類」，再從稱謂予以斷代，研判「出組一類」大致隸屬祖庚時期（上限可能溯及武丁之末），而「出組二類」應在祖甲時期（頁 138～139）。

迄今學界探討此時期「時稱」則有：常玉芝、宋鎮豪，前者提出「⿱林辰、朝、晝、萅、枫」五種（頁 166～172），而宋氏則新增「萌、夕」兩類，並刪去「晝」，形成「⿱林辰、朝、萌、萅、枫、夕」六種（頁 314～315）。面對分歧之說，惟有回歸原始材料，利用實際分析甲骨，還原出組卜辭之紀日時稱，分別是：

一、⿱林辰（晨，早晨時分〔附錄一〕）

《合集》22610

丙午卜，即貞：翌丁未丁⿱林辰歲，其又伐？　出二

《合集》23150

□申〔卜〕，旅〔貞〕：毓祖乙歲，〔叀〕今⿱林辰酢？　出二

《合集》23161

□□〔卜〕，☐翌乙未告于毓祖乙、父丁，〔叀〕⿱林辰酢？　出二

《合集》23419

己酉卜，即貞：告于母辛，叀⿱林辰？十一月。　出二

上述「⿱林辰」寫作「⿱林冂」，過去被學者釋為「農」字，理解成「與農業卜辭」有關〔註 100〕。然常正光藉助卜辭文例比對，進而提出「『暮酢』、『暮歲』、『朝酢』

〔註 100〕羅振玉、王襄、楊樹達、孫海波、饒宗頤、李孝定皆將甲骨「⿱林冂」釋作「農」，詳見《甲骨文字詁林》第二冊，頁 1133～1135。另外，饒宗頤又將第二期卜辭「⿱林冂」釋為「農星」，再引《逸周書》《周書・作雒》「祀以上帝，配以后稷，農星先王皆與食」為旁證。詳見《隨縣曾侯乙墓鐘磬銘辭研究》（香港：中文大學出版社，1985

是與前舉的『𦳊酌』、『𦳊歲』、『今𦳊酌』屬於同一類型。『朝、暮』都是殷商紀時所用的字，只有釋『𦳊』爲『晨』，才能符合殷商在朝暮舉行祭祀的實際情況」、「既然朝暮二字通過草木的背景與日月等天象的會意而成，那麼𦳊、莀二字大辰星在草木叢中，以表示天色將曉的天象也就可以理解了」〔註 101〕。此說提出後，獲得宋鎮豪、裘錫圭、常玉芝的贊同〔註 102〕。因此，在《合集》22610、《合集》23157、《合集》25157 出現的「𦳊＋祭名」句型，可解釋爲：史官詢問是否要在早晨時分舉行祭祀之活動。

關於《合集》22610「翌丁未」是史官詢問祭祀日期，而後一字「丁」則爲受祭對象，恐爲「父丁」之省稱〔註 103〕。而版內「又」字，透過文意加以研判，應作爲「再又之『又』」〔註 104〕，故本版命辭貞問：隔日丁未日早晨是否要對父丁舉行歲祭，並取「砍殺的人」作爲祭牲。

其次，《合集》23150、23161「毓祖乙」中「毓」依裘錫圭所述「是指三世以內親屬的一個詞」，再依《史記・殷本紀》記載，研判本版「毓祖乙」應是武丁之父「小乙」〔註 105〕。版內的祭祀動詞分別是「歲祭」、「祰祭」；因此，以上兩版是史官卜問：商王對祖先（小乙／小乙與武丁）舉行祭祀（歲祭／祰祭），是否要在早晨時分舉行灌香酒於地，以祈求祖先神靈之降臨。

再者，《合集》23419 命辭欲強調商王祭祀之時辰，整句能理解成「己酉

年），頁 55。

〔註 101〕常正光：〈辰爲商星〉，《古文字研究論文集》（《四川大學學報叢刊》第十輯（成都：四川人民出版社，1982 年），頁 141～146。

〔註 102〕筆者案：常說提出後，獲得宋鎮豪、裘錫圭、常玉芝之贊同，分別見（1）宋鎮豪：〈試論殷代的紀時制度〉，頁 314。（2）裘錫圭：〈甲骨文所見的商代農業〉，原刊《全國商史學術討論會論文集》（《殷都學刊》增刊，1985 年），後收入《古文字論集》，頁 154～189。（3）常玉芝：《殷商曆法研究》，頁 166～169。

〔註 103〕筆者案：《合集》22610「翌丁未」透過與同期甲骨《合集》24348「丙寅卜，行貞：翌丁卯父丁莫歲：宰？才三月。才雇卜」相互對比，研判出「丁」爲受祭對象，恐「父丁」之省稱。

〔註 104〕趙誠：〈古文字發展過程中的內部調整〉，《古文字研究》第十輯（北京：中華書局，1983 年），頁 362。

〔註 105〕裘錫圭：〈論殷墟卜辭「多毓」之「毓」〉，《中國商文化國際學術討論會論文集》（北京：中國大百科全書出版社，1998 年），頁 456。

日，史官『即』進行占卜：商王是否要於『今日早晨』對母辛舉行祰祭」。因此，透過引文的內容，可知出組卜辭習慣將紀日時稱刻於命辭，用來詢問適合祭祀之時辰。

## 二、朝（早晨）

《合集》23148

癸丑卜，行貞：翌甲寅毓祖乙歲，朝酌？茲用。　出二

本版為出組卜辭唯一出現「朝」的文例，但仍可認定「朝」作為「時稱」，原因如下：其一、本版甲骨刻辭上方出現省略句，即「貞：蓍酌」；而我們藉助相同文例研判，完整內容應是「癸丑卜，行貞：翌甲寅毓祖乙歲，蓍酌」。其二、本期常見「時稱＋祭祀動詞」之句型，像是「夕歲」、「莫歲」等例，有助於研判本版「朝」作為「紀時用語」。結合以上兩點內容，本文認為出組卜辭「朝」延續武丁之用法，作為「時稱」，指「早晨時分」。

根據《合集》23148 辭意，版內「毓祖乙」專指「武丁之父『小乙』」，其中「歲」屬祭名，而「酌」則是宗廟之祭儀，謂「灌香酒於地以求神降臨」。上述祭祀習慣，又於《周禮・春官・大宗伯》「以肆獻祼享先王」。鄭玄〈注〉「祼之言灌，灌以鬱鬯，謂始獻尸求神時也」，而賈公彥〈疏〉「凡宗廟之祭，迎尸入戶坐於主北。先灌，謂王以圭瓚酌鬱鬯以獻尸，尸得之瀝地。祭訖，啐之奠之，不飲。尸為神象，灌地所以求神」。故本版命辭卜問：商王祖甲（隔天）甲寅日對祖先小乙舉行歲祭，是否要在早晨時分舉行灌香酒於地，以祈求祖先神靈的降臨。

## 三、早（早晨時分）

《合集》25370（1）

□□〔卜〕，出貞：來早王其敹，丁〼？　出一

《合集》25371

丁亥卜，出貞：來早王其敹，丁盥，〔𦥑〕新〼？　出一

《合集》23430（3）

□酉卜，大貞：今早〼？　出一

上述三版甲骨隸屬出組一類，各版雖有所殘闕，但依現存文字予以研判《合集》25370 與《合集》25371 與祭祀有關，而《合集》23430 命辭僅存兩字，已無法瞭解當時史官欲占卜詢問的內容。

## 四、莫（日落之時）

《合集》23207

丙午卜，行貞：翌丁未父丁莫歲：牛？　　出二

《合集》23208

丙戌卜，□貞：翌丁〔亥〕父丁莫歲：宰？　　出二

《合集》23212

〔丙辰〕卜，□貞：翌〔丁〕巳父丁莫歲：牛？　　出二

《合集》23326

貞：匕（妣）庚歲，叀莫酚先日？　　出二

上述四版甲骨隸屬「出組二類」，命辭皆與祭祀有關，其中《合集》23207、《合集》23208、《合集》23212 命辭相類，同樣是史官貞問：隔日商王是否要在黃昏時分對祖先「父丁」進行歲祭，並採取動物（牛、圈養的羊）作爲祭牲。

其次，《合集》23326「莫」寫作「」，歷來學界對「」解釋所有分歧，例如：宋鎮豪主張「從禾與從屮無別」，研判其屬「朝」之異構（頁 314）。而常玉芝卻認定「」非時稱（頁 174）。學界依甲骨文例、構形的分析，傾向將「」釋爲「莫」〔註 106〕，而本版的「匕（妣）庚」屬祭祀對象，從同版異辭「羌甲奭妣庚」可知其爲羌甲之配偶。本辭大意：史官卜問商王對於「妣庚」（羌甲之配偶）舉行歲祭，是否要在前一日的日落時分率先舉行「酚祭」。

再者，本期「莫」又見增「隹」偏旁，像是《合集》23148「貞：蓦酚」，版內「蓦」寫作「」，這類寫法又見於武丁早期的文字構形。同時，透過同版「癸丑卜，行貞：翌甲寅毓祖乙歲朝酚」，研判「貞：蓦酚」三字，應是「癸丑卜，行貞：翌甲寅毓祖乙歲蓦酚」的省略。本句辭意是史官卜問：商王在隔

〔註 106〕各家之說法，詳見于省吾主編：《甲骨文字詁林》第二冊，頁 1336～1346。

日（甲寅）對祖先小乙舉行歲祭，於日落時分舉行灌香酒於地，祈求祖先神靈降臨。

## 五、枳（掌燈時分）

《合集》25460

甲辰卜，𡚬貞：王賓夕禱，至于翌枳禱，不乍？　出二

《合集》23732

乙酉卜，行貞：王賓枳禱，亡囚？　出二

《合集》22548

庚辰卜，大貞：來丁亥寇寀，㞢枳歲羌卅，卯十牛？十二月。　出二

上述《合集》25460、《合集》23732皆是「王賓＋時稱＋禱（祭名）」句型，其屬「王賓卜辭」常見之句式〔註107〕。版內「禱」字，羅振玉認爲：「其从兩手奉尊於示前。或省廾，或並省示」，提出「禱」象「持酉以祭」〔註108〕；而賈連敏延續羅氏之說，進一步對古文字構形加以剖析，主張該字與後代「祼」字用法相同，即「以香酒灌地而求神」〔註109〕。因此，《合集》23732命辭理解「商王於掌燈時分賓迎鬼神、舉行祼祭，應該不會出現災禍吧」。同時，透過命辭內「亡囚」兩字，瞭解到殷商人們祭祀心態，深怕祭祀無法順利完成，遭逢災禍。

---

〔註107〕常玉芝：〈說文武帝〉，《古文字研究》第四輯（北京：中華書局，1980年），頁207。筆者案：沈之瑜、濮茅左〈卜辭的辭式與辭序〉將上述形式卜辭稱爲「賓𣪊卜辭」，且提出此類句型「僅見第二、第五期卜辭，他期未見」，《古文字研究》第十八輯，頁23～24。另外，鄭繼娥曾探討「王賓卜辭」的句式，並歸納此類卜辭所見的祭祀動詞有「第一、貫穿所有組別的有9個：劦、祭、翌、壴、彡、𡆥、歲、祼、戠。第二、只在出組所見的動詞9個：龠、蒸、日、禱、延、奏、秖、鼓、伐。第三、出現在何組的動詞2個：示、剛。第四、黃組出現的動詞17個：翌日、劦日、彡日、彡夕、品、薦、蒸、燎、禱、准、伐、衻、𣪘、幼、執、𥂴、祼、苎」。詳見《甲骨文祭祀卜辭語言研究》（成都：巴蜀出版社，2007年），頁152～179。

〔註108〕羅振玉：《殷虛書契考釋》卷中，頁17上。

〔註109〕賈連敏：〈古文字中的「祼」和「瓚」及相關問題〉，《華夏考古》第3期（1998年），頁96～112。

另外，關於《合集》22548「寇𡨦」于省吾研判屬於「儺禮」〔註 110〕，其中「歲、卯」皆屬「用牲法」，而「羌卅、十牛」則說明採用三十個羌人、十頭牛隻作爲犧牲。本版的命辭大意：商王在即將到來的丁卯日舉行驅疫鬼之祭，並於掌燈時分採用「割取卅位羌人、對剖十頭牛」作爲本次祭典的犧牲。

## 六、夕（夜晚）

《合集》22899

丙戌卜，行貞：王賓父丁夕歲，亡尤。　出二

《合集》23671

戊申卜，旅貞：王賓夕禘，亡囚？　出二

《合集》24769

丁酉卜，王〔貞〕：今夕雨？至于戊戌雨。戊戌允夕雨。四月。　出二

《合集》24939

乙酉卜，祝貞：叀今夕告于南室。　出一

《合集》25040

丙午卜，出貞：今夕㞢（侑）〔于〕保小宰？　出一

上述五版卜辭隸屬出組二類、出組一類，分屬不同時期，彼此同樣出現「夕＋祭名」句型，其中《合集》22899 與《合集》23671 爲史官詢問商王在夜晚對祖先舉行「歲祭」及「禘祭」，應該不會發生災禍。

再者，《合集》24769 前辭點出本次占卜爲商王親自參與：詢問今日晚上是否會降雨？結果到了隔天（戊戌日）果然出現降雨。同時，史官爲了彰顯本次商王占卜之靈驗，更描述了隔天（戊戌）晚上果然降雨。根據卜辭內容，加以研判「夕」字，重複書寫於命辭、驗辭兩處，應與本次的占卜對象爲「商王」有關。

關於《合集》24939、《合集》25040 皆是「出組一類」卜辭，兩版同樣主語省略、牽涉殷商祭祀制度，前版是史官詢問：「晚上是否要對『南室』舉行祰祭」，而後版則是卜問「今日晚上是否要到『保地』舉行侑祭，並以圈養的羊作

〔註 110〕于省吾：〈釋寇〉，《甲骨文字釋林》，頁 48～49。

爲犧牲」。以下是歷來對「出組卜辭」有爭議的紀日時稱，分別有：

（一）晝：常玉芝認爲「出組卜辭『晝』爲時稱」（頁 166），但迄今甲骨文例無法證實其說之可信，唯一的例證，在《合集》22942「□□卜，大，〔貞〕▨舌于父丁▨今晝▨」，內容已殘闕，從殘辭、孤證無法取信於人，故本文對出組「晝作時稱」採取保留之態度。

（二）萌：宋鎮豪認爲《合集》23148 曾見「癸丑卜，行貞：翌甲寅毓祖乙歲，萌酌。茲用」（附圖四），進而研判該時期「『萌』相當於『莫』之別體」（頁 315）。但經我們實際翻閱拓本，版內從未出現「萌」字，反倒是出現「朝」，恐怕是宋氏誤將「朝」看成「萌」。

（三）昞（冏）：饒宗頤認爲其指「旦明時也」；是說被李宗焜所採信，並以《合集》23395「〔▨出于匕辛昞（冏）歲其至凡▨。四月」、《合集》23717「甲申卜，出貞：翌▨子弖其出于匕辛昞（冏）歲，其▨」爲直接證據（頁 182～183）。但上述李氏所舉的命辭皆已殘缺，因此，卜辭「昞」之用法尚待檢驗，故本文從「昞（冏）」字，尋繹相關辭例，試圖釐清字意，詳見下表：

| 卜　辭　內　容 | | 分組、分類 |
|---|---|---|
| 《合集》23395 | 〔甲申卜，出貞：翌□□子弖其〕出于匕辛冏歲其至凡▨？（參考《補編》7021 遙綴） | 出一 |
| 《合集》23396 | 〔□□卜，□貞▨：其出于〕匕辛冏歲至凡▨？ | 出二 |
| 《合集》23717 | 甲申卜，出貞：翌□□子弖其出于匕辛冏歲，其▨？ | 出一 |
| 《合集》27110 | 若冏，祖乙舌，王受又（佑）？ | |
| | 若冏，祖乙舌，王受又（佑）？ | 何一 |
| 《合集》27111 | 若冏，祖乙舌，王受又（佑）？ | 無名 |
| 《合集》27200 | 其若冏，祮祖乙，又正（禎）？ | 何一 |
| 《合集》27313 | 弜若冏，繫于祖丁[illegible]？ | 無名 |
| 《合集》31227 | 若冏？ | 無名 |
| 《合集》31769 | 己□〔卜〕，貞▨冏▨？　一（「己」字橫刻） | 何二 |
| 《合集》35292 | □□，貞▨冏▨？用。 | 歷二 |
| 《屯南》110 | ▨冏冊用，十亩又五亩？ | 康丁 |
| 《屯南》662 | 若冏〔于〕卤？吉？ | 康丁 |
| 《屯南》766 | 禒新鬯，若冏，叀（[illegible]）至，王受又（佑）？ | 康丁 |
| 《屯南》822 | 舌匕庚，若冏于升，王受又（佑）？ | 康丁 |

| 《屯南》2393 | 若㝵于升，受又（有佑）？ | 康丁 |
|---|---|---|
| 《屯南》4066 | ☐〔若〕㝵于□母敔□𧍝興，于之受〔又（佑）〕？ | 康丁 |
| 《英國》2372 | ☐㝵☐〔舌〕☐？ | 第三期 |
| 《懷特》1368 | 其舌若，𢦏𣏟出㝵毓祖丁，王受又（佑）？ | × |
| 《懷特》1399 | 丁酉卜，王其出（侑）𦉪，若？㝵才☐。 | 第三期 |
| 《懷特》1404 | 其舌若，𢦏𣏟出㝵毓祖丁，王受又（佑）？ | × |
| 《天理》489 | 㝵☐其☐？ | × |
| 《天理》505 | 于若㝵，王受〔又（佑）〕？ | × |
| 《蘇德》306 | ☐若㝵既攺，入☐？ | × |

歸納上表可知：「㝵」始見出組卜辭，到了何組、無名組、歷組等期。同時，上述諸版以「㝵歲」、「若㝵」之形式遍見於甲骨文例，而「㝵歲」、「若㝵」被學界視爲「祭名」〔註 111〕。此外，上述例子的同版甲骨不曾有其他時稱之出現，故在證據未齊全之前，本文仍對甲骨「㝵」作爲「紀時用語」採取保留之態度。

綜合本節內容，可以確定「出組卜辭」共有五種紀日時稱，分別是：𪒠與朝（早晨時分）、莫（日落之時）、枫（掌燈時分）、夕（夜晚）。同時，分析紀日時稱之餘，也發現武丁、祖甲卜辭的差異，即：

| 時間／差異 | 武丁（𠂤組、賓組） | 祖甲（出二類） |
|---|---|---|
| 命辭內容 | 卜旬、降雨 | 祭祀 |
| 驗辭出現 | 常見 | 罕見 |
| 紀時位置 | 驗辭（較常見） | 命辭（較常見） |
| 核心意義 | 天象：史官於占卜之後詳載一日的氣象 | 祭祀：卜辭出現「時稱」（朝／暮）之對貞 |

從表格內可知兩時期甲骨存在四項差異：第一、命辭部分：雖同樣藉助龜甲詢問鬼神之意圖，在武丁時期偏向卜問「一旬之內災禍」、「降雨與否」；至祖甲卜辭則強調「祭祀順利與否」，常見「王賓＋紀日時稱＋祭名，亡𡆥」的句型。藉此顯示「在位時王」重視事件的差別，故史官在甲骨命辭本身，予以

〔註 111〕分別見於（1）孫海波：〈釋內〉，《考古學社社刊》第 4 期（1936 年 6 月），頁 17。（2）中國社會科學院考古研究所編：《小屯南地甲骨》下冊「第一分冊　釋文」，頁 887。（3）于省吾主編：《甲骨文字詁林》第三冊，頁 2055～2056。

呈現。第二、驗辭部分：武丁時期大量出現驗辭，該項習慣凸顯王室對占卜之依賴，故在命辭之後刻寫驗辭，希冀替本次占卜靈驗背書；至祖甲驗辭較少出現，且刻寫內容不再像武丁時期鉅細靡遺。第三、出現位置：武丁早期𠂤組、花東卜辭將紀日時稱「旦、大采、昃、莫、枳、夕」多刻寫在「驗辭」，用來描述天象；至祖甲時期則見於「命辭」，以詢問祭祀時間。第四、詞彙數量：祖甲繼承武丁時期「朝、早、莫、枳、夕」五種時稱，又新增「𧯴」以紀錄「早晨時分」。總括四點內容，本節勾勒出不同時期人們的詞彙運用及觀念轉換。雖然同樣是紀日時稱，從命辭本身已透露王室所關注的核心已從「自然天象」轉變成「祭祀典禮」，此種祭祀觀念興起或許替第五期「周祭興起」預先埋下伏筆。

## 第四節　何組所見紀日時稱

關於「何組卜辭」，學界曾依字體將該時期劃分爲三大類，即：「何一類」、「何二類」、「何三類」。唯有前兩類述及殷商「紀日時稱」，其中「何一類」經李學勤、彭裕商從紀月、字體、兆辭、稱謂、書體風格等研判，大致「上限到武丁晚期，下限至祖甲」；而「何二類」則大致屬廩辛時期之遺物，又可將「上限溯自祖甲末年」（頁 156～157）。下列是何一類及何二類卜辭所見「紀日時稱」，分別有：

一、**旦**（日出之時）

《合集》27446

己酉卜，暊貞：翌日父甲，旦其□牛？　何一

《合集》28514

于旦，亡𢦏？　何一

《合集》29773

〔于〕旦，〔王〕受又（佑）？　何二

上述三版何組卜辭皆述及「旦」，其中《合集》27446「旦」誤將其倒刻（附圖七），且版內深受骨紋之影響，致使拓本「牛」前的字跡不清楚，故本文以「□」予以表示。該版的命辭理解成：隔日祭祀父甲，是否要選在日出之時，

以「牛」作爲祭牲呢？

至於，《合集》28514、《合集》29773 命辭皆出現「于＋旦」句型，其中「于」字歷來學者討論甚多，例如：（一）胡光煒提到「凡言于示所在地」〔註 112〕。（二）陳夢家、張玉金認爲「于」爲介詞〔註 113〕。（三）楊樹達、陳年福視「于」爲動詞〔註 114〕。（四）韓耀隆則將「于」作介詞、連詞及動詞〔註 115〕。歸納上述說法，可知（二）、（三）之說法涉及「實詞虛化」〔註 116〕，是從「『去到』的語意」動詞虛化而成〔註 117〕，而引文《合集》28514、《合集》29773 所出現「于」是屬第四種之用法；是將介詞「于」以銜接「紀時用語」，史官用來卜問「在天剛亮時，應該沒有災禍」及「在日出之時，殷王應該能獲得鬼神保佑」。

---

〔註 112〕胡光煒：〈甲骨文例〉辭例篇「言于例」提出：「卜辭用于有三例，一以示地，二以示時，三以示人」。原載《胡小石論文集三編》（上海，上海古籍出版社，1995 年）；後收錄於宋鎮豪、段志洪主編：《甲骨文獻集成》第十八冊，頁 483。

〔註 113〕陳夢家《殷虛卜辭綜述》第三章〈文法〉認爲：「一個動詞句，要表示在一定的時間空間條件下、在與一定的人物的關係下，如何完成動作的程序及其目的，就需要不同的介詞組。只有直接賓格是不用介詞的，其他凡說明動作的時間、空間及動作的間接目的物，常常藉介詞以爲聯繫，所介者有三：（1）人物關係：自—，至于—，于—：P—M。（2）時間條件：自—，至于—，于—，才—：P—T。（3）空間條件：自—，自于—，于—，才—，从—：P—L」，頁 122～123。另外，張玉金對「于」看法，詳見《甲骨卜辭語法研究》（上海：學林出版社，2001 年），頁 124～131。及張氏《20 世紀甲骨語言學》（上海：學林出版社，2003 年），頁 333～341。

〔註 114〕楊樹達先引《殷契前編》之卜辭，後舉毛傳《詩經・桃夭》、《雨無正》中「于，往也」，詳見楊氏《積微居叢書之一：金文說・甲文說》（合訂本）卷上（臺北：大通書局，1974 年再版），頁 12。陳年福提到：「于，用作動詞，到的意思」，參《甲骨文動詞詞彙研究》（成都：巴蜀書社，2001 年），頁 106。

〔註 115〕韓耀隆：〈甲骨卜辭中「于」字用法探究〉，原載《中國文字》第 49 冊（1973 年 9 月），本文引自宋鎮豪、段志洪主編：《甲骨文獻集成》第十八冊，頁 132～142。

〔註 116〕所謂「實詞虛化」指「實詞的詞彙意義和語法意義發生變化，接近或轉成虛詞的現象。漢語中的介詞大多是古代漢語的動詞虛化而來的。」見《中國語言學大辭典》（南昌：江西教育出版社，1992 年），頁 351。

〔註 117〕郭錫良：〈介詞「于」的起源和發展〉，《中國語文》第 2 期（1997 年），頁 132。

## 二、朝（早晨）

《合集》29092

丙寅卜，狄貞：盂田，其遷󠄀椒，朝又（有）雨？　　何二

本版卜辭涉及田獵，其中「遷」寫作「」，于省吾分析其構形、語意，提出「第一期有字，第三期作、、、等形，第五期作。甲骨文至字作，或倒作，乃于矢端著一橫劃，本象矢有所抵，因而引申爲凡至之義」〔註 118〕。至於「椒」字，甲骨寫作「」象持杖以分離叢木之形，裘錫圭則依〈月令〉「季夏之月……以利殺草」、《左傳・昭公十六年》「昔我先君桓公，與商人皆出自周，庸次比耦，以艾殺此地，斬之蓬蒿藜藿」、《荀子・王制》「故養長時，則六畜育；殺生時，則草木殖」等文獻證明古人「殺」亦可以指殺死草木，進而將「殺」與「椒」繫聯，研判卜辭「椒」具有「芟殺草木」〔註 119〕。綜合以上說法，本版「遷椒」理解爲「至（盂田）芟殺草木」，辭意則解釋成：「丙寅日，史官『狄』卜問：商王至盂地農田，並進行芟殺草木，在早晨是否會預見降雨」。透過命辭內容可知：殷商人們活動深受天候狀況的影響，在從事農業生產過程，會擔心遇到下雨。

另外，宋鎭豪〈試論殷代的紀時制度〉將《合集》29092 釋文寫作「☐今☐昏☐」、「丙寅卜，狄貞，盂田，其☐散，萌又（有）雨」，並提出「此版昏、萌同卜，萌與昏的時區相鄰近，《漢書・曆律志上》云『孳萌萬物』，顏師古注：『萌，始生也』。萌或指日落而月始生之時」（頁 310～311）〔註 120〕。但經實際翻閱原拓本（附圖八），版內寫作「丙寅卜，狄貞：盂田，其遷椒，朝又（有）雨」，且卜辭從未出現「萌」字，故「萌」作爲「紀時用語」之說法，不攻自破。

## 三、大食（食用早餐時分）

《合集》29786

---

〔註 118〕于省吾：〈釋遷〉，《甲骨文字釋林》，頁 277～279。

〔註 119〕裘錫圭：〈甲骨文字考釋（八篇）〉，《古文字研究》第四輯（北京：中華書局，1980 年），頁 169。

〔註 120〕筆者案：宋氏所列舉《佚》292 一，該版收錄在《合集》29092。參見胡厚宣：《甲骨文合集來源表》（北京：中國社會科學出版社，1999 年），頁 147。

貞：叀大食？　何二

上述甲骨僅簡略刻寫四字，使得後代讀者無法獲知殷商史官欲卜問的確切內容。另外，何組時期人們延續使用賓組卜辭對於「大食」之別稱，並將「大食」稱作「食日」，像是《合集》29784「□至食日不〔雨〕」。

## 四、督（正午時分）

《合集》30599

貞：𠦪，叀督酚？　何二

《合集》30767

☑督？　何一

上述《合集》30599「督」寫作「[古文字]」，歷來被誤釋為「祭名」〔註121〕，直到宋鎮豪藉助卜辭文例對勘，重新釐清該字語意，提出「本義指立桿度日以定方位，又因立桿度日多行於日中，後來成為日中時分的專字」，並對「[古文字]、[古文字]、[古文字]」構形解釋成「本指立弋測度日影，字從又（手）持弋（或省手），弋亦聲，從日；日旁有點，即日影之意。弋即杙，不是掘芋用具，在此被用作測日影的臬」，此正是文獻「置槷以縣，眡以景」之源〔註122〕。以上宋說被李宗焜所接受〔註123〕；至於甲骨文「督」作為「時稱」最常見於無名組卜辭，至何組卜辭完整辭例僅見於《合集》30599。是版卜辭與祭祀有關，大意：商王舉行「𠦪祭」，正午時分是否要先行灌香酒於地，以祈祖先神靈之降臨。

## 五、中日（正午時分）

《合集》28569

中日往□，不雨？吉。大吉。　何二

上述內容隸屬何組二類，原拓本僅存二條卜辭，其餘內容已闕如。同時，因未見兆序、卜兆，使得我們無法推斷兩條卜辭之間是否屬於「對貞」關係，迄今

---

〔註121〕詳見于省吾主編：《甲骨文字詁林》第二冊，頁1109。

〔註122〕宋鎮豪：〈釋督晝〉，《甲骨文與殷商史》第三輯（上海：上海古籍出版社，1991年），頁34～35、39。

〔註123〕李宗焜：〈卜辭所見一日內時稱考〉，頁186～187。

僅能單純以引文內容釋讀句意。

其次，版內「往＋□」之句型，從常見甲骨文例研判殘缺「□」爲「地名」，此版是史官詢問「商王在中午時分前往某地，應該不會遇見降雨」。而「中日」作爲「時稱用語」（相當「正午」），該詞始出現在武丁時期𠂤組、賓組卜辭，一度消失於出組卜辭，直到何組卜辭又重新被人們所使用。

## 六、昏（天黑之時）

《合集》29328

今日辛至昏雨？　何二

《合集》29803

☐日戊，今日湄至昏不雨？　何二

上述兩版述及「昏」，依《說文》「日冥也。从日氐省。氐者，下也。一曰民聲」〔註124〕。以上說明了本時段相當於「天剛黑」的時候。同時，卜辭「昏」與「莫」概念相近，用來專指「傍晚時分」；其中「莫」（暮）像日落林中之形，屬於「人們觀察太陽位置」所制訂的紀日時稱；而「昏」則是「人們觀察天色之後」加以創造的時稱〔註125〕。從傳世文獻記載，可知兩類紀日時稱曾被並列使用，譬如《孟子・盡心上》「民非水火不生活，昏暮叩人之門戶，求水火，無弗與者，至足矣」、《韓詩外傳》（卷十）要離曰：「子待我一言：〔子有三不肖，昏暮〕來謁，不肖一也」、《史記・梁孝王世家》「二十九年，彭離驕悍，無人君禮，昏暮私與其奴、亡命少年數十人行剽殺人，取財物以爲好」。透過傳世文獻的記載，得知人們將原本概念相近「昏、暮」，排列順序，進而構成「昏」在「暮」前。

另外，針對《合集》29328、《合集》29803 命辭與卜雨有關，前版是詢問「今天（辛日）白天到天黑之時，是否會降雨」，後版命辭不全，僅能藉助殘存文字加以研判，《合集》29803 爲史官詢問到了天黑之時應該不會降雨吧！

〔註124〕〔漢〕許愼著；〔清〕段玉裁注：《說文解字注》七篇下，頁308。

〔註125〕王海棻：《古漢語時間範疇辭典》（合肥：安徽教育出版社，2004年），頁71

## 七、莫（日落之時）

《合集》26934

莫舌又䍙，王受〔又〕（佑）？　　何一

《合集》27456 正

丁未卜，何貞：莫其宰？　　何一

《合集》27459

壬戌卜，狄貞：王父甲莫其豊，王受又（有佑）？大吉。　　何二

《合集》27769

其莫入，于之，若？亥不雨。　　何二

《合集》30836

貞：叀莫酌？　　何二

首先，《合集》26934 與《合集》27456 屬同期甲骨，命辭皆與祭祀有關，後版出現對貞句「丁未卜，何貞：䍙十，人其之，□豖」，以上兩版「䍙」（）爲「羌」繁體，是本次祭祀所用犧牲。兩版可理解成：《合集》26934 史官詢問「傍晚時分是否採取割裂羌人以祭祀，本次祭祀時王應該能獲得鬼神之保佑吧」，而《合集》27456 則運用選擇性對貞，史官「何」進行卜問：日落時分是否要採取圈養的羊作爲祭牲？抑或用十位羌人、豬作爲祭牲？

其次，《合集》27459「豊」屬「祭名」，其中「父甲」爲受祭對象，但此處卻將其提前蘊含著強調之意味，與一般常見文例《屯南》2294「父甲豊」與「叀祖丁豊」、《合集》27460「父甲豊」不同。至於《合集》27459 的句意：壬戌日史官「狄」進行貞問：商王於日落時分對過世之父親「甲」進行豊祭，藉此獲得祖先之福佑嗎？

再者，《合集》27769「之」爲指示代名詞，應與「若」加以分隔，再依「祭祀于之」辭例，得知「之」與「若」宜分讀〔註 126〕。卜辭常見「于之，若」之辭例，像是《合集》27553「弜祀祝于之，若」、《合集》30574「弜賓于之，若」。故《合集》27769 的標點爲「其莫入，于之，若」，而驗辭則事後追刻當天（亥

〔註 126〕朱岐祥師：《甲骨文讀本》，頁 97。

日）沒有降雨，欲呼應命辭「若」字。因此，藉由《合集》27769 可知殷商人們在進行戶外活動，不期盼下雨，且在「命辭」刻寫「紀日時稱」，顯示史官欲詢問鬼神在「特定時辰做某事」順利與否。

## 八、[木丮]（掌燈時分）

《合集》27042 正

庚申卜，宁貞：王賓[木丮]禱，亡尤？　何一

《合集》27382

辛酉卜，壴貞：王賓[木丮][甲骨字形]，隹（唯）吉，不冓雨？　何二

上述兩版是何組卜辭「[木丮]」所見的辭例，命辭皆與祭祀有關。其中，《合集》27042 出現同版異文的卜辭，即：「辛酉卜，宁貞：王賓夕禱，亡尤」，透過辭例對比，可知本版將「夕禱」與「[木丮]禱」相對，都屬「紀日時稱＋祭名」之形式。值得注意的是，以上句型自武丁早期至何組卜辭持續被人們所使用，透過本類句型能瞭解殷商語彙的傳承部分。同時，從出組「紀日時稱＋祭名＋亡囚」及何組卜辭「紀日時稱＋祭名＋亡尤」的句型，也顯示殷商時期王室對於「祭祀」的重視，人們反覆地於命辭呈現出不同時段祭祀概況、祭牲數量，希冀詢問「鬼神之意圖是否有怨尤」。

其次，《合集》27382「[甲骨字形]」與甲骨文「燕」（[甲骨字形]）構形有別，而《甲骨文字詁林》將「[甲骨字形]」理解成「祭名」〔註 127〕。從本版甲骨文「隹（唯）吉」、「不冓雨」五字，反映人們內心的憂慮。故版內文字傳遞出人們期盼[甲骨字形]祭能順利舉行、不被降雨所阻擾的心情。

## 九、夕（夜晚）

《合集》27042 正

辛酉卜，宁貞：王賓夕禱，亡尤？　何一

壬戌卜，王貞：今夕，亡尤？

《合集》27708

□□卜，[甲骨字形]貞：今夕不雨？　何二

---

〔註 127〕詳見于省吾主編：《甲骨文字詁林》第一冊，頁 261～263。

《合集》27765

夕入，不雨？　何二

《合集》29961

于夕，雨？　何一

以上四版爲何組卜辭「夕」，從文例加以研判「夕」作爲「時稱」之用，其中《合集》27042「夕禱」繼承出組「紀日時稱＋祭名」之用法。本版兩條卜辭分屬史官、商王在不同日期占卜之結果，句意是「辛酉日，史官『宁』進行卜問：商王在晚上舉行賓迎鬼神之祭典，對祖先舉行祼祭，應該沒有災禍」及「(隔日)壬戌日，商王親自貞問：今日晚上應該沒有災禍」。

其次，關於《合集》27708、《合集》27765、《合集》29961 命辭同樣詢問「降雨」與否；其中《合集》27765 更記載不期待降雨之原因，即：「晚上要進入某地」，故人們不希望本次外出活動被天候所影響。再者，《合集》29961 版內「雨」作爲動詞之用，而標點部分「夕、雨」應該分讀，故本文使用逗號加以區隔。

附帶一提的是：何組卜辭「夙」字，僅見何組二類《合集》28737「☐王其☐凡田，夙☐雨」，受限於原本甲骨的內容已殘缺不全，無法研判該字之用法。

綜合以上內容，發現到何組卜辭共有「旦（日出之時）、朝（天剛亮）－大食－督、中日（中午時分）－昏（天黑之時）、莫（日落時分）－枫（掌燈時分）、夕（夜晚）」九種。部分內容與常玉芝所述「朝、大食、中日、昏、莫、枫」相同，然透過分析甲骨文的辭例，也發現「旦、督、夕」三種，在何組卜辭也被人們視爲「紀日時稱」之用。

總之，何組卜辭繼承了賓組、出組之時稱，也曾見「紀日時稱＋祭名」句型，並在上述句型所使用的時稱有「莫、枫、夕」。同時，「昏」、「督」爲該時期人們嶄新使用之詞，用來紀錄「天黑之時、中午時分」，以上兩種紀日時稱又在「無名組卜辭」被沿用。

## 第五節　無名組所見紀日時稱

關於「無名組」卜辭，李學勤、彭裕商已提出此類甲骨有「較多一日之中各時段的紀時名詞」，並依字體、稱謂、考古挖掘等研判無名組卜辭大多隸屬「康丁前期至武乙中晚期」，部分無名黃類甲骨下限甚至到「文丁時期」（頁278、頁295～305）。

同時，本時期甲骨「時稱」之研究曾有：宋鎮豪（22 類）、常玉芝（17 類），兩位傾向該時期爲紀日時稱出現最多；但彼此對於「數量上」的認知有所差異。因此，本節藉助原材料，重新對無名組卜辭的紀日時稱加以探討。以下是實際分析甲骨文所發現的紀日時稱，分別有：

## 一、旦（日出之時）

《合集》27453

祝，叀今旦酌，正（禎）？吉。用。　無名

《合集》28566

于旦，王廼田，亡𢦏？　無名

《合集》29272

旦至于昏，不雨？大吉。　無名

《合集》29775

于旦，王受又（佑）？　無名

《合集》29782

乙旦雨？　無名

《合集》30195

今旦啓？　無名

以上諸版甲骨述及「旦」字，其中《合集》27453 命辭句尾「正」讀爲「禎」，隸屬卜問之核心，即「祭祀活動後，商王能獲得禎祥與否」；版內「祝」从人跪地，張口向天，具「禱告」之意〔註 128〕，應與「叀今旦酌」分讀，需以逗號區隔兩句。故《合集》27453 命辭能理解成「商王進行禱告，在今天日出之時舉行酌祭，應該能獲得禎祥」。

其次，《合集》29272、《合集》29782、《合集》30195 命辭與天象有關，

〔註 128〕朱歧祥師：《殷墟甲骨文字通釋稿》，頁 41～42。

皆出現「紀日時稱＋天候狀態」的句型，當中「紀日時稱」所表達方式有所不同。在《合集》29272「旦至于昏」顯示殷商人們持續關心一日的天候狀態，而《合集》29782「乙旦」、《合集》30195「今旦」則屬於「偏正結構」，指「乙日天剛亮」、「今日天剛亮」。因此，從以上三版無名組時期甲骨，可知殷商人們仍舊對自然天象無法掌握，故採用「占卜」的方式，期望掌握天氣狀態。

再者，《合集》28566、《合集》29775「于旦」與後面文句，應分開釋讀，兩版甲骨的大意是「日出之時，商王前往某地進行田獵，應該沒有災禍」及「日出之時的那一段時間，商王應該可以獲得鬼神的福佑」。

結合引文中的無名組卜辭，能發現幾點現象：（一）祭祀習慣：藉助「旦＋祭名」之句型，可知人們於天剛亮進行祭祀，此種祭祀習慣能溯源自賓組卜辭。（二）天候描述：透過「紀日時稱＋天候狀態」的句型，明顯發現武丁時期（𠂤組或賓組）幾乎出現在「驗辭」，隨著時間到了出組、何組，甚至是無名組時期，上述句型多半見於「命辭」。（三）詞語使用的相承：何組二類出現《合集》29773「〔于〕旦，〔王〕受又（佑）」，上述命辭在無名組也曾出現相同情況，即《合集》29775「于旦，王受又（佑）」。其四、省略地支：本現象也是無名組卜辭延續何組卜辭之用法，如《合集》29782「乙旦雨」及《合集》30846「至甲雨、夕酌又（有）雨」及《合集》30866「叀丙酌，又（有）大雨」，以上例子皆能在何組卜辭尋找相似體例，像是《合集》30849「翌日甲酌」、《合集》30863「叀甲酌，又（有）雨」等。

## 二、朝（早晨）

《合集》30837

叀朝酌？　　無名

以上爲無名組卜辭唯一述及「朝」之甲骨，版內「」右側構形（即「」偏旁）稍有殘闕，曾被學者誤釋作「莫」〔註 129〕。但經實際翻閱拓本，發現文字書體明顯與「莫」（）不類（附圖九）。即便版內從「」偏旁不顯，但依文字偏旁的排列，依舊能清楚證明版內構形爲「朝」。同時，甲骨文「朝、莫」的差別，最爲顯著的是「、」部件排列，其中「朝」將「兩」與「」

〔註 129〕曹錦炎、沈建華編著：《甲骨文校釋總集》卷十，頁 3431。

並列於偏旁位置，形成「[glyph]」或「[glyph]」；但「莫」卻將「[glyph]」包孕於「[glyph]或[glyph]」偏旁之內，作「[glyph]」。又《合集》30837 拓本清楚可見「[glyph]」偏旁，故我們有理由相信本版釋文應讀成「叀朝酌」。

同時，宋鎮豪〈試論殷代的紀時制度〉最早運用「紀日時稱＋祭名」的句型，作爲研判殷商紀時用語的根據（頁 306）。而在無名組卜辭頻繁地出現本類句型，例如：《合集》30835「叀昃酌」、《合集》30838「叀今昏酌」與「〔于〕今夕酌」、《合集》30844 與《合集》30845「夕酌」、《合集》30847「于翌夕酌」等。而本類句型始見武丁早期的花東甲骨，至出組卜辭更爲盛行，持續被人們沿用到何組、無名組卜辭。總之，本類句型能作爲研判紀日時稱的根據，並能瞭解殷商人們在紀日時稱上「句型」之傳承。

## 三、大食（食用早餐時分）

《合集》29783

大食，其亦用九牛？ 無名

上述命辭與祭祀有關，版內雖無刻祭祀動詞，但以「用＋九牛」凸顯本次祭祀「取用」九頭牛作爲祭牲；而「亦」爲副詞，有「又、也、還」之意〔註 130〕。因此《合集》29783 可理解爲：在食用早餐時分，是否要再取九頭牛作祭牲？

再者，本期「大食」與賓組卜辭同樣稱作「食日」，像是《合集》29785「食日不雨」。而無名組一類也將「大食」簡省，僅刻「食」字，例如：《合集》29776「食不雨」。上述《合集》29776 同版也出現「旦不〔雨〕」之辭例，藉助文例的對照，研判：其一、「大食」之所以被省略，恐與「旦」有關。其二、無名組卜辭已不復見「小食」，故無訛混之顧忌，故刻寫甲骨者能加以省略。其三、此種「省略」非常態，經實際翻閱《甲骨文合集》所載「食」作爲「紀時用語」之文例，見於本版（無名組《合集》29776）與武丁早期「𠂤小字」《合集》20956「壬午，食允雨」。

## 四、中日（正午時分）

《合集》28548

〔註 130〕趙誠：〈甲骨文虛詞探索〉，《古文字研究》第十五輯，頁 284。

中日雨？　　無名

《合集》29790

中日其雨？　　無名

《合集》29793

中〔日至〕昃其〔雨〕？　　無名

《合集》29910

中日其雨？　　無名

《合集》30197

中日大啓？　　無名

《合集》30198

中日至𩫖兮啓？吉。茲用。　　無名

上述六辭述及殷商時稱「中日」，彼此在命辭都涉及天候，其中《合集》28548與《合集》29790、《合集》29910 的差異：在於後者增添語氣詞「其」字，蘊含「不確定成分」〔註 131〕，兩版分別釋讀成「正午時分會降雨吧」與「正午時分應該會降雨吧」。

其次，《合集》29793 命辭不完整，根據同版「昃至𩫖不雨」、「𩫖雨」之辭例，增補「日至」、「雨」三字，形成「中〔日至〕昃其〔雨〕」。本版「中日、昃」分別指「中午時分、下午」。因此，「中日至昃」說明了兩類「紀日時稱」以「至」（介詞）加以連結，顯示殷商人們關心氣候，非僅侷限單一時稱，甚至有跨越時稱之形式。例如：《合集》30198「中日至𩫖兮啓」，版內「中日」至「𩫖兮」中有間隔「昃」。值得注意的是，上述涉及跨越時稱的卜辭，多半與貞問天象有關，反映當時人們日常生活深受氣候之影響，故在「命辭處」反覆地詢問天候狀態，以利安排祭祀、田獵等活動。

再者，《合集》30198 句尾「茲用」屬於「用辭」，是辭出現於武乙、乙辛卜辭是很普遍的，而「用辭」之出現時間，彰顯了康丁、武乙、文丁、乙辛甲骨發展之內部聯繫〔註 132〕。另外，紀日時稱尚未定型，故無名組卜辭「中

〔註 131〕朱歧祥師：《甲骨文讀本》，頁 286。

〔註 132〕謝濟：〈甲骨斷代研究與康丁文丁卜辭〉，胡厚宣主編《甲骨文與殷商史》第三輯，頁 121。

日」與賓組卜辭同樣曾作「日中」之別稱，例如：《合集》29788「莫，于日中，廼往，不雨」及《合集》29789「叀日中，㞢（有）大雨」。

## 五、督（正午時分）

《合集》30365

叀督酌□卅？才宗父甲。　無名

《合集》30893

叀督酌？　無名

《合集》30894

叀督酌？　無名

《合集》31215

⧄督⧄王受又（佑）？　無名

上述四版述及「督」字，撇除《合集》31215殘辭，其他三版皆見「叀督酌」，昔日宋鎮豪藉助文例推勘殷商「督」爲「紀時用語」，相當於今日「11 點～13 點左右」，並說明本字爲「置槷以縣，眡以景」之源〔註 133〕。因此，從宋說可知甲骨文「督」寫作「[illegible]、[illegible]、[illegible]」，用來指「中午時分」，而《合集》30893 與《合集》30894「叀督酌」是史官卜問：是否要在中午時分舉行酌祭？

## 六、昃（太陽偏西之時）

《合集》29793

中〔日至〕昃其〔雨〕？

昃至䡇不雨？　無名一類

《合集》29910

王其省田，昃不雨？

昃其雨？吉。　無名

《合集》30835

叀昃酌？吉。　無名

〔註 133〕宋鎮豪：〈釋督晝〉，《甲骨文與殷商史》第三輯，頁 34～35、39。

首先，上述《合集》29793 共出現三項紀日時稱，以介詞「至」銜接不同的時稱，用來表達「時間之持續」。版內「章」爲「章兮」之省稱，其中「中日至昃」指「中午一直到下午」，而三項時稱的先後順序，是從「中日」開始，歷經「昃」，再到「章兮」，該版命辭爲史官反覆地詢問降雨概況。

其次，《合集》29910 屬對貞卜辭，透過文例比對，得知「昃其雨」前面省略「王其省田」四字。其中「省田」，聞一多最先提出是屬「田獵之占卜」〔註 134〕；歷經于省吾的辨析，主張「省田即省視農田」〔註 135〕，該類說法深獲學者們的贊同〔註 136〕。同時，卜辭論及「省田」有時會見植物名，代表其屬「耕種前的事前準備活動」，殷商人們在視察土地後，會依環境屬性研判適合栽種的植物，故卜辭出現「省＋農作物」之句型，像是《合集》9612「貞：王勿往省黍」、《合集》9613 正甲「☐〔王〕勿往省黍，祀，弗若」。總之，《合集》29910 傳遞出殷商人們在視察土地時，擔心會遇到降雨的心態，本條卜辭大意是：商王視察土地，在太陽偏西之時應該不會遇見降雨吧！

## 七、章兮（下午，處於昃、昏之間）

《合集》29796

章兮不雨？　　無名

《合集》29799

章兮雨？　　無名

《合集》29801

昃〔至章〕兮其〔雨〕？

章兮至昏不雨？吉。

章兮至昏其雨？　　無名

《合集》30198

〔註 134〕聞一多：〈釋省省〉，《聞一多全集》10「文學史編・周易編・管子編・璞堂雜業編・語言文字編」（武漢：湖北人民出版社，1993 年），頁 507～517。

〔註 135〕于省吾：〈釋𡕰〉，《甲骨文字釋林》，頁 138。

〔註 136〕詳見（1）裘錫圭：〈甲骨文所見的商代農業〉，頁 174。（2）陳煒湛：《甲骨文田獵刻辭研究》（南寧：廣西教育出版社，1995 年），頁 35。

中日至𩫖兮暋？吉。兹用。　　無名

以上是無名組述及「𩫖兮」部分，命辭皆與詢問自然天象有關，後兩版出現其他時稱，分別有「昃」（太陽偏西之時）、「昏」（天黑之時）、「中日」（中午）三種。值得注意的是，《合集》29801 時稱順序是從「較早時稱」至「較晚時稱」，形成「時稱①＋至＋時稱②」句型，其中「時稱①」代表的時間點一律位於「時稱②」之前，從未見到彼此順序顛倒的辭例。同時，版內「中日」、「昃」（□）、「昏」（□）皆是殷商人們觀察太陽照射之貌，所制訂的「紀日時稱」。

《合集》29796、《合集》29799 詢問下午時分是否會降雨，而《合集》29801 三辭雖同樣是詢問降雨概況，但該版後兩辭才屬「正反對貞」，是史官貞問：「太陽偏西之時到天黑之時是否會降雨」。至於《合集》30198「暋」寫作「□」，文字構形上隸屬「□」之增繁（增日偏旁），本版命辭是史官卜問：中午時分至下午時分，天氣是否會放晴。

此外，無名組氣象卜辭「𩫖兮」也見紀日時稱「省略」之現象（〔附錄一〕），即《合集》29793「昃至𩫖不雨」、「𩫖雨」及《合集》29800「𩫖暋」、《合集》30203「今日乙𩫖攸，不雨」。

## 八、昏（天黑之時）

《合集》29781

旦至于昏不雨？大吉。　　無名

《合集》29794

𩫖兮至昏不雨？　　無名

《合集》29801

𩫖兮至昏不雨？吉。

𩫖兮至昏其雨？　　無名

《合集》30838

叀今昏彭？　　無名

上述四版爲「昏」在無名組出現的卜辭，本詞始見何組卜辭，至本期大爲盛行（參見〔附錄一〕）。其中，《合集》29781、《合集》29794、《合集》29801 命辭涉及卜雨，皆出現「紀日時稱＋雨」的句型，三版「紀日時稱」，分別指涉「日出之時」（旦）、「下午時分」（𩫖兮）、「天黑之時」（昏）。透過三版卜辭之記載，呈現無名組時期人們對天候之關注，尤其於《合集》29801反覆地詢問「不雨、其雨」；更顯示當時人們尚未掌握降雨情況，僅能以占卜的方式詢問鬼神之意圖。

另外，《合集》30838句中「昏酌」兩字，其延續了賓組、出組、何組「紀日時稱＋祭名」之句型，藉此可研判「昏」作爲「紀日時稱」，並瞭解武丁至武乙時期人們在句型使用上的一脈相承。

## 九、莫（日落之時）

《合集》27020

甲寅卜，莫舌十人又五，王受又（佑）？大吉。　無名

《合集》27273

祖丁莫歲，于既䰍？吉。　無名

《合集》27274

□□卜，祖丁莫歲二牢，王受〔又〕（佑）？　無名

《合集》27396

其又（侑）父己叀莫酌，王受又（有）〔又〕（佑）？無名

上述《合集》27020、《合集》27396皆出現「又」字，趙誠曾探討甲骨文「ㄋ」五類用法：「用爲有無之有」、「用爲福佑之佑」、「用爲侑祭之侑」、「用爲左右之右」、「用爲再又之又」〔註137〕。其中《合集》27020「十人又五」爲「再又之又」，說明「舌祭」的數量爲「十五人」，而「受又」即「受到保佑」（福佑）；故本版命辭是史官詢問：日落之時，割裂十五人以祭祀，時王能否獲得鬼神的福佑。同時，《合集》27396「又」作爲「侑祭」，且藉助同版異文對貞句「入自父庚夕酌，王受又又（有佑）」，顯示本時期人們將紀日時稱「夕」與「莫」相對，再從命辭相異的部分，瞭解到史官欲詢問鬼神本次酌祭的「受祭對象、祭祀時間」。

再者，《合集》27273、《合集》27274命辭將受祭者「祖丁」置前，主祭者已省略，「祖丁莫歲」應視作「王莫歲祖丁」，而《合集》27274中「䰍」

---

〔註137〕趙誠：〈古文字發展過程中的內部調整〉，《古文字研究》第十輯，頁362。

从手持束木於示前，象焚木以祭〔註 138〕。比較上述兩版內容，可知相同處是「商王在日落時分對於『祖丁』進行歲祭」，差異則在《合集》27273 論及「歲祭完畢後，是否要舉行焚木以祭」；而《合集》27274 說明祭祀後，「時王是否能獲得祖先之保佑」。

## 十、枂（掌燈時分）

《合集》27522

其又（侑）妣庚，**叀**入，自己夕**畐酌**？ 無名

**叀**入，自**枂畐酌**？

《合集》28628

翌日辛王其省田，**枂**入，不雨？茲用。吉。 無名

《合集》29250（1）

王其田**牢**，**枂**，湄日亡**𢦏**？ 無名

《合集》29373

戊王其田，**枂**，亡**𢦏**？ 無名

于旦，亡**𢦏**？

以上《合集》27522、《合集》29373 兩版無名組卜辭，同樣在命辭述及「不同的紀日時稱」，屬於「選擇性」對貞。此外，在《合集》28628 又出現「夕入，不雨」一辭，本文藉助文例的對比，進而將是版卜辭標點成「翌日辛王其省田，枂入，不雨」。

其次，透過《合集》27522 文例對照，研判後句應是「其又（侑）妣庚叀入，自枂畐酌」的省略；而「又＋妣庚」隸屬「祭名＋受祭者」的形式，兩辭運用「時稱之別」，希冀詢問神祇之意圖，史官欲詢問：商王應該在「己日晚上」抑或「（隔日）庚日掌燈時」舉行祭祀。而《合集》29250 另一條卜辭出現「莫田，亡𢦏」，顯然辭例上將「枂」與「莫（暮）」對貞。

關於《合集》28628、《合集》29373 出現「枂、旦、夕」三種紀日時稱，沈建華認爲殷商人們「不僅要擇日相時舉行祭祀，而且擇日相時出行進行占

---

〔註 138〕朱歧祥師：《殷墟甲骨文字通釋稿》，頁 133。

卜，免受不測災禍，以祈求神祖保佑」〔註139〕。結合沈氏之說，可知殷商人們祭祀、出行之愼重，運用不斷地占卜、祈求，希冀獲得鬼神的福祐。而兩版命辭釋讀：「隔天辛日商王巡視農田，至晚上進入該地，應該不會降雨吧」、「戊日商王進行田獵，要在當日晚間抑或隔日早晨天剛亮時，比較不會有災禍」。

另外，《合集》28628、《合集》29373 中「辛」、「戊」涉及殷商狩獵日辰，李學勤率先指出「自廩辛、康丁至殷末獵日多在乙、丁、戊、辛、壬」〔註140〕，而松丸道雄更上溯自祖庚、祖甲多於乙、戊、辛日田獵〔註141〕。從以上兩版可知殷商王室除了會選擇時辰進行田獵外，亦有擇日之情況。

## 十一、住（人定安息之時）

《合集》27522

叀住酌？　　　　無名

甲骨文「住」寫作「[illegible]」，宋鎭豪〈試論殷代的紀時制度〉最先視爲「紀日時稱」，並依「其又（侑）妣庚，叀入，自己夕畐酌」與「叀入，自枼畐酌」同版文例的對勘，加以研判「枼、住、夕」爲相近時稱，彼此順序爲「枼」（天黑掌燈）→「住」（人定安息）→「夕」（夜半）〔註142〕。上述宋說獲得常玉

〔註139〕沈建華：〈釋殷代卜辭擇日術語「易日」〉，《古文字研究》第二十七輯（北京：中華書局，2008年），頁64。

〔註140〕針對卜辭田獵干支之選定，分別有：（1）李學勤提到「在文丁以前，商王獵田以乙、戊、辛、壬爲常，丁日爲變；帝乙、帝辛時略予放寬，以乙丁戊辛壬五日爲常，庚日爲變」。詳見《殷代地理簡論》（北京：科學出版社，1959年），頁2、4。（2）黃然偉〈殷王田獵考〉認爲「商王田獵諏日以乙、丁、戊、辛、壬五日爲最多，其中尤以戊、辛、壬日爲甚」，收錄《中國文字》第14期（1964年12月），頁1667～1669。（3）彭明瀚：〈關於商王田獵諏日問題〉統計《甲骨文合集》後發現，卜辭中自第三期（廩辛、康丁）始有諏日，獵日同李、黃之說（乙、丁、戊、辛、壬五日），《殷都學刊》第2期（1996年），頁10～12。

〔註141〕松丸道雄：〈殷墟卜辭中の田獵地について——殷代國家構造研究のために〉，刊載於《東洋文化研究所紀要》第三十一冊（1963年3月），是文又收錄於《甲骨文獻集成》第28冊，頁1～42。

〔註142〕宋鎭豪：〈試論殷代的紀時制度〉頁308、333。

芝、黃天樹的贊同〔註 143〕。但李宗焜卻反對之，因李氏主張《合集》27522「叀隹酌」是跟「入自己夕畐酌、入自枫畐酌」相當（頁 201）。上述李氏之說法，主要是將「入」字連下讀，形成「入自己夕畐酌」、「入自枫畐」。然從甲骨文例研判，卜辭從未出現「入自」連讀的情況。因此，宋鎮豪、常玉芝的說法較可信。本版「叀隹酌」應爲省略型態，屬於「紀日時稱＋酌」之句型，故「隹」能理解爲「無名組」的時稱。

另外，黃天樹雖贊成甲骨文「[illegible]」作爲「紀日時稱」，但將此字隸定作「卮」，又將「[illegible]」釋爲「[illegible]」異構，提出了「我們認爲[illegible]字（[illegible]之簡體），應即《說文‧卮部》從『人』從『卩』之『卮』。古音『卮』在章紐支部，『定』在定紐耕部。二字聲皆爲舌音，韻爲陰陽對轉，所以『卮』可以讀爲『定』。[illegible]字（[illegible]之簡體）讀爲『定』，與後世『人定』（夜深安息之時）時稱相當，約當今之 21 至 23 時」〔註 144〕。黃氏對「[illegible]」之觀點近於舊說（宋、常之說），惟有新提出「[illegible]」屬「[illegible]」異體，但是說有待商榷的是：（一）文例對勘：「[illegible]」與「[illegible]」從未出現相同辭例，凡甲骨文述及「[illegible]」皆與卜雨有關，而「[illegible]」卻用於祭祀，若無法證明兩字用法相同，則不應貿然地視爲異體。（二）時代斷限：文中列舉「[illegible]」皆屬武丁卜辭「𠂤小字類」、「𠂤賓間類」，即《合集》20398、20945 及《合集》1079、4315，以上四版甲骨與無名組卜辭時代有別，不能疏忽時代差異對詞彙所造成之影響。因此，根據以上兩點內容，我們傾向甲骨文「[illegible]」與「[illegible]」有別，兩者疑非異體字。

## 十二、夕（夜晚）

《合集》27280

□巳卜，祖丁𠬝又夕歲，王受又（佑）？大吉。　　無名

《合集》27416

夕酌，王受又（佑）？　　無名

《合集》27453

〔註 143〕詳見（1）常玉芝：《殷商曆法研究》，頁 145。（2）黃天樹：〈殷墟甲骨文所見夜間時稱考〉，頁 182～185。

〔註 144〕黃天樹：〈殷墟甲骨文所見夜間時稱考〉，頁 185。

癸亥卜：父甲夕歲：二牢？　　無名

《合集》28085

弗及，茲夕又（有）大雨？　　無名

《合集》30042

于翌辛夕又（有）大雨？　　無名

以上五版無名組甲骨，前三版命辭涉及祭祀，後兩版則是卜雨。同時，在分類甲骨之餘，也發現「夕歲」、「夕雨」兩項辭例，皆繼承出組、何組之用法，藉此能瞭解殷商人們的祭祀、卜雨習慣，自祖庚時期延續到文丁時期。

再者，藉助甲骨文例的歸納、整理，進而瞭解「無名組」與「出、何組」的差異，在於：（一）賓語提前：在無名組卜辭中《合集》27280「祖丁舌又夕歲」及《合集》27453「父甲夕歲」，命辭明顯將受祭者（祖丁、父甲）前置，與出組卜辭以介詞「于」加以銜接，構成「于＋受祭者」之形有別。（二）主語省略：雖然出組祭祀類甲骨已見此種現象，但出組、何組兩期仍存在更多「王賓卜辭」的句式；隨著時間推移，至無名組祭祀類甲骨幾乎祭祀主語（商王）以被省略型態居多，取而代之是辭末「王受又（佑）」。（三）命辭末尾：從出組「亡尤／亡囚」至何組爲「亡尤、王受又（佑）」並見，而無名組「王受又（佑）」。從以上的差異可知：殷商人們心態之轉折，由原本「擔心災禍」（出組）轉變成「希冀獲得受佑」（無名組），而何組卜辭則保存了殷商人們在心態改變的痕跡，在本期命辭句末同時出現「亡尤」或「王受又（佑）」。

另外，上述引文分別能理解爲：《合集》27280「在晚間對祖丁舉行歲祭，並割裂祭牲作祭品，時王是否能獲得保佑」、《合集》27416「晚間舉行酌祭，時王是否能獲得保佑」、《合集》27453「晚間對祖丁舉行歲祭，採用兩頭圈養的牛作爲本次祭祀的祭牲」、《合集》28085「不要追趕，今天晚間恐怕會有大雨」、《合集》30042「到隔天辛日的夜晚，應該會出現大雨」。

## 十三、夙（凌晨時分）

《合集》26897

癸戌夙伐𢦏，不雉〔人〕？　　無名

癸于旦迺伐𢦏，不雉人？

甲骨文「夙」寫作「」，像人祈月之形，宋鎮豪〈試論殷代的紀時制度〉依《說文》「早敬也，從丮，持事雖夕不休，早敬者也」、《詩經》〈定之方中〉「星言夙駕」及〈行露〉「厭浥行露，豈不夙夜」、《爾雅・釋詁》「朝，旦，夙，晨，晙，早」，研判「夙」相當於「露水之降，約在清晨 3、4 小時前後，天未啓明而星月猶見，故『夙時』是下半夜至天明前之間的時段」，再從《周禮・雞人》「夜呼旦以叫百官」，鄭注「呼旦以警百官使夙興」，最終主張「夙」在「旦」前，約處於「凌晨 3～5 點」（頁 308、332）。從以上宋氏的觀點、卜辭文例研判無名組「夙」作「紀日時稱」之用，而常玉芝更曾將「夙作爲時稱」溯源至武丁早期𠂤組卜辭（頁 178）。但其列舉的卜辭已殘闕，從完整卜辭文例研判：至無名組「夙」才作爲「紀日時稱」（即《合集》26897），因同版出現「癸于旦廼伐𢦏，不雉人」，藉助「旦」與「夙」相互對比，斷定「夙」的語意。

其次，卜辭「夙」之構形，沈培、黃天樹皆曾誤將「」與「、」釋爲「夙」〔註 145〕，但透過「偏旁分析法」，明顯看出「形」左側所持之物有別，分別是「從月」、「從木（屮）」。因此，「（夙）、（梖）」兩字雖同屬殷商時稱，但「夙」獨見無名組卜辭，而「梖」在𠂤組、賓組、出組、何組皆見之蹤跡。總之，本文認爲「」與「、」必須詳加區辨，前者指「凌晨」，後者是「掌燈時分」。

## 十四、盟（天明之時）

《合集》27946

王其歲，丁盟戊其㲋，亡𢦏，弗悔？　　無名

《合集》31148

叀甲盟乙彡，又（有）雨？　　無名

以上兩版「盟」字，裘錫圭〈釋殷虛卜辭中的「」「」等字〉依甲骨文例研判此字屬「紀時之辭」，讀爲「明」〔註 146〕；上述說法獲得曹定雲、馮時

---

〔註 145〕詳見（1）沈培：〈說殷墟甲骨卜辭的「梖」〉，《華學》（北京：中國廣播電視出版社，1995 年），頁 75～110。（2）黃天樹：〈殷墟甲骨文所見夜間時稱考〉，頁 184～185。

〔註 146〕裘錫圭：〈釋殷虛卜辭中的「」「」等字〉，香港中文大學中國語言及文學系《第

的贊同〔註 147〕。其中曹定雲〈殷墟卜辭「𡆥」「𦎫」之初文考〉進一步劃分甲骨文「𡆥」與「盟」之別，前者（𡆥）屬於前一天的末尾，而「盟」則後一日的開頭，故「盟」相當於「天明之時，也是一日的眞正開始」〔註 148〕。綜合以上三位學者之說法，可知《合集》27946 及《合集》31148 是史官詢問「戊日」、「乙日」天明之時，舉行祭祀的概況。

另外，甲骨文「天干＋盟＋天干」辭例多出現於無名組卜辭，像是《合集》31150「叀今己盟庚☑」、《合集》31151「叀庚盟辛酌，又☑」。其他時期雖見「盟」的文例，像是何組卜辭《合集》31153「☑王宰盟」、歷組二類《合集》「丁未貞：其大𢀛，自大甲盟用自豭九，下示汎牛，在父丁宗卜」或是《英國》1891「戊寅卜，盟三羊」等，以上諸版「盟」在語義上仍有作爲「祭名」的可能。故我們斷定甲骨文「盟」作爲時稱（天明之時），需根據句中的上下義，才能正確判讀之。

同時，部分詞語曾被學者視是無名組卜辭「紀日時稱」，分別是：

（一）日西：宋鎭豪依據居延漢簡「日西中時」推測殷商該詞相當「午後」，但實際檢閱甲骨文辭例，發現是說待商榷，因爲現存卜辭「日西」僅見兩版，分別是出組卜辭《合集》26750「庚寅卜，大，貞今日西囗☑」（附圖十）、無名組《合集》29713「于入，自日西𢼄」（附圖十一），其中《合集》26750 已爲殘辭，而《合集》29713 所出現辭例也無法確切將「日西」視爲「時稱」；再者，居延漢簡之時代距離殷商已十分久遠，中間環節如何對應尚須進一步推求，故將殷商甲文「日西」看作「午後」時稱，當有所保留。

（二）晝：甲骨寫作「囗」，宋鎭豪、常玉芝視爲「中日時分」〔註 149〕，但從「甲骨文例」抑或「文句完整性」來看，恐怕將「晝」釋爲「中日」是待商榷的，原因如下：迄今我們遍尋甲骨文材料，僅出現以下兩版「晝」字，

---

二屆國際中國古文字學研討會論文集》（香港：香港中文大學出版社，1993 年），頁 89～90。

〔註 147〕詳見：（1）曹定雲：〈殷墟卜辭「𡆥」「𦎫」之初文考〉，頁 167～169、175～177。（2）馮時：《百年來甲骨文天文曆法研究》，頁 159～160。

〔註 148〕曹定雲：〈殷墟卜辭「𡆥」「𦎫」之初文考〉，頁 176。

〔註 149〕詳見（1）宋鎭豪：〈試論殷代的紀時制度〉，頁 309。（2）常玉芝：《殷商曆法研究》，頁 149～150。

即：出組卜辭《合集》22942「□□卜，大〔貞〕☒舌于父丁☒今晝☒」與康丁時期《屯南》2392「☒晝☒」（附圖十二），以上兩辭皆不完整，不能作爲研判殷商「晝」作時稱的證據。同時，兩版其他文辭作《合集》22942「甲辰〔卜〕，□貞：翌〔乙巳〕☒祖乙☒」與《屯南》2392「甲午卜，𢀛☒」、「二卣？ 大吉」、「叀牛」、「牢」、「今日」五辭，也未曾見到相應的時稱概念，故本文對於「晝」作爲「紀時用語」之說，採取保留態度。

（三）會：甲骨文寫作「會」之形，宋鎮豪依「紀日時稱＋祭名」句型，懷疑卜辭「會」與《說文》「𣅀」義近，再根據段注內容，研判是字相當於「暮色蒼茫之時」（頁 309～310）。上述說法獲得李宗焜、裘錫圭、黃天樹的認同〔註 150〕。但仔細分辨各家說法，發現「會」出現於賓組《合集》18553「☒廼☒會（會）？用」及無名組《合集》30956「其會彡」、《合集》31824「叀丁亥會」（附圖十三），其中《合集》18553 爲殘辭，《合集》31824 僅見單一刻辭，至於《合集》30956 同版雖出現「叀饎？吉」，然透過甲骨文例對比，仍無法確切證明賓組、無名組卜辭「會」作「紀日時稱」。

（四）月出：黃天樹〈殷墟甲骨文所見夜間時稱考〉憑藉無名組《安明》1918＋2096「于月出廼往，亡災」予以研判「月出」隸屬紀日時稱〔註 151〕。但上述甲骨爲綴合而成，且檢閱甲骨文記載的「月出」辭例，像是《合集》19318「癸巳卜，叀今六月出」及《屯南》345「及茲月出𣪕，受年？大吉」、「于生月出𣪕，受年？吉」，其中《合集》19318 與商王出行有關，《屯南》則是「卜月」，涉及農成，兩版都顯示「月出」並非「時稱」。

歸納本節內容，發現無名組「紀日時稱」總量高於其他時期。在 80 年代中期宋鎮豪曾整理三、四期時稱，認爲彼此的順序是「旦（湄）－朝（大采）－食日－中日（晝、督）－昃－郭兮－小食－萌（小采）－莫－會（𣅀）－昏－枫－住－夕－寐－夙」；又提出「以上時稱所代表的時段，刪去其重迭交叉的部分，可知當時是把一天分爲十六時段。這些時段若按時辰區隔順序排

---

〔註 150〕詳見（1）李宗焜：〈卜辭所見一日內時稱考〉，頁 192。（2）裘錫圭主張「會」從日、合聲，疑即「晻」之古字，大約指「日入天黑的時候」，《古文字論集》，頁 43。（3）黃天樹：〈殷墟甲骨文所見夜間時稱考〉依裘錫圭之說，將「會」改隸爲「晻」，頁 179。

〔註 151〕黃天樹：〈殷墟甲骨文所見夜間時稱考〉，頁 180。

列，大致上是互相銜接的，但也有一個時區跨另外兩個時段的。如：『日西』並跨了『昃和章兮』兩個時段。除此之外，還有某些時段是相交重迭的，像是『旦與湄』、『朝與大采』、『萌與小采』、『中日、晝、督』」（頁 306～312）。值得注意的是，宋文述及「會、晝、日西」受限於卜辭本身內容的闕如、文句簡鍊，使得我們無法輕易驟下定論。

同時，宋氏受限於提出觀點較早（1985 年），文中尚未落實分組分類之觀念，造成說法有待修正。因此，十三年後（1998 年）常玉芝以斷代之觀念加以檢視殷商無名組時稱，重新提出無名組時期的紀日時稱，分別有「旦、明－食日、大食－中日、日中、督、晝－昃－章兮、郭－昏、莫－枫－住－夙」九大時段（頁 135～152、178）。整體來說，常氏已刪除部分不合理之辭例，即「會、萌、湄、寐」等。

今日，隨著甲骨文分組分類的日益精細，本文藉助兩位學者研究的成果，進而覆按、核對甲骨原拓本，修訂舊說，並勾勒無名組的紀時概念，分別是：旦（日出之時）、朝（早晨）、大食（又稱「食日、食」）、中日、督（正午時分）、昃、章兮（又省略作「章」）、莫（日落之時）、昏（天黑之時）。同時，夜晚從掌燈時分「枫」至「住、夕、夙、盥」共五種紀日時稱。最後，本節運用版內辭例相互對比，瞭解三項內容：（1）時稱之順序，例如《合集》29793「中日→昃→章兮」，彼此紀日時稱有先後排列。（2）時稱省略現象，例如：「大食」作爲「食日」，而「章兮」則簡稱爲「章」。（3）紀日時稱的異同：無名組新見詞有「督、昏、住、夙、盥」五類，其餘時稱皆是延續過去的用法。

## 第六節　小屯南地甲骨所見紀日時稱

《小屯南地甲骨》曾被學界納入「無名類」一併討論〔註 152〕，1985 年姚孝

〔註 152〕林澐：〈小屯南地發掘與殷墟甲骨斷代〉已提出「無名組與黃組字體上有直接聯繫」及「從字體上看，𠂤組→𠂤歷間組→歷組一類→歷組二類→無名組→無名晚期（無名黃間組）→黃組是一個逐步過渡的連續序列，從字體以外的其他方面可以找出不少證據，證明排成這樣一個序列是完全合理的」，將該批材料定位於「無名類」甲骨，詳見《古文字研究》第九輯（北京：中華書局，1984 年），頁 134～136。筆者案：迄今學界對小屯南地甲骨尚未做完整之分組分類，故本文採用中國社會

遂、肖丁曾粗略地歸納本批甲骨的紀時時稱，歸納出「旦－食日－中日－昃－郭兮－昏」〔註 153〕。隨著甲骨文研究的深化，本批材料的特徵日益浮現，其中在「紀時用語部分」也有別於昔日無名類甲骨，故以下專用一節加以分析。

針對《小屯南地甲骨》所見的紀日時稱，分別有：

一、旦（日出之時）

《屯南》42

自旦至食日不雨？（無名二類） 康丁

《屯南》384

于旦，亡𢦏？ 康丁

《屯南》624

辛亥卜，翌日壬旦至食日不〔雨〕？大吉。

壬旦至食日其雨？吉。（無名二類） 康丁

《屯南》4078

□〔巳〕卜：父戊歲，叀旦𢼄，王受又（有佑）？ 康丁

以上《屯南》42「自旦至食日不雨」、「食日至中日不雨」、「中日至昃不雨」涉及四種紀日時稱。原釋文藉助命辭，研判「食日」當在「旦」、「中日」之間，其與「大食」相當，再徵引《左傳・昭公五年》「日之數十，故有十時，亦當十位，自王以下，其二爲公，其三爲卿，日上其中，食日爲二，旦日爲三」（頁 838）。從上述《左傳》內容與甲骨文內容相對比，可知兩者皆見「日中、食日、旦」，再藉由卜辭能瞭解「旦、食日、中日、昃」不同紀日時稱的順序。

其次，康丁時期《屯南》624 命辭屬於「氣象卜辭」，版內其他命辭也詢問降雨概況，像是「辛亥卜：翌日壬，旦至食日不〔雨〕」、「壬，旦至食日其雨」與「食日至中日不雨」、「食日至中日其雨」及「中日至𩫖兮不雨」、「中日至〔𩫖兮其雨〕」六辭。綜合本版內容，可知「命辭」兩兩成一組，呈現「正

---

科學院考古研究所編《小屯南地甲骨》作爲「斷代」主要依據，並用隨文標注之形式，避免贅述。

〔註 153〕姚孝遂、肖丁：《小屯南地甲骨考釋》，頁 139。

反對貞」，版內述及四種「紀日時稱」，彼此先後順序是：「旦」→「食日」→「中日」→「章兮」。透過《屯南》624 之記載，顯示殷商人們對降雨無法掌握部分，才不斷施以占卜，詢問氣候概況。

再者，《屯南》4078 前辭雖不完整，命辭「歲」乃「祭祀祖先的常祭」，且句末「王受又（有佑）」三字，說明本次「歲祭」目的在於「祈求時王受福佑」〔註 154〕。另外，版內「叀」字，有強調語氣的作用〔註 155〕，「攺」爲用牲法〔註 156〕，故「叀旦」兩字，欲強調用牲的「時辰」。命辭是史官卜問：對父戊舉行歲祭，在日出之時施以割裂的用祭法，祈求時王受福佑。

## 二、食日（食用早餐時分）

《屯南》42

自旦至食日不雨？（無名二類）　　康丁

食日至中日不雨？

《屯南》2666

叀食日酌，王受又（佑）？

桒年，叀莫酌，〔王〕〔受〕又（佑）？　　康丁

以上兩版皆屬康丁時期甲骨，內容分別涉及「天象」及「祭祀」。其中《屯南》42 已於前處，加以討論；而《屯南》2666 出現「酌」、「桒」兩類祭祀動詞，陳佩芬曾指出「酌」字常與其他祭祀動詞相連〔註 157〕。像是《合集》32335「酌彡」、《合集》32023「酌劦」，本版則是將「酌」與「桒」相連。至於「桒」寫作「𣎼」（从𠈌、从朩），不僅用在祈雨，尚具「除災」之功能〔註 158〕，本處從語意來分辨「桒」以「除災」較爲可信。本版甲骨大意是「祛除災禍之

〔註 154〕朱歧祥師：《甲骨文讀本》，頁 123～124。

〔註 155〕朱歧祥師：〈釋叀〉，《甲骨學論叢》，（臺北：臺灣學生書局，1992 年），頁 181～194。

〔註 156〕于省吾：〈釋攺〉，《甲骨文字釋林》，頁 161～167。

〔註 157〕陳佩芬：〈繁卣、趞鼎及梁其鐘銘文詮釋〉，《上海博物館集刊》第 2 期（1983 年），頁 15～16。

〔註 158〕龍宇純：〈甲骨文金文桒字及其相關問題〉，《中央研究院歷史語言研究所集刊》第 34 本下冊（1963 年），頁 412～415。

祭，在日落之時舉行酌祭，時王能獲得保佑嗎？」

同時，《屯南》2666 出現兩項紀日時稱，即「食日、莫」，本版史官透過反覆地對貞，反映殷商人們對祭祀時間之講究，在祭祀時運用「食日」與「莫」反覆的詢問，企圖在「吉時」進行祭祀，終極目的在希冀時王能獲得保佑。

## 三、中日（正午時分）

《屯南》42

（3）食日至中日不雨？（無名二類） 康丁

（4）中日至昃不雨？

《屯南》624

（5）中日至𩫖兮不雨？吉。（無名二類） 康丁

（6）中日至〔𩫖兮其雨〕？

《屯南》2729

（1）中日至𩫖兮不雨。大吉。 康丁

上述三版命辭皆與卜雨有關，本文再進一步排列版內紀日時稱先後順序，即「食日→中日→昃→𩫖兮」。其中「昃」、「𩫖兮」同樣是殷商人們觀察太陽照射的結果，但兩者所指涉的時間仍有細微相差，彼此的順序，藉助《合集》29801「昃〔至𩫖〕兮其〔雨〕」研判「昃」應在「𩫖兮」之前。

因此，以上諸版命辭分別可理解成《屯南》42 史官連續卜問「早上至下午」的降雨概況，期間橫跨「食日、中日、昃」三種紀日時稱。而《屯南》624 則是正反對貞，爲史官貞問，從中午時分至下午是否會有降雨。故從《屯南》42、《屯南》624 及《屯南》2729 的內容，反映康丁時期王室對降雨之關切，史官運用異文對貞、正反對貞的形式，詢問鬼神的意圖。

## 四、昃（太陽偏西之時）

《屯南》42

中日至昃，不雨？（無名二類） 康丁

此版命辭企圖詢問降雨與否，同版又見「自旦至食日，不雨」及「食日至中日，不雨」兩條卜辭，其中「旦、食日、中日」皆屬紀日時稱。同時，小屯南地原

釋文已依據時間先後順序，將本版辭序重新編號、整理（頁 838）。整體來說，本版甲骨傳達康丁時期王室對降雨之關注，遂命史官反覆卜問降雨時辰。

同時，透過紀日時稱之研究，也發現不同時期對於「氣象卜辭」刻寫風格之別：（一）命辭部分：武丁甲骨僅是單純卜問降雨與否，但康丁卜辭卻運用一連串時稱予以詢問。（二）驗辭部分：武丁時期（無論𠂤組、賓組）會於驗辭處詳細記載數日之天氣情況（雨、晴、雲、虹等），但康丁卜辭卻很少在驗辭反映氣象之內容。總括以上兩點內容，顯示殷商王室使用詞語之別，即便隸屬同類卜辭，卻因時間先後，人們在詞彙的使用、用字習慣皆有所不同。

## 五、臺兮（下午，處於昃、昏之間）

《屯南》624

（5）中日至臺兮，不雨？吉。（無名二類）　　康丁

（6）中日至〔臺兮，其雨〕？

《屯南》2729

中日至臺兮，不雨？ 大吉。　　康丁

上述兩版隸屬康丁卜辭，命辭同樣涉及卜雨。值得注意的是「臺兮」昔日僅見於「無名一類」（詳見〔附錄一〕），是類甲骨在斷代分期被歸爲康丁前期（李學勤、彭裕商，頁 298～299）。如今，本文藉助「紀日時稱」也能作爲斷代分期的旁證，進而研判《東京》1177「臺兮其雨」、《東京》1258「臺兮其雨」也應是「康丁時期」甲骨。

再者，《屯南》624 第（5）、（6）爲正反對貞句，藉助文例來增補肯定句之內容，應作「中日至〔臺兮，其雨〕」。本版命辭是史官貞問：中午到下午是否會降雨。

## 六、莫（日落之時）

《屯南》628

莫𠭰又羌，王受又（有佑）？　　康丁

《屯南》1443

父己歲，莫酌，王受又（佑）？　　康丁

于夕酌，王受又（佑）？

首先，《屯南》628「舌」寫作「[illegible]」，屬於「用牲法」，其指「祭祀支解牲體」〔註 159〕。版內「莫舌又羌」可理解成「日落時支解祭牲（羌人）」；而版內除了出現紀日時稱「莫」以外，又見另一時稱「夕」。同時，是批甲骨亦見「莫」、「夕」兩項紀日時稱，譬如：《屯南》1443「叀莫酌」與「于夕酌」，上述兩辭爲史官企圖詢問舉行「酌祭」的時間。

其次，康丁時期「莫」曾經出現「增隹偏旁」，像是《屯南》2383（4）「䒽往夕入，不冓雨」與「王其省盂田，䒽往枂入，不雨」；版內「䒽」寫作「[illegible]」，學界傾向「䒽」語意與「莫」同〔註 160〕。因此，《屯南》2383 出現「䒽、夕、枂」三類紀日時稱，分別是史官詢問「商王在日落之時前往盂地，至晚上到達該地，進行視察土地，應該不會遇到降雨吧」、「商王巡視盂地農田，約在日落之時前往，直到掌燈時分進入該地，應該不會下雨吧」。透過本版甲骨內容，歸納出的觀念：（一）時間概念：本時期的人們對「時段概念」略有體認，於是在命辭會載有「前往、進入」的時間。（二）地理概念：人們已能預估啓程時間、到達時間，遂能在命辭刻寫時稱予以呈現。（三）反覆貞問：從「夕入、枂入」對貞，可知史官欲詢問確切進入的時間，其深怕在「省田」預見降雨。（四）內心期盼：句末「不雨、不冓雨」，反映活動進行時，人們不希望被天候狀況所干擾，於是運用「否定詞＋（冓）＋雨」來傳遞史官占卜時，內心的意圖。

## 七、枂（掌燈時分）

甲骨文「枂」字，除了作爲紀日時稱，代表「掌燈時分」以外，是字也與農業卜辭有關〔註 161〕。但本文所關注的是「紀日時稱」，因此尋繹《屯南》「枂」字符合此議題之例子，即：

---

〔註 159〕于省吾：〈釋乇舌𥛗〉，《甲骨文字釋林》，頁 168～171。

〔註 160〕陳邦懷、金祥恆、姚孝遂、肖丁之說法，見于省吾主編：《甲骨文字詁林》第二冊，頁 1336～1346。

〔註 161〕溫少峰、袁庭棟提出「甲文又有『埶』字作[illegible]，像人跽跪，雙手執禾苗或樹苗進行栽種之形……卜辭中之埶，即有『種植』之義」，見《殷墟卜辭研究——科學技術篇》，頁 212～213。

《屯南》203

□丑卜，枏鼻，其若？吉　康丁

《屯南》2383

王其省盂田，蠧往枏入，不雨？　康丁

《屯南》4351

祖丁舌，叀枏？　康丁

以上三版「枏」字，可視該字作「紀日時稱」的證據；因爲在《屯南》2383出現「夕、蠧、枏」三項時稱，兩句同樣採用「時間詞＋動作（往／入）」之句型。其中，「枏」說明商王進入盂地進行視察田地的時間點，全辭貞問的重點在「不雨」；本版傳遞出：商王視察田地時，不希望降雨。

關於《屯南》203「鼻」寫作「[illegible]」，該字與《屯南》4351「舌」同屬「祭名」，上述兩版皆出現「紀日時稱＋祭祀名」句型。因此，《屯南》203是史官卜問「掌燈時舉行舉酒以祭祀，順利與否」，而《屯南》4351爲史官詢問「商王對先祖『丁』舉行祭祀，祭祀時辰的選定在掌燈時分」。

## 八、夕（夜晚）

《屯南》261

叀今入，自夕畐（[illegible]）酌，又正（禎）？　康丁

《屯南》1031

癸酉卜，父甲夕歲，叀牡？茲用。　康丁

《屯南》4049

辛未貞：夕告商于祖乙？　武乙

前兩版甲骨皆與祭祀有關，其中《屯南》261「畐酌」又見無名組卜辭，分屬兩類祭祀名；而卜辭「酌」常與其他祭祀相連，像是《屯南》774「〔辛〕酉卜，酌歲，易日」、《屯南》922「甲子卜，其莧劦日大乙，其舌于祖乙」，皆見「酌歲」或「酌劦」祭名相連情況。另外，《屯南》26主語雖已省略，依常見文例加以研判，句意爲：商王今日是否要進入（某地），並於晚上舉行畐祭與酌祭，應能獲得禎祥。至於，《屯南》1031 命辭可理解成：商王是否要在晚上對去世先父（甲）施以歲祭，採取公牛作爲本次祭祀的祭牲。

其次，武乙時期《屯南》4049「告」屬「祰祭」，當時王室常在出巡狩獵、選將出征、敵國侵擾和災禍降臨施以此類祭祀；而「商」非專指「殷商民族」，而爲「征伐對象」〔註 162〕。故命辭的語意：在伐外敵商方之際，時王是否要在晚間對祖乙舉行祰祭，以祈求戰事的順利。

另外，李宗焜〈卜辭所見一日內時稱考〉認爲此批材料「[illegible]」指「天明的時候」（頁 200）。但李氏所列舉的《屯南》2505「☐翌日售其畀」、《屯南》2506「☐翌日售☐〔豕〕十」、《屯南》2682「己丑卜，翌日庚售，其出賁于父〔甲〕☐」（附圖十四）。以上三版甲骨皆有所殘闕，因此，李氏從不完整的卜辭內容，論斷「售」作爲「時稱之用」，不足爲訓，故本文不採信是說。總之，我們綜合以上內容，可知小屯南地甲骨共出現八大類「紀日時稱」。

## 第七節　歷組所見紀日時稱

歷來卜辭斷代最引人爭議，莫過於「歷組卜辭」，分歧迄今尚未平息。說法主要分兩派：其一、早期：透過字體演變、文例比對、稱謂（人名）繫連、事類重合，發現賓組卜辭（第一期）、歷組卜辭（第四期）出現大量相似，故傾向歷組卜辭年代的上限定位「武丁中晚期」，最遲至「祖甲早期」〔註 163〕。其二、晚期：藉助前辭形式、貞人有無、常見兆辭、字體類別、稱謂繫連，企圖解釋

〔註 162〕王宇信、楊升南主編：《甲骨學一百年》第十一章第七節「商代的對外戰爭」，頁 499。筆者案：是批甲骨「商方」作爲「方國名」，又見於《屯南》2907「庚寅貞：王令竝伐商」。

〔註 163〕裘錫圭：〈論「𪉖組卜辭」的時代〉，《古文字研究》第六輯（北京：中華書局，1981 年），頁 282。另外，歷組卜辭斷代爭議始於李學勤，其主張該批材料爲武丁晚年到祖庚時期的卜辭；爾後，黃天樹、彭裕商、趙鵬等皆贊成其說，上述學者們之意見，見於：（1）黃天樹《殷墟王卜辭的分類與斷代》將歷組卜辭分爲三大類：「歷一類主要是武丁之物，其下限應延伸至祖庚之初；歷二類主要是祖庚之物，其上限應上及武丁晚業；草體類主要是祖庚時期的卜辭」（臺北：文津出版社，1991 年），頁 161～172、187～194。（2）李學勤、彭裕商進行時代劃分的標準，論述鑽鑿型態，藉由文字的演變，將歷組卜辭區分爲二大類（歷一類、歷二類）、五小類（歷一：A 類、B 類；歷二：A 類、B 類、C 類），《殷墟甲骨分期研究》，頁 186、192、195、222。（3）趙鵬：《殷墟甲骨文人名與斷代的初步研究》第四章第二節「從歷組卜辭中的人名看其時代」（北京：線裝書局，2007 年），頁 167～219。

歷組、賓組所見「同名」現象，遂因「不同時期的人和不同身份的人都是以一個名號相稱」〔註 164〕，並研判「歷組卜辭不是武丁、祖庚卜辭，而是武乙、文丁卜辭」〔註 165〕。總括來說，彼此說法之分歧是其隸屬「第四期甲骨」與「第一期甲骨」之糾葛〔註 166〕。而筆者曾透過「詞彙角度」切入，傾向歷組卜辭隸

〔註 164〕甲骨文裡「不同時期的人和不同身份的人都是以一個名號相稱」，張永山、羅琨已有詳細說明，詳見〈論歷組卜辭的年代〉，《古文字研究》第三輯（北京：中華書局，1982 年），80～103。

〔註 165〕歷組卜辭爲武乙、文丁卜辭之學者，可細分爲下列幾類：（1）全面比較，包含「地層先後關係」、「貞人有無」、「前辭形式」、「字體結構」、「稱謂對應」等，詳見蕭楠：〈論武乙、文丁卜辭〉，《古文字研究》第三輯，頁 49、蕭楠〈再論武乙、文丁卜辭〉，《古文字研究》第九輯（北京：中華書局，1984 年），頁 155～188。爾後，吳俊德也針對「字體分類」、「地層關係」、「人物活動」加以評議，新提出以「鑽鑿形態」爲分類依據的主張；更以計量方式探索般商武、文時期之祭祀活動，依照「祭祀種類」、「祭祀對象」、「祭祀牲品」、「祭祀時間」、「祭祀地點」分論敘述，最終將「歷組卜辭」定位於第四期（武乙、文丁時期）。詳見《殷墟第三、四期甲骨斷代研究》（臺北：藝文印書館，1999 年），頁 234 及《殷墟第四期祭祀卜辭研究》（臺北：臺灣大學中國文學研究所博士論文，2005 年），頁 35～344。（2）詞彙差異，張永山、羅琨〈論歷組卜辭的年代〉整理出「歷組」與「賓組」戰爭卜辭所征伐對象之差異：「歷組和賓組的戰爭卜辭，征伐對象是不同的，除旨方外，歷組還有[illegible]（粹一三三五），商（甲七二七）等不見於賓組……其中賓組對𢀛方戰爭最多，𢀛方位於般商西北，武丁卜辭中數見𢀛方侵擾西土的報告……貞人出的卜辭還見有『隼𢀛方』（錄六三七）的紀錄，可能對𢀛方的戰爭一直延續到祖庚時期。如果說歷組是武丁晚期至祖庚時的卜辭，應反映對𢀛方的戰爭，然而歷組有關戰爭的卜辭卻不見𢀛方的蹤跡」，頁 89～90。（3）構形有別：針對康丁、武乙、文丁刻寫形式，謝濟整理出：「康丁時正刻多於倒刻，武乙時正刻大大超過倒刻，文丁時期倒刻多於正刻……此種刻辭僅見於康丁、武乙、文丁時期，恰恰證明武乙、文丁卜辭與康丁卜辭是緊相銜接」，詳見〈甲骨斷代研究與康丁文丁卜辭〉，《甲骨文與般商史》第三輯（上海：上海古籍出版社，1991 年），頁 113。近年（2010 年），姚志豪從字體演變也將歷組卜辭歸爲武乙、文丁時期，見〈從武乙、文丁卜辭字體談甲骨斷代〉，收入東吳大學中國文學系、中國文字學會主編：《第二十一屆中國文字學國際學術研討會論文集》（臺北：東吳大學，2010 年），頁 199～218。

〔註 166〕上述行文論及之「第一期」、「第四期」是指董作賓《甲骨文斷代研究例》所提到：第一期「武丁卜辭」，第二期「祖庚、祖甲卜辭」，第三期「廩辛、康丁卜辭」，第四期「武乙、文丁卜辭」，第五期「帝乙、帝辛卜辭」。（臺北：中央研究院歷史語

屬武乙、文丁之材料〔註167〕；同時，藉助殷商甲骨所見「紀日時稱」的分析，同樣也指向「歷組卜辭」與乙丁卜辭相類，卻與賓組卜辭所載時稱相距甚遠。以下是歷組卜辭所見時稱，即：

## 一、旦（日出之時）

《合集》41308

于翌日旦大雨？ 歷一

《合集》34601

弜㚔，旦，其祉？ 歷一

上述兩版皆屬歷組一類卜辭，其中《合集》41308內容與《英國》2336相同，該版爲史官詢問：隔天的日出時分，是否會下大雨呢？

關於《合集》34601 五字，本文藉助同版甲骨之記載，尋繹上述五字的語意，同版曾見「丁卯卜，戊辰㚔，旦」一辭。其中「㚔」（退）寫作「[illegible]」，該字「從簋（或從尊、皿）、從夊，會撤去祭品的意思」〔註168〕。根據以上分析，可知「㚔」有撤去祭品之意。因此，《合集》34601「㚔」與「旦」需用「逗號」予以分開，前者（㚔）表示動作，而「旦」則是紀日時稱，故「弜㚔，旦」可理解成「不要撤去祭品，在日出時分」。

## 二、朝（早晨）

《合集》32727

丙辰貞：王步？丁巳于朝☐。 歷一

《合集》33130

貞：旬亡𡆥？才朝。 歷二

針對《合集》32727「丙辰貞」屬於「干支貞」之形式，此類前辭常見於武乙卜

---

言研究所，1965年），頁2。

〔註167〕彭慧賢：〈商末紀年、祭祀類甲骨研究〉，《元培學報》第16期（2009年12月），頁53～82。

〔註168〕季旭昇師：《說文新證》上冊（臺北：藝文印書館，2002年），頁116～117。

辭〔註 169〕。同時，從原拓本看來，該版屬於「殘骨」（附圖五），圖片左側的文字皆不復見，僅能從遺留刻辭加以理解。本版命辭為「丙辰日」史官詢問：商王步行與否？事後再追刻隔天「丁巳日」的早晨商王步行概況。

至於，《合集》33130 命辭與卜旬有關，本版「朝」寫作「[illegible]」，其與常見構形「[illegible]」增繁兩「屮」偏旁，彼此在語意上無別。

## 三、昃（太陽偏西之時）

《合集》33918

□□卜，貞：昃㞢（有）各雨？　　歷一

《合集》33918 為歷組一類卜辭，版內「各」寫作「[illegible]」，張秉權（1957 年）依句法研判「[illegible]」、「[illegible]」用法相同〔註 170〕。而 1965 年屈萬里將是字隸定成「各」，並提出「各，象有足下降於坎穴之狀，其意猶落也，各雨猶言落雨」〔註 171〕。故《合集》33918 是史官卜問：太陽偏西之時，會出現降雨嗎？

## 四、莫（日落之時）

《合集》27530

莫歲匕（妣）庚，王受〔又〕（佑）？　　歷無名

《合集》32485

丙午卜：[illegible]叀毀，□子酌莫？　　歷草

《合集》27530「莫歲」屬於「紀日時稱＋祭名」，類似的句型又見《合集》32448「丙午卜，父丁[illegible]夕歲：一牢」（歷無名間組）與《合集》34432、34355「其夕歲：羊」（歷二）。同時，卜辭「莫歲」所出現的時代從未早過「出組卜辭」，有鑑於此，研判歷組卜辭應置於武乙、文丁時期。

其次，《合集》32485「毀」寫作「[illegible]」乃為「餗」異構〔註 172〕，因甲骨文

〔註 169〕針對此版斷代，詳見蕭楠：〈論武乙、文丁卜辭〉，《古文字研究》第三輯，頁 49。

〔註 170〕張秉權：《小屯・第二本・殷虛文字・丙編・上輯》第一冊「考釋」，頁 172～173。

〔註 171〕屈萬里：《小屯・第二本・殷虛文字甲編考釋》，頁 430。

〔註 172〕中國社會科學院考古所編：《小屯南地甲骨》下冊「第一分冊　釋文」，頁 1028。

「从酉」、「从食」、「从皀」偏旁彼此可相通，是字指「言以餗爲祭也」〔註 173〕。而版內「酌、毁」皆屬祭祀動詞，在歷組卜辭常見「酌、毁」連用，像是《合集》32053「丙午卜，叀于甲子酌毁」、《合集》32812 甲「□□卜，來乙亥酌毁」，以上甲骨皆見「酌」、「毁」連用的情況。

## 五、枫（掌燈時分）

《合集》32485

癸卯貞：〔丁〕未祉，㠯示，其隹（唯）枫？ 歷草

版內「祉」指「連綿、連續」〔註 174〕，而「㠯」爲本次祭祀的主祭者，故《合集》32485 能理解爲「癸卯日史官卜問：是否要持續四天至丁未日，由㠯（人名）於掌燈時分舉行祭祀」。

## 六、夕（夜晚）

《合集》33043

其夕告上甲？ 歷二

《合集》33077

癸亥卜，今夕辜（敦）猷，𢦏？ 𠂤歷間組

《合集》33043「告」爲「祰祭」，殷商王室常在狩獵、選將出征、敵國侵擾和災禍降臨時施以此類祭祀，有告必有請，告以災禍則請除祛之〔註 175〕。在《合集》33043 中「主語」雖省略，藉由常見文例加以推測，恐屬「殷王」，祭祀對象是先王「上甲」；故能理解成「商王卜問是否要在晚上對先王『上甲』舉行祰祭」。

關於《合集》33077「辜」（敦）寫作「𩫖」，陳煒湛認爲該字有「征伐」之意〔註 176〕；同時，版內「𢦏」則具「翦除、翦滅」之意〔註 177〕。故《合集》

---

〔註 173〕李孝定：《甲骨文字集釋》卷三，頁 859。

〔註 174〕趙誠：〈甲骨文虛詞探索〉，《古文字研究》第十五輯，頁 279。

〔註 175〕林小安：〈殷武丁臣屬征伐與行祭考〉，胡厚宣主編：《甲骨文與殷商史》第二輯（上海：上海古籍出版社，1983 年），頁 288～289。另外，張玉金也曾探究殷商「祰祭」，見〈論殷商時代的祰祭〉，《中國文字》新三十期（2005 年），頁 1～30。

〔註 176〕陳煒湛：〈甲骨文同義詞研究〉，《古文字學論集》初編（香港：香港中文大學，1983

33077 是史官在癸亥日進行的占卜，詢問：今天晚上征伐猷方，能否將敵軍翦滅呢？

總之，昔日學界探討歷組卜辭，惟有常玉芝；書中主張本時期所見的紀日時稱有「莫、夙」兩類。今日，透過實際分析歷組卜辭後，研判歷組卜辭總共出現六種紀日時稱，即用「旦、朝」來指「早晨時分」，「昃」專指「下午時段」，而「莫」相當於「傍晚時」；至於「枫」是殷商人們「掌燈時」，最後「夕」則是指「夜晚」。

## 第八節　黃組所見紀日時稱

李學勤、彭裕商將黃組卜辭定位於文丁至帝辛時期（頁 184），隨著對甲骨分期的日益精細，近年王暉又以「祭祀」區辨殷墟甲骨隸屬帝辛時代之物〔註 178〕，以上學者對甲骨分期斷代有功，惜未深入探討「時稱」部分。

爾今，黃組卜辭是否有時稱之疑問，學界尚存爭議，大致可區分兩派：「贊成」有黃天樹、宋鎮豪〔註 179〕；「反對」以常玉芝爲核心，並主張「黃組沒有出現時稱」〔註 180〕。然而各持己說的情況下，惟有實際分析原材料能評斷兩派之是非。以下是黃組卜辭所出現的紀日時稱，分別是：

### 一、妹（黎明破曉之時）

---

年），頁 136～139。

〔註 177〕陳劍：〈甲骨金文「𢦏」字補釋〉，收錄《甲骨金文考釋論集》，頁 99～106。

〔註 178〕王暉：〈帝乙帝辛卜辭斷代研究〉，《陝西師範大學學報》（哲學社會科學版）第 32 卷第 5 期（2003 年 9 月），頁 65～76。

〔註 179〕詳見（1）黃天樹：〈殷墟甲骨文所見夜間時稱考〉認爲黃組卜辭「中彔爲時稱」，《黃天樹古文字論集》，頁 186。（2）宋鎮豪：〈試論殷代的紀時制度〉提出「五期帝乙帝辛時代甲骨文中的時稱更爲鮮見，不成系統，今所見者有『夕』、『妹』兩個」，頁 315。

〔註 180〕詳見（1）常玉芝：《殷商曆法研究》第三章第三節「殷代的紀時法」，頁 135～180。（2）王宇信等編《甲骨學一百年》描述「殷商時稱」，採用常氏之說爲基調，頁 670。（3）李宗焜：〈論殷墟甲骨文的否定詞「妹」〉提到「黃組卜辭中找不到涵蓋面小於『日』、『夕』的時稱」《中央研究院歷史語言研究所集刊》66 本 4 分（1995 年 12 月），頁 1132。

《合集》37840

癸酉，王卜，貞：旬亡畎？。王毋曰：吉。才十月㞢一。

甲戌妹工典其𢦏（𢦏）。隹王三祀。 黃類

《合集》38137

妹雨？ 黃類

《合集》38191

辛卯卜，貞：今日征霎？ 黃類

妹征霎？

《北京》1624

妹其霎？ 第五期

上述卜辭「妹」是否作爲「時稱」頗具爭議，董作賓、陳夢家、李孝定等多引用《說文》之說，認爲「妹」相當於「天即將亮」之時（即「昧爽」之意）〔註181〕。但1995年李宗焜推翻舊說，並藉助甲骨文例研判「『妹』絕大多數用作否定詞，其可能是『蔑』的音義皆近的親屬詞，用來表示意圖（有擬議的語氣）」〔註182〕。面對兩種分歧的說法，本文傾向前說，將「黃組卜辭『妹』作爲『紀時用語』」。原因如下：若「妹」有「擬議的語氣」不應出現在驗辭位置（黃組卜辭《合集》37840 及《合集》38305）；因甲骨驗辭隸屬事後追刻之既定事實，已不具備「表示意圖」、「擬議」觀念。故李氏對卜辭「妹」之說法雖有新創，但用是說在釋讀「驗辭」會有所窒礙。

另外，《合集》37840 透過「前辭」顯示本次占卜是「商王親自進行的」，而「命辭」爲詢問鬼神下一旬是否會發生災禍。值得注意的是，版內出現「畎」與「毋」，前者寫作「畎」爲早期「囚」增犬之形，而「毋」寫作「毋」爲「𠮷」之簡體〔註183〕，兩字皆屬帝辛時期的寫法。整體而言，《合集》37840

〔註181〕詳見（1）董作賓提到：「新派紀時，帝乙帝辛時，又有所謂『妹』者，即《說文》之『昧』，『昧，爽，旦明也』。段玉裁注，以爲當作『昧爽，且明也』，云：『且明者，將明未全明也』。殷代之『妹』亦當早於『兮』」。見《殷曆譜》上編卷一〈殷曆鳥瞰〉，收錄《董作賓先生全集》乙編，頁35。（2）陳夢家：《殷虛卜辭綜述》，頁247。（3）李孝定：《甲骨文字集釋》，頁3619。（4）宋鎮豪：〈試論殷代的紀時制度〉，頁315。

〔註182〕李宗焜：〈論殷墟甲骨文的否定詞「妹」〉，頁1129～1147。

〔註183〕裘錫圭：〈從殷墟卜辭的「王占曰」說到上古漢語的宵談對轉〉，《中國語文》第1

共見「前辭」（癸酉，王卜，貞）、「命辭」（旬亡𡆥）、「固辭」（王𠧘曰：吉）、「驗辭」（才十月㞢一。甲戌妹工典其𢦔（）。隹王三祀）四類，尤其驗辭處詳細記載月份（十一月）、祭祀日期（甲戌）、時辰（妹，早晨天剛亮）、年份（三祀），年月日辰具足的情況可以看出當時人們對於祭祀的重視。

關於《合集》38191、《北京》1624「霋」寫作「」，此字常見第五期卜辭，例如《合集》38200～38211、《合集》38213～38214、《合集》38220、《合集》41864 與《合集》41865 及《英國》2591、2592。同時，類似《合集》38191 內容又見於《合集》38194「戊申卜，貞：今日霋？妹霋？」及《合集》38197「辛巳〔卜〕，〔貞〕：今日霋」、「妹霋」。

歷來對「」之討論，葉玉森視爲「雪」異體字〔註 184〕；陳夢家將「」隸定「𩃬」，主張與《說文》「霚」（霧）相當，又將卜辭「妹𩃬」解釋「霧之形成多在晨前」〔註 185〕。于省吾則從字形、音韻上深入辨析，發現該字爲《說文》「霽」異體，《說文通訓定聲》已提到「霋，當是霽之或體」。其在卜辭應視爲「霽」，該字具有「雨止」之意〔註 186〕。針對上述三種說法，我們認爲于說最爲可信，因葉玉森單純從構形加以分析（但甲骨文「雪」寫作「」），是說無法證明「」與「」的關係，使其說法在文字解說上無法令人信服。至於，陳氏說法雖於文字分析較葉氏可信，卻以《爾雅》說法、音近關係，輕易將「𩃬」與「霚」劃上等號，證據較爲單薄。綜觀以上說法，本文認爲「」應從《說文》「霋，霽謂之霋」之說法〔註 187〕，將其理解成「霽，晴，雨止」。故《合集》38191「辛卯卜，貞：今日征霋」、「妹征霋」可理解爲：辛卯這一天史官進行占卜，詢問究竟「今天」還是「黎明破曉之時」，天氣會持續放晴呢？

另外，宋鎮豪曾提出帝乙、帝辛卜辭「湄日」簡稱爲「湄」又寫成「妹」，列舉《合集》38137「妹雨」、38192「妹霧」爲例；同時，宋氏又指出「湄日」常見廩辛、康丁卜辭表示該時期重視早晨，遂於晨間舉行狩獵活動〔註 188〕。

---

期（2002 年），頁 71。

〔註 184〕葉玉森：《殷虛書契前編集釋》二卷（臺北：藝文印書館，1966 年），頁 39～40。

〔註 185〕陳夢家：《殷虛卜辭綜述》，頁 247。

〔註 186〕于省吾：〈釋霋〉，《甲骨文字釋林》，頁 115～117。

〔註 187〕〔漢〕許慎；〔清〕段玉裁注：《說文解字注》十一篇下，頁 579。

〔註 188〕宋鎮豪：〈說甲骨卜辭中的「湄日」〉，原載四川大學歷史系編《徐中舒先生百年誕

但「湄日」除了見於第三期卜辭外，更曾出現在歷組、黃組等諸多時期甲骨，且卜辭涉及該詞彙不單有田獵而已，尚見「氣象類」、「農業類」卜辭，前類見於《合集》27799「湄日雨」（何二）、《合集》38161「壬子卜，貞：湄日多雨」及《合集》37714「戊辰卜，貞今日王田𠭯，湄日不遘雨」（黃類）、《合集》41514「王其湊，湄日不冓大雨」（歷草）、《蘇德》301「□丑卜：丁卯湄日，亡大雨」。至於涉及農業卜辭則是《合集》29397「□□卜，王其田以禾，湄日亡〔𢦏〕」、《合集》33515「□辰卜，翌日乙王其田，叀田省，湄日亡𢦏」（無名）。綜合以上甲骨文例，本文認爲宋氏將「湄日」與「妹」劃上等號，值得商榷。反而，透過大量的甲骨文例，發現「湄日」可能具有「終日」之意〔註189〕。

## 二、夕（夜晚）

黃類「夕」用法與其他時期一致，分別見：

《合集》38123

己卯卜，貞：今夕不雨？　黃類

其雨？

《合集》38179

壬寅卜，貞：今夕征雨？　黃類

《合集》39475

癸亥卜，貞，王賓歲，亡尤？　黃類

上述《合集》38123兩條卜辭，彼此屬於「正反對貞句」；藉助文例相對比，得知「其雨」是省略句，命辭「雨」皆屬動詞，指「降雨」〔註190〕。版內卜問的

---

辰紀念文集》（巴蜀書社，1998年）。此文後收錄在《甲骨文商史叢考》，頁486～491。宋氏之觀點後被部分人士所採信，詳見中國國家博物館編：《中國國家博物館館藏文物研究叢書·甲骨卷》編號195〔釋文〕（上海：上海古籍出版社，2007年），頁235～236。

〔註189〕楊樹達、屈萬里讀「湄日」爲「彌日」，謂「終日」。詳見于省吾主編、姚孝遂按語編撰：《甲骨文字詁林》第一冊，頁582～583。

〔註190〕董作賓提出卜辭「雨」三類用法，分別（1）風雨之雨，是名詞。（2）是自上而下的意思，是動詞。（3）名詞動詞合用。就是「下雨」、「降雨」。〈讀魏特夫商代卜辭中的氣象紀錄〉，《董作賓先生全集》乙編第3冊（臺北：藝文印書館，1977年），

重點在「降雨與否」，兩辭屬於史官於「己卯日」反覆地貞問，今晚是否會降雨呢？

其次，關於《合集》38179 尚見「弗瀊，□月又大雨」、「不祉雨」兩辭，其中「祉雨」指「持續地降雨」。同時，我們整理紀日時稱之餘，也發現到「祉雨」始自武丁賓組卜辭，像是《合集》158「貞：翌甲寅祉雨」、《合集》12786「貞：今己亥不祉雨」、《合集》12787「貞：今夕不祉雨」、《合集》12798「貞：今夕不其雨祉」、《合集》8001 正「貞：今日不其祉雨」。

再者，黃類「夕」字，除見於氣象卜辭以外，也出現在祭祀卜辭，例如：《合集》39475「夕歲」。值得注意的是，「夕歲」能溯源自武丁早期，像是《合集》21194「☐㞢夕歲」、《花東》474（H3：1463）「甲子卜：夕歲祖乙禫告妣庚」；而武乙、文丁時期則有《合集》30359「癸亥卜，其又夕歲于父甲升，王受又又（有佑）」、《合集》30493「弜又夕歲」等；直到第五期出現在《合集》38631、38632「丙申卜，貞：王賓夕歲，亡尤」與《合集》41881「壬午卜，貞歐：王賓夕歲，亡尤」等例。

## 三、中彔

《合集》35344

丁酉，中彔卜，才兮貞：才戍田，□其以𡆥人𡆥，亡〔災〕？

黃類

上版「中彔」一詞，黃天樹先分析前辭之文例，研判「干支與『卜』字之間所刻之字，除了刻記貞人名以外，有時也刻記占卜的時間」，再研判本版的「中彔」作爲「時稱」之用，最終認爲「中彔」是「日中」的對蹠點，很可能是夜間的時稱（相當於「夜半」）〔註 191〕。故《合集》35344 前辭能理解爲「丁酉日，史官『兮』於夜半時分所進行的貞問」。

此外，甲骨文部分「中彔」仍可解釋成「地名」〔註 192〕，像是：無名組

---

頁 511。

〔註 191〕黃天樹：〈殷代的日界〉，原載《華學》第 4 輯（2000 年），後收入《黃天樹古文字論集》，頁 174～176。

〔註 192〕中國社會科學院考古研究所編：《小屯南地甲骨》下冊第一分冊釋文（上海：中華書局，1983 年），頁 1023。

《合集》28124「叀中彔先[illegible]（[illegible]）？吉」與《屯南》2529「乙亥卜：今日至于中彔☐？吉」，其中《合集》28124 又見「叀東彔先[illegible]（[illegible]）」顯然「中彔」是與「東彔」相對之概念，本版爲史官貞問「舉行[illegible]祭的地點」。而《屯南》2529 從語法來看，動詞「至于」之後應接「地名」，譬如〈集 32183〉「辛巳貞：其執，以至于商？」與《合集》37848 反「辛酉，王田于雞彔（麓），隻（獲）大[illegible]虎。才十月。隹（唯）王三祀劦日」。故《合集》28124、《屯南》2529「彔」之用法，應從屈萬里〔註 193〕、《說文》所述「林屬於山爲麓」〔註 194〕。

因此，透過實際地分析黃組卜辭，發現該時期有「妹」、「夕」、「中彔」三類紀日時稱。另外，在尋找卜辭紀日時稱之餘，也曾試圖尋繹同一時期的銅器銘文，但卻毫無斬獲。故從出土材料（甲骨與金文）同樣少見「紀日時稱」，也反映了黃組卜辭人們的書寫習慣。

故本章綜合了陳夢家、宋鎮豪、常玉芝、黃天樹等人對於殷商「紀日時稱」之說法，採用分組、分類的概念加以劃分盤庚遷殷以後 273 年的甲骨，並分成九大類。下列透過表格的方式加以呈現，即：

| | 𠂤、子組 | 花東 | 賓組 | 出組 | 何組 | 無名組 | 小屯南地 | 歷組 | 黃組 |
|---|---|---|---|---|---|---|---|---|---|
| 黎明破曉之時 | × | × | 𣊭 | × | × | × | × | × | 妹 |
| 日出之時 | 旦 | × | 旦 | × | 旦 | 旦 | 旦 | 旦 | × |
| 日出天明之時 | 明 | × | 明 | × | × | × | × | × | × |
| 早晨時分 | 大采 | 叉 | 早<br>大采 | 𦡝<br>朝<br>早 | 朝 | 朝 | × | 朝 | × |
| 食用早餐時分 | 大食 | × | 大食<br>食日 | × | 大食 | 大食 | 食日 | × | × |
| 正午時分 | 中日 | × | 中日<br>日中 | × | 中日<br>督 | 中日<br>日中<br>督 | 中日 | × | × |
| 太陽偏西之時 | 昃 | 昃 | 昃 | × | × | 昃 | 昃 | 昃 | × |

〔註 193〕屈萬里：《小屯・第二本・殷虛文字甲編考釋》，頁 93。

〔註 194〕〔漢〕許慎；〔清〕段玉裁注：《說文解字注》六篇上，頁 274。

| 下午時分 | × | × | × | × | × | 𩫖兮 | 𩫖兮 | × | × |
|---|---|---|---|---|---|---|---|---|---|
| 食用晚餐時分 | 小食 | × | × | × | × | × | × | × | × |
| 日落之後 | × | [illegible] | × | 莫 | 莫 | 莫 | 莫 | 莫 | × |
| 天黑之時 | × | × | × | × | 昏 | 昏 | × | × | × |
| 傍晚時分（約 17 至 19 時） | 小采 | × | × | × | × | × | × | × | × |
| 天黑掌燈時分 | 枫 | 枫 | 枫 | 枫 | 枫 | 枫 | 枫 | 枫 | × |
| 月出之時 | 夗 | × | × | × | × | × | × | × | × |
| 夜晚 | 夕 | 夕 | 夕 | 夕 | 夕 | 夕 | 夕 | 夕 | 夕 |
| 人臥息睡眠之時 | 寐 | × | × | × | × | 住 | × | × | × |
| 夜半時分 | **殊** | × | × | × | × | × | × | × | 中彔 |
| 天明之時 | × | × | 夙 | × | × | 盥<br>夙 | × | × | × |
| 總計 | 14 | 5 | 13 | 6 | 9 | 15 | 8 | 6 | 3 |

總括上表，可歸納出六項內容，即：

（一）殷墟以「夕」遍見於各時期，無論王室、非王卜辭皆可見其蹤跡；而以「時稱總數」來看無名組相較其他時期出現時稱最多，黃組出現最少。

（二）武丁時期：賓組繼承著𠂤組卜辭，但缺少「小食、小采、寐」，而上述三項詞日後消失於殷商紀日時稱。同時，與𠂤組相近的花東非王卜辭，僅見「昃、莫、枫、夕」四類。從而瞭解武丁在位 59 年間，因人們生活習慣、價值觀念等複雜因素，遂使武丁時期王族卜辭與非王卜辭具紀日時稱使用上的異同，像是花東甲骨「莫（[illegible]）」專屬於非王卜辭，而「昃、枫、夕」則共同出現在王族、非王卜辭。

（三）出組卜辭出現六項時稱，其中「䇂」爲特殊時稱（獨見當期），其餘五項是延續武丁時期紀日時稱。另外，本時期的人們在書寫「莫」之時，出現了異體字「[illegible]」，其在文字結構上新增「隹形偏旁」；而本類寫法到小屯南地甲骨又再次被人們所使用。

（四）何組卜辭出現了新的詞「督、昏」，兩類時稱被無名組時期人們加以繼承使用，此後卻被廢除。

（五）過去學界傾向將無名組、屯南混合，但經本文重新爬梳，發現兩時期的「紀日時稱」存在著差異，即：「朝、住、夙」三類僅見無名組甲骨，卻未出現在小屯南地甲骨。

（六）歷組卜辭部分，昔日常玉芝僅認爲出現「莫、夙」，但經實際地探勘甲骨原材料，發現本時期新增「旦、朝、昃、枫、夕」四類紀日時稱。其中「夙」、「枫」常被學者（沈培、黃天樹）混淆，但實際甲骨構形「夙」寫作「」，而「枫」寫作「、」兩類從未相混，且從所持之物也絕對不見卜辭訛混之現象，故「夙」、「枫」雖同樣爲時稱，但象徵的時間迥異。

（七）常玉芝傾向黃組卜辭不見紀日時稱，然本文藉助甲骨文例的對比，發現本時期有「妹、夕、中彔」三種紀日時稱。

總之，針對殷商紀日時稱之運用，宋鎮豪、常玉芝皆主張是殷商人們依「自然觀察」及「生活習俗」產生的相關詞彙，取之於「天象觀察」有：旦、明、大采、小采、昃等；而從「生活習俗」歸納則是：大食、小食、住等〔註 195〕。背後蘊含著從殷商人們最初創造時稱之意念，即《說文．序》「仰則觀象於天」，其中「天」包含太陽本身（旦、明）、月亮（夕、夙）進而至「太陽光影」（督、中日、昃、昏、暮），而「日落後」則是以人們生活作息作爲「紀時」之準則，例如：「枫、住、寐」。

〔註 195〕詳見（1）宋鎮豪：〈試論殷代的紀時制度〉，頁 319～321。（2）常玉芝：《殷商曆法研究》，頁 179～180。

# 第三章　兩周金文所見紀日時稱

自 90 年代以來學界對金文專題論著，多著墨於官制、語法、斷代〔註 1〕，伴隨著金文研究之深化，學者將專注層面逐漸擴大：第一、官制部分，除了藉助文獻尋繹相互對應之內容，深化對職稱的認識，例如〈小克鼎〉器主之職能，顛覆了《周禮》對「膳夫」的記載，甚至領軍征伐。〔註 2〕第二、語法部分受到西方語言學之影響，進而闡發相關議題，如：《西周金文詞彙研究》羅列部分辭彙的演變，先對《殷周金文集成》、《近出殷周金文集錄》探討「書寫形式」，再區辨西周銘文同義詞、反義詞；最終，藉助詞彙予以斷代。〔註 3〕第三、斷代部分，除了藉助銅器本身器型、紋飾外，擴及「曆日」及「月相」之解析，譬如：葉正渤《金文月相紀時法研究》先對「20 世紀以來金文月相詞語研究評述」歸納整理，書中剖析各家說法之得失，再探究「金文月相詞語的含義和所指時間」及「初吉、既生霸、既望、既死霸、方（旁）死霸」等月相詞語的演變。〔註 4〕

〔註 1〕針對金文「官制」、「語法」、「斷代」三項議題的研究學者、相關成果，詳見：趙誠《二十世紀金文研究述要》第五章「專題論著」（太原：書海出版社，2003 年），頁 423～435。

〔註 2〕李學勤：〈談《周禮正義・天官》筆記〉，《文物中的古文明》（北京：商務印書館，2008 年），頁 12～15。

〔註 3〕楊懷源：《西周金文詞彙研究》（成都：巴蜀書社，2007 年），頁 1～180。

〔註 4〕葉正渤：《金文月相紀時法研究》（北京：學苑出版社，2006 年），頁 1～132。

綜言之，在學者的努力之下，對銘文之理解、青銅器的斷代分期，已逐步勾勒出基本框架。

同時，昔日學界研究銘文「官制、斷代、曆法」皆採用二重證據法，即運用「地下之新材料」與「傳世的古文獻」相互印證。然金文研究也深受西方語言學的影響，以分析銘文詞性，將語彙予以分門別類。以上諸方面的研究皆能相得益彰，並揭開歷來不爲人知的上古事蹟。

舉例來說，清末吳大澂已將《詩經・六月》「薄伐玁狁」、〈出車〉「薄伐西戎」所見「薄伐」一詞與金文〈虢季子白盤〉之「博伐」相互對應，研判兩詞彙語意相同〔註5〕，此說法被學界採信〔註6〕。爾後，學者紛紛運用「二重證據法」重新解釋傳世文獻難解之詞彙，如于省吾《雙劍誃詩經新證》、《詩經楚辭新證》及《澤螺居詩經新證》及季旭昇《詩經古義新證》，皆藉助青銅器銘文以重新探討《詩經》詞句〔註7〕。然銘文涵蓋兩周時期政治、軍事、禮制等各方面內容，二氏之研究無法完全涵括。且現今學界在周代銅器「紀日時稱」之研究，仍大片留白，甚至探討西周「紀時」之議題，像是〈先秦時期是如何紀時的〉，僅用「西周時代大概承用殷人的紀時制，西周典籍和金文中出現的時稱與甲骨文大致相同」簡略地帶過〔註8〕；但究竟西周銘文有多少時稱？與殷商時稱之異同？時代之別是否造成時稱之改變？面對上述諸多之疑問，迄今學界尚無法完全釐清。

値得注意的是，銅器時代相類的傳世文獻《詩經》、《春秋》、《左傳》中確實已見「紀日時稱」，例如「朝」分別出現在《詩經・小雅・白駒》：「縶之維之，以永今朝」、〈雨無正〉：「三事大夫，莫肯夙夜；邦君諸侯，莫肯朝夕」、〈北山〉：「偕偕士子，朝夕從事」、〈何草不黃〉：「哀我征夫，朝夕不暇」等篇。又如「昧旦」一詞，則見於《詩經・鄭風・女曰雞鳴》：「女曰：『雞鳴』，士曰：『昧旦』」。

〔註5〕吳大澂：《說文古籀補》第三（合肥：黃山書社，2009年），頁6。

〔註6〕強運開認爲：「博、博、戟、博均與薄通」，《說文古籀三補》第三（臺北：臺灣商務印書館，1976年），頁1。

〔註7〕詳見（1）于省吾：《雙劍誃詩經新證》（臺北：藝文印書館，1957年）、《詩經楚辭新證》（臺北：木鐸出版社，1982年）、《澤螺居詩經新證》（北京：中華書局，1982年）。（2）季旭昇師：《詩經古義新證》（臺北：文史哲出版社，1994年）。

〔註8〕宋鎮豪：〈先秦時期是如何紀時的〉，《文史知識》第6期（1986年），頁81～82。

至於「夙」一詞，曾載於《詩經・齊風・東方未明》：「折柳樊圃，狂夫瞿瞿。不能辰夜，不夙則莫」。有鑑於此，本章以「兩周紀日時稱」作爲探討核心〔註9〕，欲透過相同時代、載體不同的青銅器銘文與《詩經》、《春秋》、《左傳》傳世文獻相互參照，希冀瞭解當時紀日時稱之樣貌。

此外，本章的金文材料橫跨兩周八百多年，包含：西周「自武王至幽王都鎬京」約 300 年〔註10〕、東周「自西元前 770 年周平王東遷至洛邑起至西元前 256 年秦滅六國爲止」共 514 年。將上述銅器採取「歷時」研究，勾勒出「紀日時稱」原貌。同時，又從共時分析，希冀能釐清不被人們所關注的周代紀時詞彙。

進入分段紀時研究前，必須先陳述「銘文分期」。《中國青銅器研究》將青銅器劃分爲五個時期：（一）育成期：即商代早期，青銅器藝術形成和開始發展的時期。（二）鼎盛期：商代晚期至西周康昭之間，是青銅器藝術蓬勃發展時期。（三）轉變期：西周穆恭至春秋早期，這時期由於社會經濟的逐漸衰弱，周王朝政治權力的旁落，諸侯國則經濟發展蓬勃，因而自行鑄造銅器，而本時期的器形紋飾及銘文書體都出現顯著的變革。（四）更新期：春秋中晚期、戰國及秦

〔註9〕筆者曾尋找「商末周初」甲骨，像是 1977 年陝西鳳雛村 304 片周原甲骨、2003 年 12 月岐山周公廟祝家巷 H45 灰坑發現兩版西周甲骨，但上述材料皆未出現紀日時稱，故本章探討紀日時稱以銅器銘文爲主。

〔註10〕針對西周積年不同之因：「古史說法不同」及「金文資料中月相瞭解不同」，針對「古史說法不同」部分，許倬雲《西周史》（前言）提到：「茲先說古史說法的不同。西周共和以後，年代可據，但共和以前諸王年代有待推定。單以武王伐紂年來說，劉歆根據《武成篇》的資料，以三統曆推定武王伐紂年相當於西元前 1122 年。但是裴駰《史記集解》、僧一行在《新唐書》『曆志』大衍曆議訂的武王伐紂年，董作賓先生推定相當於西元前 1111 年。其他的說法還有西周諸王中若干王的年代，分別見於《帝王世紀》等處。又《史記・魯世家》的魯國諸公年代，可用來補共和以前諸王年代的空白。但是今本『魯世家』和《世經》所引『魯世家』，其年代又頗多不同。依據這些不同史料，各家各有選擇，也各有其拼合遷就處，所得結果難免有歧異了。」（臺北：聯經出版事業公司，1990 年），頁 II～IV。關於「金文月相」的部分，葉正渤蒐集了歷來（董作賓、陳夢家、章鴻釗、榮孟源、李仲操、張汝舟、張聞玉、劉啓益、朱鳳瀚、張榮明、李勇）諸家對此論題相關研究，見《金文月相紀時法研究》第三章「月相詞語與西周起年、王年、積年研究」，頁 133～191。

代，這時由於經濟發展，特別是社會性質改變後新興地主階級需要的刺激，使青銅器藝術出現了新的高漲。（五）衰敗期：漢代有字銘文較少，銅器以實用取向爲主。〔註 11〕上述五期中，「育成期」、「衰敗期」幾乎少見有字銘文，故本文材料主要以「鼎盛期」及「轉變期」銘文爲核心，再細分「西周早、西周中、西周晚、春秋、戰國」五時期，探討彼此「紀日時稱」的異同。

再者，文中指涉「西周早期」專指「武王、成王、康王、昭王」之器銘，而「西周中期」包含「穆王、共（恭）王、懿王、孝王」所鑄造銅器，「西周晚期」則是屬於「夷王、共和、宣王、幽王」的銅器〔註 12〕。藉助實際搜羅金文原始材料，採用「時代順序」爲主軸，從而呈現各時期的「紀日時稱」。

## 第一節　西周早期所見紀日時稱

西周早期紀日時稱，共計有五項，即：

一、妍（夙，凌晨時分）

> 〈利簋〉珷（武王）征商，隹（唯）甲子朝，歲鼎，克聞（昏）**妍**（夙）又（有）商。（《集成》4131，武王）
>
> 〈應公鼎〉**雁**（應）公乍（作）寶**障**彝，曰：奄𠂤（以）乃弟，用**妍**（夙）夕**鬻亯**（享）。（《集成》2553～2554，西周早期）

針對〈利簋〉「妍（夙）」作爲「紀日時稱」，依《爾雅・釋詁》記載「朝，旦，夙，晨，晙，早也」；是字也是西周早期延續殷商的紀時用語，而依宋鎮豪〈試論殷代的紀時制度〉推算「妍（夙）」相當於「凌晨 3 至 5 點左右，月亮始露亮光」之時（頁 332）。

其次，從〈應公鼎〉銘文記載，說明鑄器者爲「應公」，依《左傳・僖公二十四年》記載「昔周公弔二叔之不咸，故封建親戚以蕃屛周。管、蔡、郕、霍、魯、衛、毛、聃、郜、雍、曹、滕、畢、原、酆、郇，文之昭也。邘、晉、應、韓，武之穆也」，而杜預注「四國皆武王子。應國在襄陽城父縣西南」，

〔註 11〕馬承源：《中國青銅器研究》（上海：上海古籍出版社，2002 年），頁 3。

〔註 12〕朱鳳瀚主編：《中國青銅器綜論》第六章第二節「西周金文」，頁 627～634。

可知「應」隸屬姬姓，封地在「今河南省寶豐縣西、郟縣南」〔註13〕。而透過「奄㠯（以）乃弟，用夙夕鸞亯（享）」兩句，加以陳述鑄器動機，即「應公與弟弟日夜採用本鼎來祭祀祖先」，故本銘文藉助紀日時稱「夙（夙）、夕」加以修飾祭祀之不間斷，呈現器主對祖先的崇敬。

再者，本文也蒐集兩周銘文「夙（夙）」之文例（詳見〔附錄二〕），該字多作爲「紀日之用」，譬如：西周早期「夙（夙）夕」連用，出現在〈𪓐鼎〉（《集成》2614）「𪓐肇（肇）對元德，考（孝）舂（友）隹（唯）井（型），乍（作）寶障彝，其用夙（夙）夕鸞亯（享）」、〈盂鼎〉（《集成》2837）「盂，廼𨑳（紹）夾死嗣（司）戎，敏誎（速）罰訟，夙（夙）夕𨑳（詔）我一人葊（烝）四方，雩我其遹省先王受民受彊（疆）土」、〈亖卣〉（《集成》5401）「文考日癸，乃沈子亖，乍（作）父癸旅宗障彝，其㠯（以）父癸夙（夙）夕鄉爾百聞（婚）遘（媾）。〔單光〕」。同時，尚見西周早期或中期《集成》6005〈鼉尊〉（鼉方尊）「鼉既告于公，休亡旼，敢對揚氒（厥）休，用乍（作）辛公寶障彝，用夙（夙）夕配宗，子子孫孫其萬年永寶」。上述銅器內「夙」作爲「紀日時稱」，具有「早」之意。

## 二、沓𦣻（昧爽，黎明破曉之時）

〈小盂鼎〉隹（唯）八月既望（望），辰在甲申，沓𦣻（昧爽），三ナ（左）三右多君入，服酉（酒）。（《集成》2839，康王）

西周早期「沓𦣻（昧爽）」僅見於〈小盂鼎〉，本器於開頭寫到「月份（八月）、月相（既望）、日期（甲申）」，而本件銘文部分文字已模糊，歷經學者努力之下，增補完整的文句〔註14〕。其中「隹（唯）八月既望（望），辰在甲申」之句型（〔附

〔註13〕《金文今譯類檢》編寫組：《金文今譯類檢》〔殷商西周卷〕，頁286。

〔註14〕歷來對〈小盂鼎〉討論甚豐，自郭沫若以降，器銘開頭處已增補完備，詳見（1）郭沫若：《兩周金文辭大系圖錄考釋》，收錄於《郭沫若全集》考古編第八卷（北京：科學出版社，2002年），頁87～94。（2）陳夢家：《西周銅器斷代》（北京：中華書局，2004年），頁104～113。（3）唐蘭：《西周青銅器銘文分代史徵》，頁180～190。（4）李學勤：〈小盂鼎與西周制度〉，《歷史研究》第5期（1987年）頁20～29；是文也收入《青銅器與古代史》（臺北：聯經出版事業股份有限公司，2005年），頁237～253。

錄二〕)，常見於兩周青銅器；而本類句型多銜接在「月份＋月相」之後，表示該月所逢的具體干支〔註 15〕，類似〈小盂鼎〉「辰在某干支」的紀日方式自西周早期延續到戰國銘文。

針對〈小盂鼎〉第三句「杳﨟（昧爽）」一詞，唐蘭、陳夢家、白川靜、周寶宏曾討論〔註 16〕，學者們皆依《說文》、《淮南子・天文篇》的記載，認爲此項紀日時稱相當於「黎明破曉時分」，其屬西周延續殷商的紀日用語。同時，陳夢家《西周銅器斷代》提出：「杳﨟」即「昧爽」，並依從〈免簋〉的內容，研判「杳﨟」在「明」之前；而「﨟」是爽明而昧又訓闇，故「杳﨟」乃是「將明之謂」(頁 106)。另外，本文藉助《尚書・大甲》「先王昧爽丕顯，坐以待旦」記載，也可呼應上述陳氏說法。綜合言之，「杳﨟（昧爽）」位於「黎明破曉之時」，當時「天將明未明的明暗相雜」之景象。

再者，清華簡也述及「杳（昧）﨟（爽）」作爲「紀日時稱」，像是〈保訓〉簡 1～2「己丑杳（昧）〔﨟〕(爽）□□□□□□□□□□。〔王〕若曰：『發，䑽

〔註 15〕詳見（1）〔美〕倪德衛藉助《國語》、《左傳》等文獻對「辰在某某」先加以分析，再剖析銘文「辰在甲子」、「辰在乙丑」語意，並提出「古代的天文編年學者使用一種圓的天弧模型（可能稱『鈞』)，北自極星，南至黃道，他就在這個圓弧上推定每天『辰』之兩緣在黃昏與黎明時的位置，而以其中點爲太陽的位置。他有一套可以移動的『干支尺』，必須將『干支尺』對準圓弧上的某一段六十度，藉以測定干支；一度六十度用盡，他便向東移到下一段六十度。當『辰』之東緣達到『干支尺』上標明『甲子』的那一度時，這相對地指出了太陽的位置，也指出了當天是『甲子』日」，詳見〈《國語》「武王伐殷」天象辨僞〉，收入《古文字研究》第十二輯（北京：中華書局，1985 年），頁 451。(2）葉正渤先徵引倪德衛之說，再尋繹金文 25 條涉及「辰在干支」辭例，且提出「『辰在××』之辰，應理解爲『日辰』」、「西周銘文『辰在××」這一紀時格式，表面上看起來似乎簡單，它只是告訴人們某一天的干支正值什麼。但它卻是來自先民對天象精密觀察和曆法精確推算』，文末更歸納出「月相的生成變化是由日、月、地的運轉而形成的，月相詞語所表示的是月亮運行到特定的空間位置和特定狀態；西周金文和傳世文獻中月象詞語都是定點的，各指太陽月中固定而又明確的一日」，見《金文月相紀時法研究》，頁 46～54。

〔註 16〕本文爲了避免文字贅述、重複徵引，不逐一羅列各家說法、出處：因西周早期銘文「昧爽」之理解，周寶宏〈小盂鼎銘文集釋〉已詳細蒐羅相關內容，詳參《西周青銅重器銘文集釋》(天津：天津古籍出版社，2007 年)，頁 364～367。

〈朕〉疾貹甚〔六〕，忎（恐）不女（汝）及訓』」。〔註 17〕上述兩簡論及「文王」的病勢，簡內「沓（昧）」後一字簡文已缺，學者們據文意補之。而西周初年「昧譻（爽）」又出現在以下文獻，分別是《尚書・牧誓》「時甲子昧爽，王朝至于商郊牧野，乃誓」、《逸周書・史記》「維正月，王在成周，昧爽，召三公左史戎夫」與〈酆保〉「維二十三祀庚子朔，九州之侯咸格于周。王在酆，昧爽，立于少庭」。故透過二重證據法，也反映「昧譻（爽）」已出現在西周早期，該詞作「紀日時稱」。

另外，西周早期〈大盂鼎〉（《集成》2837）「女（汝）妹（昧）辰（晨）又（有）大服」；其中「妹辰」，昔日被學者認爲相當於「昧晨」，作爲指涉「早上將明而未明的時候」，並將「妹辰」引申理解爲「（器主『盂』）年齡很小的時候」〔註 18〕。針對本類說法，李學勤並不同意，其認爲「妹」應視爲「語中助詞」，而「辰」讀爲「振」，故版內「妹辰」理解作「奮起」之意〔註 19〕。故本文根據李氏之說，不把〈大盂鼎〉「妹辰」作爲「紀時」之用。

### 三、明（日出天明之時）

〈小盂鼎〉隹（唯）八月既朢（望），辰在甲申，沓（昧）喪（爽），三ナ（左）三右多君入，服酉（酒）。明，王各周廟（廟）。（《集成》2839，康王）

銘內「三ナ（左）三右」一詞，曾有諸多學者參與討論，像是：（一）陳夢家將銘文與《尚書・顧命》對比，主張「太保奭、芮伯、彤伯、畢公、衛侯、毛公」即與本器「三左三右」相類，而「多君」則研判其與銘文「三事大夫」相同〔註 20〕。（二）李學勤贊成陳夢家之說，提出「三左三右多君」和「三事

〔註 17〕清華大學出土文獻研究與保護中心：〈清華大學藏戰國竹簡〈保訓〉釋文〉，《文物》第 6 期（2009 年），頁 73～75。

〔註 18〕詳見（1）《金文今譯類檢》編寫組：《金文今譯類檢》〔殷商西周卷〕（南寧：廣西教育出版社，2003 年），頁 460。（2）王輝：《商周金文》，頁 68～69。

〔註 19〕李學勤：《青銅器與古代史》第四章「金文中的周初史事」，頁 231。筆者案：上述李氏之說，並獲得劉桓之認同，參劉氏〈大盂鼎銘文釋讀及其他〉，《北方論叢》第 4 期（2005 年），頁 2。

〔註 20〕陳夢家：《西周銅器斷代》，頁 106

大夫」同義，均指在周王格廟前先來準備迎候的朝臣卿大夫」〔註21〕。（三）馬承源認爲是「諸邦君，也就是友邦諸侯，從賓客的地位而言稱邦賓」〔註22〕。面對以上分歧之說法，陳英傑重新釐清各家說法，最終研判「多君」即是〈夨令方彝〉中的「者（諸）尹」，因金文中「君、尹」相通，例如〈番昶伯者君鼎〉（春秋早期）器主作「昶伯者尹」，同人所造的盤（《集成》10140）則出現「昶伯者君」〔註23〕。因此，「多君」即「多尹」，指「百官」。

總之，〈小盂鼎〉「隹（唯）八月既朢（望）」至「三𠂇（左）三右多君入服酉」可理解成：在八月甲辰日「日出之前」百官率先進入周廟，施以「服酒」替周王的到來預先作準備。銘文「明王各周廟（廟）」則是描述：直到「天亮以後」，周王才來到宗廟。因此，可知銘文「明」屬「紀日時稱」，其指「昧爽以後東方已明」〔註24〕。該詞彙從殷商已被人們用來記錄「日出天明之時」。

## 四、朝（早晨）

〈利簋〉珷（武王）征商，隹（唯）甲子朝，歲鼎，克聞（昏）夙又（有）商。（《集成》4131，武王）

〈大盂鼎〉敏朝夕入讕（諫），亯（享）奔走，畏天畏（威）。（《集成》2837，康王）

關於〈利簋〉述及「牧野戰役」概況，銘文描述內容能與《尚書·牧誓》「時甲子昧爽，王朝至於商郊牧野，乃誓」、〈武成〉「粵若來三月既死霸，粵五日甲子，咸劉商王紂」及《逸周書·世俘解》「越若來二月既死魄，越五月甲子朝，至，接於商，則咸劉商王紂」相互印證。

其中，銘文「朝」字，宋鎮豪〈試論殷代的紀時制度〉認爲相當於「早上八點左右」，該詞彙延續殷商卜辭之用法（頁 314～315）。從本類紀日時稱

〔註21〕李學勤：〈小盂鼎與西周制度〉，收錄《當代學者自選文庫：李學勤卷》（合肥：安徽教育出版社，1999年），頁283。

〔註22〕馬承源：《商周青銅器銘文選》卷三，頁42。

〔註23〕陳英傑：〈金文中「君」字之意義及其相關問題探析〉，《中國文字》新三十三期（2007年12月），頁107～152。

〔註24〕馬承源：《商周青銅器銘文選》卷三，頁42

「朝」，可知西周早期紀日時稱源自殷商，屬於當時人們依據對自然的觀察，所制訂的紀時詞彙，該時稱指「早晨時段」。

針對〈利簋〉第三句「歲鼎」昔日討論甚豐，近日較多學者傾向「歲」釋爲「歲星」，主張「周初已有觀察歲星的紀錄」〔註25〕，所謂「歲鼎」指「歲星當空」。而「克聞」兩字，歷來多解釋作「助動詞＋動詞謂語」的句型，遂將「克」理解成「能夠」〔註26〕，看似通順，但回歸銘文語意，會出現釋讀上的窒礙。原因：器銘記載牧野之役的經過，倘若以助動詞「克」表示「能夠實現某種動作行爲」，恐怕對事件發生順序有所混亂，應將「克」視爲「戰勝、攻取」〔註27〕。至於「聞」字，本文依張政烺之說法，讀作「昏」，〈毛公鼎〉、〈諫簋〉「聞」均假借「昏」可作旁證。版內「夙」指「黎明前」，「昏、夙」是指「初昏到黎明前」，專指「一個夜晚，猶旦暮指一個白天。上言甲子朝，此接言昏夙，次序亦順」〔註28〕。故「克昏夙有商」能理解作「周王室的軍隊經一夜征戰，擊潰商紂」。

再者，康王時期〈大盂鼎〉「敏朝夕入讕（諫），亯（享）奔走，畏天畏（威）」，當中「朝夕」，根據《說文》「朝，旦也」、「夕，莫也」可知彼此屬反義複合詞，兩字相互結合見於西周銅器、傳世文獻（如《詩經・小雅・何草不黃》「哀我征夫，朝夕不暇」）。而本器「朝夕」的語義由原本「早晨、夜

---

〔註25〕將本器中「歲」釋爲「星名」始於張政烺：〈《利簋》釋文〉，《考古》（第1期）1978年，頁58～59。爾後，紛紛獲得學界之徵引，例如：（1）劉翔、陳抗、陳初生、董琨編：《商周古文字讀本》（北京：語言出版社，1989年），頁71～72。（2）汪中文：〈〈利簋〉銘文彙釋〉，《中國文字》新18期（1994年），頁103～113。（3）〔日〕成家徹郎著，呂靜譯：〈「利簋」銘文中「歲」字表示木星〉，《文博》（第4期）1997年，頁25～27。（4）張培瑜：〈伐紂天象與歲鼎五星聚〉，《清華大學學報》哲學社會版（第6期）2001年，頁42～56。（5）馬承源：〈西周金文和周曆的研究〉，《中國青銅器研究》（上海：上海古籍出版社，2002年），頁167。（6）王輝：《商周金文》，頁32～33。

〔註26〕詳見（1）馬承源：《商周青銅器銘文選》卷三，頁14。（2）王輝：《商周金文》，頁33。

〔註27〕銅器「克」作爲「戰勝、攻取」之意，類似用法見於〈𡧊尊〉「唯武王既克大邑商」、〈小臣單觶〉「王後𠬝（返）克商，在成師」、〈曾伯霥簠〉「克狄（逖）淮尸（夷）」及傳世文獻《易・既濟》：「高宗伐鬼方，三年克之」。

〔註28〕張政烺：〈《利簋》釋文〉，《考古》（第1期）1978年，頁58～59。

晚」，進而「實詞虛化」以修飾「主語」〔註 29〕，傳遞出「盂」從早到晚（不懈怠地）向周王進獻直言。

同時，器內以「奔走」彰顯「盂」對於「宗廟祭祀之事勤奮」。兩周類似的句型又見「奔走夙夕」、「奔走上下」、「奔走無射」、「奔走畏天威」、「奔走事某人」、「奔走在廟」。上述句型屬銅器常見之文例。其中「奔走夙夕、奔走夙夜」是說日夜敬事祀事，而「奔走在廟」是指出從事祭祀的地方，至於「奔走上下」、「奔走無射」是言其勤勉從事的狀態。「奔走畏天威」、「奔走事皇辟君休」是強調祭祀和敬事的對象。〔註 30〕故〈大盂鼎〉「敏朝夕入讕（諫），亯（享）奔走，畏天畏（威）」可理解成「（盂）不懈怠地對時王上奏諫言，替王室祭祀之事效力奔走，敬畏上帝的威嚴」。

## 五、夕（夜晚）

> 〈麥尊〉雩王才（在）㡿，巳（己）夕，侯易（賜）者（諸）㸚臣二百家，劑（齎）用王乘車馬、金勒、冂衣、市、舄，唯歸（歸），遻（揚）天子休。（《集成》6015，康王）

> 〈大盂鼎〉敏朝夕入讕（諫），亯（享）奔走，畏天畏（威）。……王曰：「盂，廼鹽（紹）夾死嗣（司）戎，敏諫（速）罰訟，夙（夙）夕鹽（詔）我一人𤔲（烝）四方，雩我其遹省先王受民受彊（疆）土。（《集成》2837，康王）

首先，〈麥尊〉「雩王才（在）㡿，巳（己）夕，侯易（賜）者（赭）㸚臣二百家，劑（齎）用王乘車馬、金勒、冂衣、市、舄，唯歸，遻（揚）天子休」述及周王對邢侯第二次的賞賜，賞賜物包含「奴隸兩百家、車馬、青銅、冕、衣裳、蔽膝」等，而第一次賞賜，依銘文內容「王吕（以）侯內（入）于寢，侯易（賜）玄周（琱）戈」，可知賞賜物品是「玄周（琱）戈」。同時，本器

〔註 29〕所謂「實詞虛化」指「實詞的詞彙意義和語法意義發生變化，接近或轉成虛詞的現象。」見《中國語言學大辭典》（南昌：江西教育出版社，1992 年），頁 351。

〔註 30〕陳致：〈《周頌》與金文中成語的運用來看古歌詩之用韻及四言詩體的形成〉，原發表於復旦大學舉行「出土文獻與傳世典籍的詮釋——紀念譚樸森先生逝世兩周年國際學術研討會」（2009 年 6 月 13 日～14 日），爾後，論文又刊載於「復旦網」（2009 年 10 月 9 日）。

出現「之日」與「夕」對稱，前者指「本日」，後者專指「當日晚上」，兩次賞賜中主語及賓語分屬「周王」、「邢侯」，而封賞地點則處於「寢（辟雍丘上之寢宮）、㡿（宗周辟雍大池之岸邊）」〔註31〕。

其次，〈大盂鼎〉出現了三項紀日時稱，分別是「朝」、「殂」（夙）、「夕」，並以「朝夕」、「夙夕」並列方式呈現。其中「敏朝夕入讕（諫）」一句，運用時間詞「朝夕」（從早到晚，蘊含「整天」）來修飾「入讕」，代表鑄器者「盂」能勤快且長期地向周王進獻直言。而「殂（夙）夕𥃝（詔）我一人烝（烝）四方」包含康王對器主「盂」勸勉之言，希望其能「輔佐君王、協助軍事、慎處刑罰、審理訴訟」。

再者，〈大盂鼎〉藉助「殂（夙）夕」時間狀語予以修飾「𥃝（召）」字；而「𥃝（召）」有「輔佐」之意〔註32〕。器中「我一人」隸屬同位語，皆指涉當時的君王（康王），故「殂（夙）夕𥃝（詔）我一人」指「從早至晚輔佐君王」，更表現西周早期君臣之間的尊卑關係。

另外，兩周典籍頻繁地出現「朝夕」連用，如：《尚書》〈說命〉「朝夕納誨，以輔台德」、〈酒誥〉「朝夕曰：『祀茲酒」（2次）。《詩經》〈雨無正〉「邦君諸侯，莫肯朝夕」、〈北山〉「偕偕士子，朝夕從事」、〈何草不黃〉「哀我征夫，朝夕不暇」、〈那〉「溫恭朝夕，執事有恪」（4 次）、《周禮》中〈冬官・考工記〉「晝參諸日中之景，夜考之極星，以正朝夕」、〈夏官司馬〉「以朝夕、燕出入，其法儀如齊車。」（2次）。《儀禮》〈士喪禮〉「朝夕哭，不辟子卯」與「主人拜賓，如朝夕哭，卒徹……人要節而踊，皆如朝夕哭之儀，月半不殷奠」、〈既夕禮〉「猶朝夕哭，不奠」、〈士虞禮〉「如朝夕臨位」（4次）等。〔註33〕

值得注意的是，銘文中「殂（夙）夕」卻在十三經、先秦文獻無法尋繹其

---

〔註31〕器內「㡿」字，馬承源認爲其與「厈」同字，讀爲「岸」，詳見《商周青銅器銘文選》卷三，頁47。

〔註32〕自清末劉心源以來，王國維、于省吾、楊樹達、陳夢家、馬承源、唐蘭、劉翔等紛紛將〈大盂鼎〉「𥃝」理解成「輔佐」之意，上述說法皆收錄在周寶宏：《西周青銅重器銘文集釋》，頁301～314。

〔註33〕依「寒泉資料庫」搜尋《十三經》「朝夕」一詞，出現在《禮記》有11次，而《左傳》有18次。網址：http://libnt.npm.gov.tw/s25/。

蹤跡，僅能溯源自西周早期出土銅器。透過紀日時稱的相互參照，反映詞彙之特殊性，即：「朝夕」兼具歷時、共時、普遍的屬性，而「夙夕」僅見共時（兩周）、特殊載體（金文）。但兩項分段紀日時稱皆運用於西周早期銅器銘文，此種現象可謂西周之創舉，在殷商出土文獻（卜辭）未嘗見過人們將兩時稱相互予以連用。

最後，《集成》6009〈效尊〉與《集成》5410〈啓卣〉曾見「舛（夙）夜」一詞，兩器在「殷周金文暨青銅器資料庫」定位於「西周早期」〔註 34〕，但本文從馬承源之說，視兩器分屬「恭王」、「孝王」之器物（《商周青銅器銘文選》卷三，頁 153、205），主要因爲〈孝尊〉外觀「矮體、垂腹類型」，並輔以形製加以研判其應屬西周中期之器物〔註 35〕。因此，西周早期雖將「舛（夙）」作爲紀時之詞彙，僅見「舛（夙）夕」之用法，而西周早期未嘗見「夜」作爲「紀日時稱」，直到西周中期「舛（夙）夜」始廣泛地出現於器銘。

總括本節內容，西周早期分段紀時所用的詞，分別有「杳響（昧爽）」與「舛（夙）」（黎明破曉）、「明」（天剛亮）、「朝」（早晨）、「夕」（夜晚）五種，扣除「杳響（昧爽）」以外，其餘四類紀日時稱爲繼承殷商之法。整體言之，西周早期銘文反映時稱不若殷商完整，推測是與鑄器動機、紀錄事蹟密切相關，伴隨著王權勢力興起，逐漸將冊命制度、賞賜制度予以發展，產生固定時辰舉行某類儀式之特徵。同時，西周器銘紀日時稱從「單一結構」朝向「並列結構」，例如：「朝夕」、「舛（夙）夕」，也傳達了西周人們語言的進步，在語義上從單純「紀時」之用（即「早到晚」），欲宣示臣下對君王的效忠，本類詞彙無論是在康王〈大盂鼎〉、〈麥盉〉抑或西周早期〈應公鼎〉，皆蘊含受封者（臣、諸侯）對主政者（君王）在政治、祭祀等方面戮力輔佐之意味。

## 第二節　西周中期所見紀日時稱

西周中期銘文常見冊命之禮，此類器銘於開頭詳載典禮之時間、舉行地

〔註 34〕本研究參考中央研究院歷史語言研究所金文工作室製作之「殷周金文暨青銅器資料庫」，網址：http://www.ihp.sinica.edu.tw/～bronze。

〔註 35〕王世民、陳公柔、張長壽著：《西周青銅器分期斷代研究》（北京：文物出版社，1999 年），頁 117。

點，並於結束前以「子子孫孫永寶用」爲嘏辭。〔註36〕值得注意的是，西周中期的「分段紀時」常見於冊命銘文，該時期出現的時稱有：

## 一、妍（夙，凌晨時分）

〈虎簋蓋〉虎用乍文考日庚障殷，子孫其永寶用，**妍**（夙）夕**亯**（享）于宗。〔註37〕（《新收》633、1874，穆王）

上述〈虎簋蓋〉爲 1996 年發現於「陝西省丹鳳縣鳳冠區西河鄉山溝村」，而學者依器型與銅器本身鑄刻之紀年（隹（唯）卅年三（四）月初吉甲戌）研判本器隸屬「穆王」〔註38〕。本器句末「妍（夙）夕亯（享）于宗」一句，可分析成「時間副詞（夙夕）＋亯（享）」之形式，當時人們採用「妍（夙）夕」作爲時間狀語修飾「祭祀」，代表器主「虎」對祖先的敬畏。

值得注意的是，類似〈虎簋蓋〉「時間副詞（夙夕）＋亯（享）」已出現在西周早期〈曆鼎〉「曆肇（肇）對元德，考（孝）畜（友）隹（唯）井（型），乍（作）寶障彝，其用妍（夙）夕鼐亯（享）」，銘內將此類句型置於銘末。但西周中期較常將「夙夕＋亯（享）」置於「鑄器動機」及「句末嘏辭」之間，例如：《流散歐美殷周有銘青銅器集錄》〈鼉方尊〉「鼉既告于公休亡尤，敢對揚乎（厥）休，用作辛公寶障彝，用妍（夙）夕配宗，子子孫孫其萬年永寶」〔註39〕、「白（伯）百父乍（作）周姜寶殷，用妍（夙）夕亯（享），用旛（祈）邁（萬）壽」，上述兩例皆見「妍（夙）夕」以修飾「配宗」及「亯（享）」，傳達祭祀活

〔註36〕針對銘文各時期常見格式之變化，參閱（1）張振林〈論銅器銘文形式上的時代標記〉，《古文字研究》第五輯（北京：中華書局，1981 年），頁 49～88。（2）〔日〕林巳奈夫：〈殷——春秋前期金文の書式と常用語句の時代的變遷〉，《東方學報》55 冊（1983 年），頁 1～101。

〔註37〕西周中期〈虎簋蓋〉，原刊載《考古與文物》3 期（1997 年），頁 78～79。本器又收錄劉雨、盧岩編著：《近出殷周金文集錄》第二冊，編號 491，頁 379～380。

〔註38〕詳見（1）王翰章、陳良和、李保林：〈虎簋蓋銘簡釋〉，《考古與文物》第 3 期（1997 年），頁 79。（2）王輝：〈虎簋蓋銘座談紀要〉，《考古與文物》第 3 期（1997 年），頁 81。（3）張聞玉：〈虎簋蓋與穆王紀年〉，《考古與文物》第 5 期（2000 年），頁 25～27。

〔註39〕劉雨、汪濤：《流散歐美殷周有銘青銅器集錄》（上海：上海辭書出版社，2007 年），頁 164。

動持續不間斷。

其次，青銅器〈獄盤〉（附圖十七）與〈獄盉〉（附圖十八）也述及「夙（夙）夕」一詞，即：

> 唯三（四）月初吉丁亥，王各（格）于師爯父宮，獄曰：朕光尹周師右，告獄于王，王睗（賜）獄仲（佩），戈市絲亢，金車金旚，曰「用夙（夙）夕事」。

開頭兩句載有冊命發生的時間「四月初吉丁亥」及周王所在地「至師爯父宮」。同時，銘文也述及周王對器主「獄」的賞賜物，分別有「仲（佩）、戈市絲亢、金車金旚」三類。其中「戈市」指「黑色的蔽膝」，而「絲亢」則說明其質地，即「以絲質製作的蔽膝」〔註40〕；至於「金旚」，李學勤認為其相當於《易・姤》「金柅」，專指「車輪下止動之物」〔註41〕。

關於〈獄盤〉與〈獄盉〉句末「用夙夕事」被學者視為「冊命銘辭的一種慣用語」，此類銘辭涉及「政事、職事」，也蘊含「上位者」要求「受封賜者」具備恭敬、勤勉〔註42〕。整體來說，從〈獄盤〉與〈獄盉〉歸納的相同處：（一）銘文開頭的前兩句主要陳述冊命時間、地點。（二）冊命過程則延續西周早期的習慣，先說明周王賞賜物品，再陳述獄受封賞後，宣誓會「夙夕」效忠王室；銘內「夙夕」雖為時間詞，但語意從單純地「早晚、日夜」轉化為「勤勉」。同時，類似「用夙夕事」概念，又見於《首陽吉金——胡盈瑩與范季融藏中國古代青銅器》所收錄〈逨鐘〉「逨御於厥辟，不敢墜，虔夙夕敬厥死事」。

再者，與器主「獄」有關的青銅器，是目前收藏於臺灣的〈獄簋〉，銘內涉及紀日時稱是：

> 獄拜稽首，對揚王休，用作朕文考甲公寶䵼毀，其日夙（夙）夕用氒（厥）杏享祀于氒（厥）百申（神），孫孫子子其邁（萬）年永寶用，茲王休，其日引勿炑（替）。

〔註40〕吳紅松：《西周金文賞賜物品及其相關問題研究》（安徽：安徽大學漢語言文字學博士論文，2006年），頁53～58。

〔註41〕李學勤：〈伯獄青銅器與西周典祀〉，頁182。

〔註42〕陳英傑：〈談親簋銘中「肇享」的意義〉，《古文字研究》第二十七輯（北京：中華書局，2008年），頁213～214。

銘文說明作器者「獄」接受周王賞賜，頌揚王室之美德。而銘內「杏」字，李學勤依據偏旁分析，釐清「杏以本爲聲，屬幫母文部，在此讀爲滂母文部『芬』」，指涉「祭祀之香氣」，再尋繹相對應的《禮記・郊特牲》「有虞氏之祭也，尚用氣；血腥爓祭，用氣也。殷人尚聲，臭味未成，滌蕩其聲；樂三闋，然後出迎牲。聲音之號，所以詔告於天地之間也。周人尚臭，灌用鬯臭，郁合鬯；臭，陰達於淵泉。灌以圭璋，用玉氣也。既灌，然後迎牲，致陰氣也。蕭合黍稷；臭，陽達於墻屋。故既奠，然後焫蕭合膻薌。凡祭，慎諸此」及《周禮・春官・宗伯》「大宗伯之職：掌建邦之天神、人鬼、地示之禮，以佐王建保邦國。以吉禮事邦國之鬼神示：以禋祀祀昊天上帝，以實柴祀日月星辰，以槱燎祀司中、司命、風師、雨師」，鄭玄注：「禋之言煙也。周人尚臭，煙氣之臭聞者……三祀皆積柴實牲體焉，或有玉帛，燔燎而升煙，所以報陽」相對應之處。最終，提出「尚臭」是周人祭祀的中心原則〔註43〕。故本器「用作朕文考甲公寶䵼毀，其日夙（夙）夕用氒（厥）杏臺祀于氒（厥）百申（神）」是「獄」說明自身受賞賜後，進而加以鑄器爲之紀錄，兩句可理解成「本簋是用來紀念已逝父親（甲）」及「作爲宗廟之典藏，運用於豐厚地祭典」。

## 二、杳𥅻（昧爽，黎明破曉之時）

〈免簋〉隹（唯）十又二月初吉，王才（在）周，**杳𥅻**（昧爽），王各于大廟。（《集成》4240，懿王）

上述〈免簋〉開頭說明冊命的日期，再描述周王當時位處都城（周）；直到「黎明破曉」之時，王來到都城之大廟。隨後，銘文論及井叔陪同器主（免）接受周王的冊命。其中，紀日時稱「杳𥅻（昧爽）」延續西周早期〈小盂鼎〉，代表西周早期、中期王室在黎明破曉舉行冊命典禮。同時，將〈小盂鼎〉、〈免簋〉加以比較，兩器的差異在於：西周早期〈小盂鼎〉會詳細記載冊命前百官、大臣率先抵達祭祀場所等候王來臨，至西周中期〈免簋〉卻加以簡省，僅提及周王至祭祀場所之時辰。

〔註43〕李學勤：〈伯獄青銅器與西周典祀〉，頁183～185。筆者案：李文更進一步將「伯獄」所作各器、製作先後予以排列：〈獄鼎〉、〈伯獄簋〉最早，預估在「穆、恭之間」；其中〈獄盤〉、〈獄盉〉和〈獄簋〉較晚，估計在「恭王時期」，又〈獄簋〉隸屬再一次冊命，應是最遲的。

其次，與〈免簋〉同樣述及「杳䁍（昧爽）」一詞，尚見於2004年中國國家博物館徵集入藏〈𧾧簋〉(附圖十五)，該器隸屬的年代，在2005年張光裕初步預估爲「西周中期、晚期」〔註44〕，到2007年朱鳳瀚依據器形、紋飾研判器物的確切年代，屬於「恭王時期」〔註45〕。本器開頭處述及「隹（唯）正月初吉丁丑杳（昧）䁍（爽），王才（在）宗周，各大室」，當中「杳䁍（昧爽）」用來表示王室冊命「𧾧」的時間，即「黎明破曉之時」。同時，朱鳳瀚也透過〈𧾧簋〉內容，研判器主「𧾧」擔任王命「訊訟」之職事，再根據西周中期偏早〈親簋〉及中晚期〈牧簋〉、西周晚期〈四十三年逨鼎〉等銘文內容，研判〈𧾧簋〉周王冊命之「目的」：在於使受冊命者「𧾧」能履行好其本職〔註46〕。

三、旦（日出之時）

〈七年趞曹鼎〉隹（唯）七年十月既生霸，王才（在）周般宮。旦，王各大室。(《集成》2783，恭王)

本器在開頭處「王年、月份、月相」指出「冊命時間」，再描述周王所在地「般宮」；而「般宮」也見於《集成》2804〈利簋〉「唯王九月丁亥，王客于般宮」，屬「宗周宮名」〔註47〕。第三句「旦」爲西周中期「紀日時稱」，該詞屬西周中期繼承晚商的紀時用語；雖不見於西周早期銘文，但仍見於傳世文獻，例如：《尚書》中〈商書・太甲〉「先王昧爽丕顯，坐以待旦」、〈周書・冏命〉「以旦夕承弼厥辟」與《詩經》內〈鄭風・女曰雞鳴〉「昧旦」、〈邶風・匏有苦葉〉「旭日始旦」。因此，綜合傳世文獻及前一章「殷商甲骨所見紀日時稱」內容，將西周中期銘文「旦」視爲「日出之時」。

至於〈七年趞曹鼎〉可理解爲「恭王七年十月既生霸，王在般宮。天剛亮時，王到達大室」。同一時期冊命銘文，常見「曆法（年、月、月相）＋旦，王各大室」之句型，分別出現在下列八件銅器，即：

---

〔註44〕張光裕：〈讀新見西周𧾧簋銘文札迻〉，《古文字研究》第二十五輯（北京：中華書局，2004年），頁174。

〔註45〕朱鳳瀚：〈西周金文中的「取徵」與相關諸問題〉，《古文字與古代史》第一輯（南港：中央研究院歷史語言研究所，2007年），頁192。

〔註46〕同上註，頁193～196。

〔註47〕馬承源：《商周青銅器銘文選》卷三，頁133

| | 出　處 | 器　名 | 內　　容 |
|---|---|---|---|
| 1 | 《集成》4272 | 朢簋 | 隹（唯）王十又三年六月初吉戊戌，王才（在）周康宮新宮，旦，王各大室，即立（位）。（恭王） |
| 2 | 《集成》2817 | 師晨鼎 | 隹（唯）三年三月初吉甲戌，王才（在）周師彔宮。旦，王各大室，即立（位）。（孝王） |
| 3 | 《集成》10170 | 走馬休盤 | 隹（唯）廿年正月既望甲戌，王才（在）周康宮。旦，王各大室，即立（位）。（恭王） |
| 4 | 《集成》4196 | 師毛父簋 | 隹（唯）六月既生霸戊戌，旦，王各于大室。（恭王或懿王） |
| 5 | 《集成》4251～4252 | 大師虘簋 | 正月既望甲午，王才（在）周師量（量）宮，旦，王各大室，即立（位）。（懿王） |
| 6 | 《集成》9898 | 吳方彝蓋 | 隹（唯）二月初吉丁亥，王才（在）周成大室，旦，王各廟。（懿王） |
| 7 | 《集成》4277 | 師俞簋蓋 | 隹（唯）三年三月初吉甲戌，才（在）周師彔宮，旦，王各大室，即立（位）。（孝王） |
| 8 | 《新收》663、664 | 宰獸簋 | 唯六年二月初吉甲戌，王才（在）周師彔宮。旦，王各大室。（懿王）〔註48〕 |

從表格內容能歸納三項要點：其一、銘文都涉及西周中期「冊命制度」，上述議題自陳夢家、陳漢平、張光裕、黃然偉、汪中文、黃盛璋、何樹環紛紛探討過〔註49〕，並將西周冊命內容劃分爲「命官授職」、「命臣執行任務」、「因

〔註48〕西周中期〈宰獸簋〉，出土於「1997 年 7 月下旬陝西扶風縣段家鄉大同村」，原著錄《文物》8 期（1998 年），頁 83。本器又收錄劉雨、盧岩編著：《近出殷周金文集錄》第二冊編號 490（北京：中華書局，2002 年），頁 377～378。關於本器，羅西章、張懋鎔一致將其訂爲「夷王六年」時器，張氏又提出本器「在西周晚期的起始階段，與西周中期後段在時間上非常接近，形制、紋飾、銘文內容及書體方面也不矛盾」，詳見：羅氏：〈宰獸簋銘略考〉，《文物》8 期（1998 年），頁 83～87。張氏〈宰獸簋王年試說〉，《文博》1 期（2002 年），頁 32～35。

〔註49〕西周冊命制度，分別見（1）陳夢家認爲：西周冊命中包含兩個主要內容，即「命官職」、「賜予質物」，《西周銅器斷代》，頁 415。（2）陳漢平在《西周冊命制度研究》提到「冊命者先直呼受命者之名，敘述冊命原由及誥誡語，再敘冊命之官職，最後記冊命所賞賜之物品及勉語」（上海：學林出版社，1986 年），頁 27。（3）張光裕〈金文中冊命之典〉主張「通常冊命的內容是任命和賞賜」，《雪齋學術論文集》（臺北：藝文印書館，1989 年），頁 29。（4）黃然偉先蒐集 285 篇涉及冊命銘文，再提出「西周賜命銘文中，記王所冊命之內容，主要有三種：任命、賞賜、

功受賞」、「其他」四大類。

其二、西周中期冊命銘文，往往會在句首開頭處先載有「王年、月份、月相、干支（日期）」，其中雖有部分銘文干支被省略；整體而言，鑄器者試圖藉此詳細地紀錄「冊命發生的年份、月份、日期」。上述銘文句首的體例，已被張光裕所發現，其提出「金文裡有關冊命的記載很多，而整個冊命典禮進行時對時間、地點、王位、受命者及輔佑者的部位，皆備載者」〔註50〕。

其三、歸納冊命銘文，發現周王多半在「旦」時，到達目的地（見〔附錄二〕），反映冊命典禮多半在「日出之時」舉行。上述觀點可在文獻《周禮・春官・宗伯》「夜呼旦以叫百官。凡國之大賓客、會同、軍旅、喪紀，亦如之」相互印證。

## 四、朝（早晨）

西周中期銘文「朝」作爲「紀日時稱」主要見於 2005 年 9 月上海「海外回流青銅器觀摩討論會」所公布的「伯獄」九件青銅器。是組銅器共計有：鼎一、甗一、簋三、壺一、爵一、盤一、盉一。針對器主「獄」，陳全方曾視爲「西周早期魯國國君魯侯熙」〔註51〕，以上說法陸續被學者們加以修訂，近日傾向本組器隸屬「西周中期」〔註52〕。器內涉及「紀日時稱」的句子，分別有：

---

告誡」，《殷周史料論集》（香港：三聯書店，1995 年），頁 120。（5）汪中文蒐集了 82 件銅器，進而以表格方式呈現，筆者從表格中「器名／受命者／右者／史官」、「冊命受職」、「命服」、「車馬／馬飾／旂幟／秬鬯」、「兵器／其他／車飾」，進而予以推測「受職」及「賞賜」之意。見《西周冊命金文所見官制研究》「冊命金文分析總表」（臺北：國立編譯館，1999 年），頁 72～112。（6）黃盛璋〈西周銅器中冊命制度及其關鍵問題新考〉提到「冊命雖然包含命與錫兩大內容，但根本的目的是命，即授官命職」，黃說收入「考古學研究」編委會：《考古學研究》（西安：三秦出版社，1993 年），頁 416。（7）何樹環主張「銅器銘文中有一類是以記載命官受職、賞賜服物著稱，此類稱之爲『冊命銘文』」，見《西周錫命銘文新研》（臺北：文津出版社，2007 年），頁 317。

〔註50〕張光裕：〈金文中冊命之典〉，頁 10。

〔註51〕陳全方、陳馨：〈新見商周青銅器瑰寶〉，《收藏》第 4 期（2006 年），頁 90～93。

〔註52〕詳見（1）張懋鎔：〈「魯侯熙銅器」獻疑〉依「器物形制、字形書體、用語、賞賜地點、賞賜品、人物、日名」訂爲「西周中期穆、恭王之器」，《古文字與青銅器

〈獄鼎〉獄肇作朕文考甲公寶𩰫彝，其日朝夕用鬺祀于氒（厥）百申（神），孫孫子子其永寶用。（附圖十六）

關於年代部分：李學勤依器物本身的紋飾、器型「本鼎腹膨垂，以及柱足的形狀」，研判此鼎類似恭王時期〈五祀衛鼎〉、〈九年衛鼎〉，推斷本鼎應屬「穆、恭」時器。同時，再進一步分析「鬺祀」，主張「鬺祀」應讀爲「典祀」，而「鬺」古音禪母文部，「典」端母文部，彼此韻母同部。最終，尋繹《書・高宗肜日》「典祀無豐于昵」加以對應〔註 53〕。因此，從李氏之說，得知本鼎隸屬於「西周中期」，器內涉及祭祀。

其次，再說明本器鑄器動機：即「獄」爲紀念祖先（甲公）而造鼎，而銘文「其日朝夕用鬺祀于氒（厥）百申（神），孫孫子子其永寶用」兩句，蘊含「祭享祖先、誡勉後代」兩種思維〔註 54〕。同時，銘文「日」字，學者認爲應理解成「如日月運行之久長」〔註55〕；故「其日朝夕用鬺祀于氒（厥）百申（神），孫孫子子其永寶用」可理解成「獄勤奮地用本器加以祭祀祖先、神明，更希望後代子子孫孫世代相傳之」。值得注意的是，本器採取「朝夕」作爲「狀語」以修飾「鬺祀」，語意從單純地「早晚、日夜」轉化爲「勤勉」，傳遞出鑄器者希冀本器能如日月運行之久長流傳，並用鼎日復一日、勤奮地祭祀百神，更期勉後代子孫能珍藏之。

## 五、夕（傍晚、日落時分）

〈㾜鐘〉㾜趄趄，夙（夙）夕聖趮（喪），追孝于高且（祖）辛公、文且（祖）乙公、皇考丁公，龢鑙（林）鐘。（《集成》246，懿王或孝王）

以上〈㾜鐘〉第二句「夙（夙）夕」用來修飾「追孝」，說明後人對先祖的崇敬。爾後，銘文再描述「㾜」鑄器動機：希冀紀念祖先「高且（祖）辛公、文且（祖）

論集》第二輯（北京：科學出版社，2006 年），頁 69～72。（2）李學勤：〈伯獄青銅器與西周典祀〉，《古文字與古代史》第一輯，頁 180。

〔註 53〕李學勤：〈伯獄青銅器與西周典祀〉，《古文字與古代史》第一輯，頁 180。

〔註 54〕陳英傑：《西周金文作器用途銘辭研究》（北京：線裝書局，2008 年），頁 687。

〔註 55〕張光裕：〈新見金文詞彙兩則〉，《古文字研究》第二十六輯（北京：中華書局，2006 年），頁 179～180。

乙公、皇考丁公」。

另外，西周中期紀日時稱「夙（夙）夕」尚見於〈伯獄簋〉，部分銘文提到：

> 獄肇作朕文考甲公寶𩰬彝，其日夙（夙）夕用氒（厥）聽（馨）香𦎫（敦）示氒（厥）百神，亡不鼎（正）；𩰫（芬）夆（芳）聽（馨）香，則登上下。（附圖十九）

銘內「聽香」，吳振武認爲「聽」從聖聲，而聖、聲相通〔註 56〕，故「聽香」即「馨香」，而傳世文獻紀錄了「馨香」與「祭祀」的關係，即《尚書》內〈君陳〉「至治馨香，感于神明，黍稷非馨，明德惟馨」、〈酒誥〉「弗惟德馨香、祀登聞于天，誕惟民怨」及《左傳》桓公六年「所謂馨香，無讒慝也。故務其三時，修其五教，親其九族，以致其禋祀，於是乎民和而神降之福，故動則有成」、僖公五年「神所馮依，將在德矣。若晉取虞，而明德以薦馨香，神其吐之乎」，上述內容皆呈現周代「尚嗅」的文化崇尚〔註 57〕，當時人們的觀念中，芬芳之氣嗅正是人馨香之德的體現，食物的馨香氣嗅昭示了人德行的芬芳，故《尚書》、《左傳》或《詩經》等傳世文獻才會不斷地强調祭品的芳香。〔註 58〕

至於「𦎫（敦）示」的解釋，裘錫圭指出相當於〈癲簋〉中「敦祀」，指「厚祀」之意，又將「𩰫夆聽香」讀爲「芬芳馨香」，將「𩰫夆聽香」與「用厥馨香敦祀于厥百神」所述及「馨香」皆一致指向爲「指有馨香之氣的祭品」。再根據《左傳》僖公五年之內容，說明古代「祭祀者必須有馨香之德，登聞於神，神才會接受他的祭祀，祭品的馨香才會起作用」，故「芬芳馨香」蘊含雙關語意，指「器主舉行的祭祀及其德行的芳馨之氣」〔註 59〕。而銘內「鼎」釋爲「正」，〔註 60〕「亡不鼎（正）」則可理解成「沒有不適當」，以「亡不」雙重否定加以

---

〔註 56〕吳振武：〈試釋西周獄簋銘文中的「馨」字〉，《文物》第 11 期（2006 年），頁 61～62。

〔註 57〕李學勤：〈伯獄青銅器與西周典祀〉，《古文字與古代史》第一輯，頁 180。

〔註 58〕西周人們「尚嗅」的觀念、傳世文獻例子，可參見曹建敦：〈上博簡《天子建州》「天子歆氣」章的釋讀及相關問題〉，復旦網（2011 年 9 月 30 日）。

〔註 59〕裘錫圭：〈獄簋銘補釋〉，《安徽大學學報》第 32 卷第 4 期（2008 年），頁 2～4。

〔註 60〕詳見（1）劉釗：〈卜辭「雨不正」考釋——兼《詩・雨無正》篇題新證〉，《殷都學刊》第 4 期（2001 年），頁 1～3。（2）季旭昇師〈《雨無正》解題〉，原發表逢

修飾「鼎」字，蘊含著若干情緒成分，使說的話更有力些。〔註61〕故「其日夙（夙）夕用氒（厥）馨（馨）香𦎫（敦）示氒（厥）百神，亡不鼎（正）」說明了周王日夜施以馨香、豐厚之祭品予以祭祀諸神，希冀向其祈福。

附帶說明，曾有學者從器型、紋飾研判〈伯𤜵簋〉與陝西寶雞茹家莊一號墓乙室〈弜伯簋〉、〈伯簋〉時代相近，皆屬穆王時期，而李學勤進一步從相關的銅器形制，尚有〈它簋蓋〉（舊稱〈沈子簋〉），器主「它」爲昭王時代三代周公之子；同時，再憑藉文字構形「朕、考」研判〈伯𤜵簋〉與〈𤜵鼎〉時代相近〔註62〕。

另外，西周中期「夕」字也曾單獨作爲「紀日時稱」，即：

〈穆公簋蓋〉隹（唯）王初女（如）𨙸（[illegible]），迺自商𠂤（師）復還至于周，王夕鄉（饗）醴于大室。（《集成》4191，附圖廿）

銘文開頭兩句交代了「周王居處」，其繼承西周早期「王在某」之句型；再透過「商𠂤（師）復還至于周」得知本器載於戰爭之後，適逢周王從軍隊回師到周。銘內「王夕鄉（饗）醴于大室」一句，則明白指出王室班師回朝後，在夜晚舉行祭祀。故「夕鄉（饗）」指「傍晚、日落時分祭祀、祭獻」，而「鄉」（饗）之語意，即《禮記・郊特牲》「蠟也者，索也，歲十二月，合聚萬物而索饗之也。」鄭玄注：「饗者，祭其神也」。

此外，《殷周金文集成》（修訂增補本）第三冊將「王夕鄉（饗）醴于大室」釋爲「此夕，鄉（饗）醴于大室」〔註63〕，但經實際觀察原拓本「[illegible]」構形明顯與「此」（[illegible]、[illegible]，文字構形源於《集成》5569〈亞此犧尊〉、《集成》；

甲大學中文系主辦：「中國經學研究會第二屆經學研究學術研討會」（2001年12月8日）。後刊載《古籍整理研究學刊》第3期（2002年），頁12～19。（3）張玉金：〈殷墟甲骨文「正」字考釋〉，刊載《2004年安陽殷商文明國際學術研討會論文集》，頁11～16。（4）裘錫圭：〈𤜵簋銘補釋〉，頁2、

〔註61〕馮春田、梁苑、楊淑敏撰：《王力語言學詞典》（濟南：山東教育出版社，1995年），頁526。

〔註62〕詳見（1）盧連成、胡智生：《寶雞弜國墓地》上冊「圖二〇〇」（北京：文物出版社，1988年），頁290。（2）李學勤：〈伯𤜵青銅器與西周典祀〉，頁181。

〔註63〕中國社會科學院考古研究所編：《殷周金文集成》修訂增補本（北京：中華書局，2007年），頁2385。

1595〈此父丁鼎〉）有別，應釋作「王」字，本處的左側兩橫畫恐因鏽蝕、剔鏽之失，遂使該字拓本字跡稍嫌漫煥。但對照同版「、、」，無論是文字結體抑或銘文釋讀，皆以「王」較「此」爲文從字順。

## 六、夜（夜晚）

〈啓卣〉乍（作）且（祖）丁寶旅𨽍彝，用匄魯福，用𡖊（夙）夜事。

（《集成》5410，孝王，附圖廿一）

本器依馬承源研判，隸屬「孝王器」〔註64〕，銘內出現兩項紀日時稱，即「𡖊（夙）夜」。同時，全銘也記載了鑄器用途、嘏辭，其在開頭處先述及：器主因替王狩獵、參與討伐，即「出獸（狩）南山」、「啓從征，堇（謹）不嬰（擾）」，遂獲周王賞賜；再描述（啓）鑄器爲了紀念祖先。至於「用匄魯福」則屬於「句末祈福之辭」，徐中舒已指出「金文嘏辭中屢見之『屯魯』即『厚福、大福、全福之意』，亦即典籍中之『純嘏』〔註65〕；而「用𡖊（夙）夜事」則是器主（啓）期勉能從早到晚替王室效命（勤奮於自身執守）。

關於《新收》1606〈爯簋〉屬新公布之銅器，自2006年吳振武始加以討論、考釋〔註66〕，也涉及西周中期「𡖊（夙）夜」一詞，即：

〈爯簋〉趞白（伯）乍（作）爯宗彝，其用𡖊（夙）夜享卲（昭）文神，用禱旂（祈）沬（眉）壽。

首句「趞伯作爯宗彝」是本期延續西周早期「某作◎器」之句型，其中「爯」應屬「逝世者」。但吳振武卻將「爯」釋爲「器主」，而「趞伯」理解作「出資作器者」，以上顯然將「爯、趞伯」視爲「鑄器者」，此說有誤；因銘文凡是涉及「某作◎器」的體例，其中「某」皆屬「鑄器者」，而「◎」則是「紀念對象」（逝者）。例如：西周早期〈傳尊〉（《集成》5864）「傳舆乍（作）從宗彝」、〈黃子魯天尊〉（《集成》5970）「黃子魯天乍（作）父己寶宗彝，孫子永寶」。此種句型至西周中期仍用之，像是〈天日己方彝〉（《集成》9891）「乍（作）文考日己寶𨽍宗彝，其子子孫孫邁（萬）年永寶用」等。

---

〔註64〕馬承源：《商周青銅器銘文選》卷三，頁204

〔註65〕徐中舒：《徐中舒歷史論文選集》上冊（北京：中華書局，1998年），頁545。

〔註66〕吳振武：〈新見西周爯簋銘文釋讀〉，《史學集刊》第2期（2006年），頁84～88。

其次，〈爯簋〉「其用夙（夙）夜享卲（昭）文神」陳述鑄器動機，即爲「祭祀」之用，而版內時間詞「夙（夙）夜」，于省吾認爲其包含了「早夜勤慎」之意〔註 67〕。再者，銘內「文神」指「已故的先人」，該詞又見西周晚期〈此鼎〉（《集成》2821）「用作朕皇考癸公尊鼎，用享孝于文申（神）」；而吳振武更提出「文神」指「西周代指已故先人的」，又可稱作「文神人、皇神、先神」，分別見於〈邢叔釆鐘〉（《集成》357）「邢叔釆作朕文祖穆公大鐘，用喜樂文神人」、〈杜伯盨〉（《集成》4448）「其用享孝于皇申（神）祖考」、〈史殿壺〉（《集成》9718）「用追福祿于茲先申（神）皇祖享叔」。〔註 68〕綜合以上說法，可知〈爯簋〉「其用夙（夙）夜享卲（昭）文神」可解釋作「（本器）用來勤勞地（日夜）享獻祖先，並用來彰顯已故先人之善德」。

另外，〈爯簋〉末句「禼」字，有兩種說法：（一）吳振武〈新見西周爯簋銘文釋讀〉指出其構形見於《天星觀楚簡》（[illegible]），其於銘內音義不詳（頁 85）。（二）陳英傑則研判「禼」應讀爲「匄」，古音「匄」爲月部字，「萬」雖爲元部字，而從萬得聲之「勱、邁、厲」皆屬月部字，彼此有通假之可能；認定「禼祈」乃屬同義連文〔註 69〕。面對以上兩說，本文認爲後者說法有待商榷，遂因西周晚期常見嘏辭〈伯侯父盤〉（《集成》10129）「用旂（祈）釁（眉）壽，萬年用之」、〈遲父鐘〉（《集成》）「乃用旂（祈）匄多福，侯父眔齊萬年釁（眉）壽」、〈趞鼎〉（《集成》2815）「其釁（眉）壽萬年」，皆見「萬年」與其他嘏辭並列。因此，本器「用禼旂（祈）沬（眉）壽」應是「用旂（祈）釁（眉）壽」與「萬年用之」之結合，同取相同字彙「用」，建構本器之句式。

最後，現藏北京保利藝術博物館〈爯簋〉（西周中期）與上述〈爯簋〉內容迥異，該器載有「隹（唯）王十又二月初吉丁亥，王才（在）姑。王弗忘應公室，滅宄爯身，賜貝卅朋、馬四匹。爯對揚王丕顯休宄，用乍（作）文考釐公隮彝。其萬年用，夙（夙）夜明亯（享），其永寶」〔註 70〕。但兩器皆用

〔註 67〕于省吾《澤螺居詩經新證》依《詩・小雅・雨無正》「三事大夫，莫肯夙夜。邦君諸侯，莫肯朝夕」，孔穎達疏：「三事大夫無肯早起夜臥以勤國事者」予以研判，「經傳及金文凡言夙夜，皆寓早夜勤慎之意」，（北京：中華書局，1982 年），頁 81。

〔註 68〕吳振武：〈新見西周爯簋銘文釋讀〉，頁 85。

〔註 69〕陳英傑：《西周金文作器用途銘辭研究》第五章「特殊銘文綜合考釋」，頁 570～571。

〔註 70〕西周中期〈爯簋〉原著錄《文物》9 期（1999 年），頁 83～84 及《保利藏金》，頁

「時間副詞」(夙夜)來修飾祭祀之勤奮，凸顯西周中期鑄器者對子孫之期盼。針對上述觀念又見於：〈伯姜鼎〉「白（伯）姜對揚天子休，用乍（作）寶障彝。用夙（夙）夜明亯（享）于卲白（伯）日庚」(《集成》2791)、〈䥝鼎〉「䥝拜䭫首，對揚王𨚵([illegible]) 姜休，用乍（作）寶𩰫障鼎，其用夙（夙）夜享孝于氒（厥）文且（祖）乙公，于文妣（妣）日戊，其子子孫孫永寶」(《集成》2789)、〈老簋〉「老拜䭫（稽）首，皇揚王休，用乍且（祖）日乙障彝，其萬年用夙（夙）夜于宗」(《新收》1875）等例子（詳見〔附錄二〕)，甚至是西周中晚期《集成》2816〈伯晨鼎〉「用夙（夙）夜事，勿灋（廢）朕令」。

總括本節內容，可歸納以下要點：

第一、西周中期分段紀時所用的詞，分別有「杳䁌(昧爽，黎明破曉之時)、夙（夙)」(凌晨時分)、「旦」(日出之時)、「朝」(早晨)、「夕」(傍晚、日落時分)、「夜」(夜晚）六類，扣除「杳䁌（昧爽)」、「夜」兩類以外，其餘皆見於殷商甲骨。另外，西周中期相較於西周早期新增「旦」、「夜」兩字，值得注意的是：人們觀念中「夕」已從殷商、西周早期「泛指夜晚」轉變作「傍晚、日落時分」，並再創造新的紀時詞彙「夜」來說明「夜晚時段」。此外，器銘內所見紀日時稱依舊不若殷商完整，本時期銘文無法將一日紀日時稱完整建構。

第二、西周中葉冊命制度逐漸完備，銘文常見「旦＋王＋在＋地點」之句型，被刻寫於銘文開頭處以說明冊命制度王之所在地；且從銘文記載內容也可知周王在「日出之時」(旦）舉行冊命之儀式。

第三、西周早期、中期紀日時稱部分文字結構從原本「單一結構」朝向「並列結構」發展，進而銘文有「朝夕」、「夙（夙）夕」、「夙（夙）夜」，代表著語言的進化軌跡，從單純「紀時」之用法，逐隨「語用」之變遷，語義爲「早到晚」」，藉此宣示臣下對君王之效忠。同時。上述紀日時稱多見於銘末祭祀類、誡勉類，例如：〈虎簋蓋〉「用夙（夙）夕享于宗」及〈啓卣〉「用夙（夙）夜事」。

第四、西周早期〈曆鼎〉已出現「時間副詞（夙夕）＋亯（享)」之形式，

---

73～76。本器又收錄在劉雨、盧岩編著：《近出殷周金文集錄》第二冊編號 485，頁 369～370。

多出現於銘文末尾；而西周中期較常見「夙夕＋亯（享）」置於鑄器動機與句末嘏辭之間，形成〈䵼方尊〉「用𡖊（夙）夕配宗，子子孫孫其萬年永寶」及〈㦴鼎〉「其用夙夜享孝于氒（厥）文且（祖）乙公，于文妣（妣）日戊，其子子孫孫永寶」，藉此能瞭解西周早期、西周中期，不同時期的人們在「紀日時稱的使用上」語序的差異。

最後，「𡖊（夙）夕」、「𡖊（夙）夜」皆用來修飾祭祀類銘文，彰顯器主從早到晚（勤奮）地進行祭祀。其中「𡖊（夙）夕」爲西周中期繼承西周早期之語彙。但「𡖊（夙）夜」是西周中期人們新增之詞。故藉由「𡖊（夙）夕」、「𡖊（夙）夜」兩詞的出現情況，可瞭解西周中期人們對於「紀日時稱」的繼承及新創。

## 第三節　西周晚期所見紀日時稱

西周晚期字數相較於前兩期銘文，明顯日益增多，在內容方面則更趨多樣化，除了繼承西周中期冊命、句末嘏辭以外，也增添了戰爭、訴訟與契約等內容。值得注意的是，本期器銘完整地出現「韻文化」的特徵，並在行款書體方面，呈現工整規範的一面，像是〈大克鼎〉清晰可見製范工匠們以「先畫格後按格作字」〔註 71〕。至於本期所見紀日時稱，分別有：

### 一、𡖊（夙，凌晨時分）

〈叔鄂父簋〉弔（叔）噩（鄂）父乍（作）鷀姬旅毁，其𡖊（夙）夜用亯（享）孝于皇君，其萬年永寶用。（《集成》4058，西周晚期）

〈師寰簋〉師寰虔不㒸（墜），𡖊（夙）夜卹氒（厥）牆（將）事，休既又工（有功），折首執䋣（訊），無諆徒馭（馭），毆孚士女羊牛，孚吉金。（《集成》4313～4314，宣王）

首先，〈叔鄂父簋〉句型延續著西周中期習慣，同樣將「時間副詞（夙夜）＋亯（享）＋于＋地點」移位至「器主＋乍（作）＋紀念對象＋器名」、「嘏辭」之

〔註 71〕西周晚期銘文特點，參見：（1）朱鳳瀚：《中國青銅器綜論》，頁 634。（2）陳致：〈《周頌》與金文中成語的運用來看古歌詩之用韻及四言詩體的形成〉，復旦網（2009 年 10 月 9 日）。

間；本器採用「舛（夙）、夜」（兩種記日時稱）來修飾「用亯（享）孝于皇君」銘文內「皇君」的理解，吳鎮烽、陳昭容一致認爲其指「嬀姬之父」〔註 72〕。因此，依循以上兩位學者之說法，可知本器屬於「弔（叔）噩（鄂）父」贈與其女（嬀姬）之媵器，而期勉「嬀姬」能日日夜夜（辛勤地）的祭祀，更將本器流傳於後代子孫。

其次，〈師寰簋〉也出現「舛（夙）夜」一詞，本器述及宣王時期對淮夷之戰役〔註 73〕，銘內開頭藉助史官口吻，即「王若曰」予以開頭，其在西周晚期戰爭銘文較爲罕見。同時，銘文也陳述「淮夷之罪狀」，即爲：自身作爲周王室之臣屬，拒絕繳納貢品，竟然叛變、侵擾東南邊境；使得周王任命師寰聯合齊、萊等地區之軍隊，前往鎮壓。

至於「師寰虔不亥（墜），舛（夙）夜卹氒（厥）牆（將）事」一句，則是彰顯師寰對本場戰役之態度，不敢廢墜王使命，從早到晚執行己身應擔負的責任〔註 74〕；而器內的時間副詞「夙夜」，用來象徵器主對於「委任征討淮夷之事」，自身在戰役上絲毫不敢懈怠，終於使得本場戰事大獲全勝（「休既又工」）。

最後，〈師寰簋〉「折首」至「孚吉金」則是交代戰勝之後，師寰交付敵軍的首級與青銅原料。器銘內容能與〈采芑〉「蠢爾蠻荊，大邦爲讎」相呼應，彼此皆描述宣王征伐南方之史事。同時，文獻記載「蠻荊」與銘文「淮夷」地理位置相吻合，並在《詩經》描述方叔於行軍前勤奮地操兵習武、軍容之浩蕩及戰後「執訊獲醜」，彼此在「夙夜卹氒(厥)牆(將)事」、「無諆徒馭(馭)」、「折首執嚇(訊)」皆可相互印證。總之，〈師寰簋〉描述宣王對南方征戰過程、王師英勇使敵人加以臣服。

---

〔註 72〕詳見（1）陳昭容：〈周代婦女在祭祀中的地位——青銅器銘文中的性別、身份與角色研究〉，《清華學報》第 31 卷 4 期（2001 年 12 月），頁 395～440。（2）吳鎮烽：《金文人名彙編》修訂本（北京：中華書局，2006 年），頁 199、442、445。

〔註 73〕李學勤：〈兮甲盤與駒父盨——論西周末周朝與淮夷的關係〉，《人文雜誌叢刊》第二輯（1984），收錄自《金文文獻集成》第四十冊（香港：明石文化國際出版有限公司，2004 年），頁 384。

〔註 74〕馬承源：《商周青銅器銘文選》卷三，頁 308。

## 二、旦（日出之時）

〈寰鼎〉隹（唯）廿又八年五月既朢（望）庚寅，王才（在）周康穆宮。旦，王各大室，即立（位）。（《集成》2819，厲王）

〈頌鼎〉隹（唯）三年五月既死霸甲戌，王才（在）周康卲宮。旦，王各大室，即立（位）。（《集成》2827～2829，宣王）

〈晉侯穌鐘〉六月初吉戊寅，旦，王各大室，即立（位）。王乎（呼）譱（善）夫曰：召晉侯穌，入門，立中廷。王寴（親）易（賜）駒四匹，穌拜韻（稽）首，受駒以出，反（返）入，拜韻（稽）首。丁亥，旦王鼀于邑伐宮，庚寅，旦，王各大室。嗣（司）工揚父入又（右）晉侯穌，王寴（親）儕晉侯穌𩰫（秬）一卣、弓矢百、馬四匹。〔註75〕（《新收》879～881，厲王）

以上〈寰鼎〉及〈頌鼎〉述及西周晚期冊命制度，兩銘開頭處皆載事件發生之日期，出現「隹（唯）＋某年＋某月＋月相＋干支」之句型，馬承源根據《年表》研判兩器分別隸屬「厲王廿八年五月」及「宣王三年五月」〔註76〕。本器紀錄時間的方式延續西周中期，其先交代事件發生之日期（年、月、日）以後，進一步再刻寫周王所在地及冊命時間；而「西周晚期」冊命的時間與「西周中期」一致，周王會在特定時段，進入祭祀場所（宗廟，即「穆宮」或「卲宮」）。同時，根據紀日時稱「旦」的記載，可知西周中期、晚期王室的習慣：周王在「日出之時」，集結大臣們進入宗廟，舉行冊命典禮。

關於〈晉侯穌鐘〉，本組銅器屬於1992年自山西曲村遺址8號墓所出土〔註77〕；銘文論及三次紀日時稱「旦」，即「六月初吉戊寅，旦，王各大室」、

---

〔註75〕西周晚期〈晉侯穌編鐘〉出土於「山西曲沃縣北趙村晉侯墓地」，原刊載《上海博物館集刊》7期（1996年），頁3～13。本器又收錄劉雨、盧岩編著：《近出殷周金文集錄》第一冊（北京：中華書局，2002年）編號35～50，頁60～87。

〔註76〕馬承源：《商周青銅器銘文選》卷三，頁295、303。

〔註77〕〈晉侯穌鐘〉時代、釋文，參鍾柏生、陳昭容、黃銘崇、袁國華編：《新收殷商青銅器銘文暨器影彙編》（二）（臺北：藝文印書館，2006年），頁632～650。筆者案：本件銘文詳載厲王晚年（卅三年）對夷戰役，該器描述戰爭過程甚爲仔細，像是厲王親征、王師出兵不利、周王師憑藉晉侯穌所率領的軍隊，戰勝敵軍，也詳

「丁亥，旦王鼀于邑伐宮」、「庚寅，旦，王各大室」。並從干支「戊寅」、「丁亥」、「庚寅」，得知三器分別紀錄三天不同的事蹟，即：（一）戊寅，本日記載第一次冊命儀式，銘文也陳述：周王天剛亮時到達宗廟，宣布因戰功之器主（穌），獲得馬四匹。（二）丁亥，則是描述天剛亮時周厲王位於邑伐宮。（三）庚寅，其屬於「丁亥」過後的兩天，依銘內「嗣（司）工揚父入又（右）晉侯穌，王寴（親）儕晉侯穌䰜（秬）一卣、弓矢百、馬四匹」等內容，可知銘文涉及第二次冊命儀式，並在冊命典禮之後，厲王賞賜穌：香酒一卣、弓箭百枝、良馬四匹。

此外，〈晉侯穌鐘〉之器主「晉侯穌」又見《首陽吉金》〈晉侯穌鼎〉，而《首陽吉金》認爲「銘文中的晉侯穌與同墓所出的晉侯穌編鐘的器主爲同一個人，晉侯穌編鐘根據銘文定爲西周厲王時期。據《史記．晉世家》索隱引《世本》所記，晉獻侯名穌（蘇）。這是晉侯墓地中所出晉侯諸器的銘文中唯一能與史書記載相對應的人物」〔註78〕。雷晉豪曾藉助「形制、花紋等美術考古的類型學方法」、「銘文中的事件、人物、曆法等文字內容」、「碳十四定年」、「銅器曆法」等考證方法，將〈晉侯穌鐘〉定位爲「厲王三十三年器」，而〈晉侯穌鼎〉研判作「厲王晚期」器〔註79〕。因此，根據上述內容研判〈晉侯穌鐘〉、〈晉侯穌鼎〉的器主應屬同一人。

## 三、朝（早晨）

〈仲殷父簋〉中（仲）殷父鑄𣪘，用朝夕亯（享）孝宗室，其子子孫永寶用。（《集成》3964～3970）

〈膳夫克盨〉克其用朝夕亯（享）于皇且（祖）考，皇且（祖）考其數數𣌭𣌭，降克多福，釁（眉）壽永令（命）。（《集成》4465，宣王）

---

細的紀錄戰役地點及獲得的戰功。銘文末尾更描述了厲王賜予晉侯穌大量物品，傳遞出周王室對此戰役成功之欣喜。

〔註78〕首陽齋、上海博物館、香港中文大學文物館：《首陽吉金——胡盈瑩、范季融藏中國古代青銅器》（上海：上海古籍出版社，2008年），頁110。

〔註79〕關於雷氏之說法，詳見沈寶春師主編：《《首陽吉金》選釋：附2008年金文學年鑑》「捌、晉侯穌鼎」（臺北：麗文文化事業股份有限公司，2009年），頁155～200。

〈事族簋〉隹（唯）三月既望乙亥，事族乍（作）寶毀，其朝夕用亯（享）于文考，其子子孫孫永寶用。（《集成》4089，西周晚期）

以上三器皆見「朝夕」兩字，同屬「用＋紀日時稱（朝夕）＋亯＋于＋地點」之句型，其出現位置延續西周中期型態，將「時間副詞＋亯（享）＋于＋地點」置於「器主＋乍（作）＋紀念對象＋器名」與句末嘏辭之間。值得注意的是，紀日時稱「朝夕」從原本西周早期「早晨、晚上」單一字彙，進而構成「複合詞彙」，蘊含時間的延續，即「從早到晚」。而詞義的轉化關鍵則是西周早期，藉助前幾節之爬梳，可清楚發現西周銅器在紀日時稱最大新創，莫過於構詞法從原本「單音詞」轉變成「複合詞」；其代表語言運用已發展成熟。

同時，從西周晚期「朝夕」之句型，可發現到幾點特點：第一、詞彙延續性：即「朝夕」歷經西周早期〈先獸鼎〉、西周中期〈獄鼎〉、西周晚期〈仲殷父簋〉等器，甚至出現在時代相類傳世文獻，例如：《詩經．小雅》〈雨無正〉「邦君諸侯，莫肯朝夕」及〈北山〉「偕偕士子，朝夕從事」。

第二、文例改變：西周銅器出現「夙夕」之位置，瞭解到不同時期人們在「紀日時稱」的語言使用上，順序有別。即：從西周早期〈先獸鼎〉「先獸（獸）乍（作）朕老（考）寶隮鼎，獸（獸）其邁（萬）年永寶用，朝夕鄉（饗）氒（厥）多倗（朋）友」將其置於句末，到西周中期〈獄鼎〉「獄肇作朕文考甲公寶隮彝，其日朝夕用鶉祀于氒（厥）百申（神），孫孫子子其永寶用」，將其置於鑄器動機、嘏辭之間；至於西周晚期〈事族簋〉「隹（唯）三月既望乙亥，事族乍（作）寶毀，其朝夕用亯（享）于文考，其子子孫孫永寶用」延續著西周中期的用法，也將紀日時稱「朝夕」置於鑄器動機、嘏辭之間。從以上內容，可知：「西周中期」是一個轉捩點，當時人們已習慣將「時間副詞＋亯（享）＋于＋地點」移位至「器主＋乍（作）＋紀念對象＋器名」、「嘏辭」之間，至西周晚期銘文則繼續沿用此種體例。

**四、**𦟝（晨，早晨）

〈多友鼎〉癸未，戎伐筍、衣（卒）孚（俘）。多友西追，甲申之𦟝（晨），博（[illegible]）于郲（[illegible]），多友右（有）折首、執嚇（訊）。（《集成》2835，厲王）

本鼎隸屬於「厲王時期」戰爭銘文，器銘在開頭處直指本場戰爭發生的時間、導火線，即：「唯十月，用嚴（玁）䙹（狁）放（方）𦥑（興），𠪚（廣）伐京𠂤（師）」；銘內寫到因為「嚴（玁）䙹（狁）」主動擾邊，厲王派遣武公及多友（武公之臣屬）加以抵禦。

緊接著，銘文再描述戰爭地點「筍、䣙」兩處、征戰時間（「癸未」至「甲申之𣅀」）及戰爭過程。其中「筍、䣙」等地望，經學者考證其在「今陝、甘、寧三省交界處」，〔註80〕說明了本次戰爭的方位處於成周「西北」，而從「多友西追」也呼應上述考證之結果。同時，多友從癸未日始與嚴（玁）䙹（狁）交戰，至第二天（甲申日）早晨大獲全勝，銘內「𣅀」明顯作為「紀日時稱」；因在本器銘刻意地詳述「癸未」至「甲申之𣅀」戰事過程，欲彰顯器主（多友）於戰場上的驍勇善戰，能在第二天早晨在䣙地回擊敵軍，獲取勝利。

同時，〈多友鼎〉戰爭動詞「博」字，銅器內曾作「𢧢」、「𢍟」、「博」三形，又見於〈臣諫簋〉「唯戎大出于軝，井（邢）侯𢍟戎」、〈㦅簋〉「博戎𡟰」、〈四十二年逨鼎〉「汝𡗀長父以追，〔搏〕戎」，從文字偏旁通用之角度來看，該字所從「十」（即「毌」）〔註81〕、「干」、「戈」或「手」無別，皆具有「縛執、捕獲、搏擊」〔註82〕，是字至西周晚期也逐漸演變成「複合動詞」，即：〈不𡢁簋〉、〈不𡢁簋蓋〉「汝彶（及）戎大𦎧𢧢」。故從西周晚期戰爭動詞、紀日時稱皆可窺見語彙之演進，從原始「單音詞」演變成「複合詞」，兩者皆顯示語言演進之軌跡。

另外，關於〈多友鼎〉「折首」、「執𡁜（訊）」兩詞的理解，前者為「斬首」，又見《易・離》：「王用出征，有嘉折首。獲匪其醜，無咎」，孔穎達疏：「斷罪人之首」；而「執訊」則屬「對所擒敵人加以訊問」，傳世文獻有《詩・小雅・出車》：「執訊獲醜，薄言還歸」。鄭玄箋：「執其可言問所獲之眾」。陳奐傳疏：「謂所生得敵人，而聽斷其辭也」。故「執訊」則為「執其魁首可訊問之人也」

---

〔註80〕劉翔：〈多友鼎兩議〉，《人文雜誌》第1期（1983年），頁82～84。

〔註81〕季旭昇師曾討論一九七六年出土〈㦅簋〉「博」從「十」（毌）、「尃」聲，而「毌」是盾牌。詳見《說文新證》上冊，（臺北：藝文印書館，2002年），頁145。

〔註82〕黃盛璋：〈戰國祈室銅位銘文破譯與相關問題新探〉，收錄《第二屆國際中國古文字學研討會論文集》續編（香港：香港中文大學中國語言及文學系，1995年），頁270。

〔註 83〕。同時，我們曾統計西周晚期戰爭銘文中「折首」、「執嚥（訊）」之別，發現銅器明顯地「折首人數」大於「執嚥（訊）人數」，進而推測「折首」之對象爲士兵，「執訊」對象則是高階將領，上述兩詞皆屬戰爭過程對敵軍處置之態度，遂因官階之別，遂有：砍斷「士兵」之首級、活抓「軍隊高階將領」以訊問；等待戰事結束之後，再藉助「獻孚（俘）、戚（馘）」予以論功行賞〔註 84〕。

## 五、夕（傍晚、日落時分）

〈四十三年逨鼎〉令（命）女（汝）官嗣（司）歷人，毋敢荒寧，虔夙（夙）夕叀擁我邦小大猷。……敬夙（夙）夕勿灋朕（朕）令，逨拜稽首受冊，佩以出，反入堇圭。（《新收》747，宣王）

〈逨盤〉逨肈（肇）尿朕皇祖考服，虔夙（夙）夕敬朕死事，肄（肆）天子 多賜逨休，天子其萬年無（疆），耆黃耇，保奠周邦，諫辥四方。（《新收》757，宣王）

上述〈四十三年逨鼎〉及〈逨盤〉皆屬陝西省眉縣馬家鎮楊家村所出土之青銅器，兩器皆收錄在《盛世吉金——陝西寶雞眉縣青銅器窖藏》〔註 85〕。同時，經學者從器型、紀年研判二件銅器隸屬「宣王器」〔註 86〕。其中〈四十三年逨鼎〉除了引文出現兩次的「夙（夙）夕」以外，銘文開頭記載「隹（唯）卌（四十）又三年六月既生霸丁亥，王才（在）周康宮穆宮。旦，王各周廟，即立（位）」，說明冊命的年份、月、日期，並以紀日時稱「旦」點出「冊命

〔註 83〕余培林：《詩經正詁》（臺北：三民書局，2005 年修訂二版），頁 331。

〔註 84〕彭慧賢：〈西周厲、宣時期戰爭銘文研究〉，發表於浙江大學等主辦：「2008 年杭州海外漢學與中西文化交流國際研討會」（2008 年 10 月 24～26 日）。

〔註 85〕陝西省文物局編：《盛世吉金——陝西寶雞眉縣青銅器窖藏》（北京：北京出版社，2003 年），頁 51～53、頁 63～66。

〔註 86〕詳見（1）張培瑜：〈逨鼎的王世與西周晚期曆法月相紀日〉，《中國歷史文物》第 3 期（2003 年），頁 6～15。（2）夏含夷：〈四十二年、四十三年兩件吳逨鼎的年代〉將〈四十二年逨鼎〉與《四十三年逨鼎》結合文獻記載及其他銅器銘文，將兩器訂爲「宣王器」，卻新提出「周宣王可能利用了兩個紀元」，刊載《中國歷史文物》第 5 期（2003 年），頁 49～52。（3）周鳳五：〈眉縣楊家村窖藏四十三年逑鼎銘文初探〉，《華學》7 輯（廣州：中山大學出版社，2004 年），頁 93～103。

典禮開始之時間」。同時，銘文也描述「逨」因爲任職「吳（虞）𬘡（林」)，供應王室山澤物產有功，被宣王冊封爲「官司歷人」，並又賞賜其「秬鬯一卣，玄衮衣，赤舄，駒車」等物品。再者，〈四十三年逨鼎〉陳述「逨」接受宣王的冊命、封賞之後，出現了「敬夙（夙）夕勿灋朕（朕）令」七字，銘內運用「夙（夙）夕」來重申自身對王室之效忠。

關於〈逨盤〉，器內鑄刻了銘文 21 行，約 360 字，銘文紀錄了單氏家族 8 代人輔佐西周 12 位王（文王至宣王）征戰、管治林澤的歷史。藉此，可瞭解西周王室變遷及年代世系，諸多內容可與《史記・周本紀》相互參照。同時，「逨肇（肇）𬩽朕皇祖考服，虔夙（夙）夕敬朕死事」兩句，運用時間狀語「夙（夙）夕」傳達出鑄器者盡力地輔政；其中「死」讀爲「尸」，主也〔註 87〕，故「死事」可理解爲「主事」。因此，「逨肇（肇）𬩽朕皇祖考服，虔夙（夙）夕敬朕死事」是說明逨繼承祖先之職，早晚虔敬地輔佐周王處理政事。

另外，西周晚期銘文常見〈逨盤〉中「虔夙（夙）夕敬朕死事」相類的概念，像是：厲王時期《新收》1556～1557〈乍冊封鬲〉「作冊封異刑秉明德，虔夙（夙）夕卹周邦，保王身，諫辪（乂）四或（國）」〔註 88〕、西周晚期《集成》187、189〈梁其鐘〉「汈（梁）其肈（肇）帥井（型）皇且（祖）考秉明德，虔夙（夙）夕，辟天子，天子肩事汈（梁）其，身邦君大正，用天子寵蔑汈（梁）其曆」。上述銅器包含「鑄器者」期許自身效忠王室之思維。

## 六、夜（夜晚）

> 〈師𩛥簋〉敬乃夙（夙）夜用事。𩛥拜䭫首，敢對揚皇君休，用乍（作）朕（朕）文考乙中（仲）䵼㷉，𩛥其萬年子子孫孫永寶用亯（享）。(《集成》4311，厲王)

> 〈㝬簋〉王曰：有余隹（唯）小子，余亡康晝夜，巠（經）雝先王，用配皇天。(《集成》4317，厲王，附圖廿二)

關於〈師𩛥簋〉有「厲王」、「夷王」二說，經王輝推敲其年代、器中人物，研

〔註 87〕《金文今譯類檢》編寫組：《金文今譯類檢》〔殷商西周卷〕，頁 699。

〔註 88〕王冠英〈作冊封鬲銘文考釋〉提出本器作者與〈伊簋〉記載的命冊尹封爲一人，皆屬「厲王器」，詳見《中國歷史文物》第 2 期（2002 年），頁 4～6。

判本簋屬於「厲王器」較可信〔註 89〕。本銘為伯龢父任命師獸掌管領地之事物，並賞賜戈、毌（盾）錫、鐘、金，而「敬乃殂（夙）夜用事」為上司（伯龢父）期勉師獸之語，期許師獸能從早到晚都克盡職守；並藉助「殂（夙）夜」表示時間的狀語修飾「用事」，傳達當時長官對屬下之期盼。

此外，西周晚期銘文所述「虔敬職事」的對象，共有兩大類：「上司嘉勉」、「自我期許」，前者多半出現在賞賜物品之後，緊接著「殂（夙）夜用事」，並以「器主拜稽首＋頌揚上司之美德＋鑄器紀念＋嘏辭」作結，例如：〈師獸簋〉；後者則是出現在「器主＋乍（作）＋紀念對象＋器名」、「嘏辭」之間，例如：〈梁其鐘〉。

至於〈㝬簋〉年代，唐蘭曾指出〈季宮父簠〉自稱其器為[illegible]，所從之[illegible]亦即㝬。銅器之簠，銘中多作𠥩，從匚古聲，即瑚璉之瑚，〈季宮父簠以〉𠥩為𠥩，則㝬可讀為胡也；且史稱周厲王名胡，研判「㝬」即厲王本名〔註 90〕。因此，〈㝬簋〉屬於「厲王自鑄」之器；在本銘第三句「余亡康晝夜」可理解為「我日日夜夜不敢安逸」。「康」字，何琳儀、黃錫全已提出「康、康」兩字無別，本器「康」讀為「康」作為「康逸」之義（引申用法），再列舉文獻《詩經・周頌・昊天有成命》「成王不敢康夙夜」及《尚書・康誥》「無康好逸豫」，語意皆與其相仿〔註 91〕。而「余亡康晝夜，巠（經）雝先王，用配皇天」象徵周初以來的「憂患意識、自律意識」〔註 92〕，故從器中「晝夜」兩字，顯示了厲王自許之詞，勉勵自身能辛勤地處理政事，從早到晚皆不敢懈怠。

總結本節內容，可歸納四項內容，分別是：（一）西周晚期銅器出現「旦、朝、䢅（晨）、殂（夙）、夕、夜」六種紀日時稱，除了「旦、䢅（晨）」單獨使用，其餘四字分別以「朝夕」、「夙夜」、「夙夕」、「晝夜」複合詞的形式被刻寫

---

〔註 89〕王輝：《商周金文》，頁 204。

〔註 90〕唐蘭：〈周王㝬鐘考〉，《國立北平故宮博物院刊》（1936 年），該文收錄於《金文文獻集成》第二十八冊，頁 486

〔註 91〕何琳儀、黃錫全：〈㝬簋考釋六則〉，《古文字研究》第七輯（北京：中華書局，1982 年），頁 111～112。

〔註 92〕程水金〈西周末年的鑒古思潮與今文《尚書》的流傳背景——兼論《尚書》的思想意蘊〉曾細緻地爬梳，其依傳世文獻、出土金文為證，說明西周時期「稽古意識、憂患意識、自律意識」，刊載《漢學研究》第 19 卷第 1 期（2001 年 6 月），頁 23～46。

於青銅器銘文。

（二）透過整理西周時期的紀日時稱「旦」字，顯示出王室的冊命習慣，即：西周中、晚期以後王室往往在「日出之前」舉行冊命典禮，且在銘文開頭處論及「年份、月份、日期、月相」說明本次冊命的確切日期。

（三）本時期複合詞「朝夕、夙（夙）夕」，兩者皆可溯源於西周早期，而「夙（夙）夜」僅能上溯西周中期（見〔附錄二〕）。以上內容反映西周人們在使用「複合紀日時稱」上，具有歷時性。另外，根據〈㝬簋〉出現「晝夜」一詞，也顯示出西周晚期複合紀日時稱的獨創性。

（四）西周晚期戰爭銘文，運用紀日時稱來描述戰爭之過程，像是〈多友鼎〉詳載宣王時期「癸未」至「甲申之𣌭（晨）」的戰事，彰顯多友於戰場上之勇猛，能在短時間內擊敗敵軍、獲得勝利。而〈師寰簋〉則以「夙（夙）夜」象徵器主對於征討淮夷之態度是「從早到晚都不敢懈怠」，終究戰事大獲全勝。

## 第四節　春秋時期所見紀日時稱

春秋時期隨著周天子之王權勢力旁落，各地諸侯、卿大夫紛紛擁兵自重。同一時期，「鑄器」已從官方，演變成各地自行鑄造；並透過銅器本身器型、文字書體逐漸彰顯出地域特徵。從銅器內容來看，西周金文常見的冊命、廷禮之記載逐漸被實用功能所取代，例如：「媵器」之興起，反映當時貴族們企圖藉助政治聯姻來鞏固自身的地位，進而鑄造本類銅器，作為嫁女的陪嫁品。

昔日學者對春秋銘文之探討，多關注在各國的文字書體與歷史對應；但對本期以何種方式紀錄一日的時間，迄今尚無人歸納及整理。有鑑於此，本節主要整理春秋銅器的紀日時稱，其結果如下所示：

### 一、夙（夙，凌晨時分）

〈叔尸鎛〉女（汝）悫（悄）愄忌，女（汝）不彖（墜）夙（夙）夜，宦䞇（執）而政事，余引猒（厭）乃心。（《集成》285，春秋〔齊〕）

器銘開頭詳載鑄器時間與地點，即「隹（唯）王五月，辰才（在）戊寅，師于淄涶（[illegible]）」，隨後寫到齊靈公對其大臣叔尸冊命之語。上引首句「悫」字，讀作「悄」，從心少聲，再依古「少小音義皆通」（兩字爲「一字分化」）來研判字義，即《詩經・陳風・日出》「勞心悄兮」，毛傳「悄，憂也」〔註93〕。同時，「愄忌」即「畏懼顧忌」之意，該詞重見《詩・大雅・桑柔》「匪言不能，胡斯畏忌」，高亨注「畏忌，畏懼顧忌」。

此外，銘內「不豖（墜）夙（夙）夜」一詞，使用兩個分段紀時語彙「夙（夙）」、「夜」時間狀語來修飾，以示叔尸對齊靈公之輔政態度，即「無論早晚皆全心掌管政事」，希冀使得主政者無憂。同時，以上「不豖（墜）夙（夙）夜」所包含的思想，繼承了西周晚期〈伯康簋〉「用夙夜無訇（怠）」（《集成》4160）、〈師嫠簋〉「夙夜勿灋（廢）朕（朕）令」（《集成》4324、4325）。以上銘文皆用「時間狀語（夙夜）」加以修飾「無訇（怠）」、「勿灋（廢）朕（朕）令」，從而彰顯：西周晚期至春秋時期的君臣關係，無論是「臣下」告誡後代子孫或「執政者」勉勵鑄器者勤奮地輔政，彼此皆傳達「人臣」以銘文宣誓對君王效忠之意圖。

## 二、昧喪（昧爽，黎明破曉之時）

〈蓬子受鎛鐘〉隹（唯）十又四年參月，隹（唯）戊申亡饯昧喪（爽）。（《新收》504，春秋晚期，附圖廿三）

〈蓬子受鎛〉隹（唯）十又四年參月，隹（唯）戊申亡饯昧喪（爽），倗子受乍鸞鏄。（《新收》513～516，春秋晚期）

上述銅器皆出土於 1990 年 3 月河南省淅川縣和尚嶺楚墓，出土編號爲「HXHM2：45、HXHM2：39、HXHM2：53」，經學者研判三器年代皆屬於「春秋晚期」〔註94〕。同時，三器皆見紀日時稱「昧喪（爽）」（附圖廿四），該詞未見於西周晚期銘文；直到春秋晚期又再度被人們所使用。但，尋找時代相類的諸子文獻也見該詞之蹤跡，像是《荀子・哀公》「君昧爽而櫛冠，平明而聽朝」、《列子・湯問》「二曰承影，將旦昧爽之交，日夕昏明之際，北面而察之，淡淡焉，若有物存，莫識其狀」。而「昧喪（爽）」於銅器之寫法，詳見下列表格：

〔註93〕馬承源：《商周青銅器銘文選》卷四，頁541。

〔註94〕河南省文物研究所等：〈河南省淅川縣和尚嶺春秋楚墓的發掘〉，《華夏考古》第三期（1992年），頁114。

| 文字＼時代 | 西周早期 | 西周中期 | 春秋晚期 |
|---|---|---|---|
| 昧 | | | |
| 喪（爽） | | | |
| 出處 | 小盂鼎（描本） | 免簋 | 蓬子受鎛鐘 |

從上表可歸納出三點現象：其一、偏旁布局：西周早、中期書寫「昧䫝」習慣將「朱、⊖」及「桑、⊖」以上、下方式呈現；而至春秋晚期改以左右方式，並將「朱」分書、新置「」部件。其二、書體特徵：「昧䫝」雖皆呈現瘦長方形，但春秋晚期的文字書體較西周更加纖細。其三、文字風格：明顯地西周早、中期「昧䫝」文字構形彼此相近，至春秋晚期增添裝飾性圓點。同時，銅器又見春秋晚期的文字特點，例如：「」、「」兩字，前者「月」內緣線不是同上兩邊相連，而是偏於上面一角，屬春秋後期構形特徵；而「四」作圍內加八形，亦爲春秋後期才產生的型態〔註95〕。

此外，關於本器「」字，明顯在「月」字右下方刻有「＝」符號，黃國輝曾將本器對應於商末〈小子䍙卣〉（附圖廿五）「才（在）十」〔註96〕。黃說看似有理，卻忽略出土文物的時代關係，即：晚商與春秋末年間隔已遠，單純依構形推斷，相當危險。故〈蓬子受鎛鐘〉「」釋爲「月」，下方「=」符號不應被視爲文字。

## 三、夕（傍晚、日落時分）

〈秦公鐘〉公及王姬曰：余小子，余夙（夙）夕虔敬朕（朕）祀，㠯（以）

〔註95〕吳國昇：〈春秋金文字形的時代特徵〉，張光裕、黃德寬主編：《古文字學論稿》，頁206，

〔註96〕黃國輝：〈小子䍙卣紀時新證——兼談「蓬子受鈕鐘」的紀時辭例〉，《中國歷史文物》第4期（2008年），頁79～81。

受多福，克明又心。(《集成》262、264，春秋早期，附圖廿七)

〈秦公鎛〉龢(協)龢萬民，唬(虔)夙(夙)夕，剌剌(烈烈)桓桓，萬生(姓)是敕，咸畜百辟胤士，藹藹(藹藹)文武，鎮(鎮)靜不廷，柔(柔)燮百邦(《集成》270，春秋中期)

上述銘文出現「夙夕」一詞，兩組樂器都屬於春秋時期秦地所出土；並同在「1978年陝西省寶雞縣太公廟村」所發現。本組出土樂器包含：甬鐘五枚，原器在形制、文飾皆沿襲了西周甬鐘風格，延襲過去「三件一組」的規制〔註97〕。

春秋早期《集成》262、264〈秦公鐘〉內容與《集成》267〈秦公鎛〉一致(附圖廿八)，銘內「公及王姬」分別指「秦武公」及「武公之母」，而經由王輝根據歷史加以研判「王姬與公並列」主因當時武公年幼、其母臨朝聽政；故在器內「余小子」爲作器者的自稱〔註98〕。至於「余夙夕虔敬朕(朕)祀，㠯(以)受多福」兩句，則運用紀日時稱「夙夕」修飾「祭祀活動」，象徵武公從早到晚(勤奮)虔誠、恭敬地進行祭祀，以承受祖先們(文公、靜公、憲公)之福祚。至於，本銘文末句「克明又心」，學者紛紛依金文〈師望鼎〉文例，研判「又」(　)屬「乎」(　)形近之訛〔註99〕。

其次，關於《集成》270〈秦公鎛〉隸屬春秋中葉之器(附圖廿九)，銘文內容與春秋早期〈秦公鎛〉不同。銘首先述及(秦)祖先嚴謹恭敬、治理國家，遂受天命享國祚，再以「余雖小子，穆穆帥秉明德，叡(睿)尃(敷)明井(刑)，虔敬朕(朕)祀，㠯(以)受多福」論及自身(秦公)繼承先人之職，嚴明刑罰、誠敬祭祀、承受福分，並以「穆穆」來修飾主語(秦公)的才德兼備，呈現出「主語，穆穆＋帥秉明德(修飾語)」形式〔註100〕。同時，

〔註97〕關於「樂器」之規制，參閱(1)楊華：《先秦禮樂文化》(武漢：湖北教育出版社，1997年)，頁64～68。(2)陳雙新：《西周青銅樂器銘辭研究》(石家莊：河北大學出版社，2002年)，頁26～36。

〔註98〕王輝：《商周金文》，頁274。

〔註99〕詳見(1)李世淵：《殷周金文文例研究》第四章「金文鑄刻特殊例」(上)第一節「誤刻例」(臺北：國立政治大學中國文學研究所碩士論文，2006年)，頁52～53。(2)王輝：《商周金文》，頁274。

〔註100〕秦國「穆穆」之句型，李學勤曾分析「溫恭穆穆」語意，詳見〈論秦子簋蓋及其意義〉，《故宮博物院院刊》第6期(2005年)，頁21～26。此外，陳美琪進一步

銘文又寫到「龢（協）龢萬民，唬（虔）夙（夙）夕，剌剌（烈烈）趄趄，萬生（姓）是敕，咸畜百辟胤士，藹藹（藹藹）文武，鎮（鎮）靜不廷，柔（柔）燮百邦」，上述幾句用來說明秦公勤奮治理，終使萬民和諧、百邦順服；而本器銘也運用紀日時稱「夙夕」（複合詞）來修飾主語之勤勉不倦。

再者，《集成》270〈秦公鎛〉較特殊的是「重疊構詞」〔註 101〕，例如：「剌剌趄趄」、「藹藹文武」，前四字即「烈烈桓桓」，並依《爾雅．釋訓》所言「桓桓、烈烈，威也」，皆指「嚴武之貌」（郭璞注）；而「藹藹」兩字，于省吾讀作「藹藹」，主張「藹藹文武」指百辟胤士之文士、武士言之；因此，「藹藹」用以「形容文武多士容止之盛也」。〔註 102〕整體來說，「重疊構詞」反映了複音化的演變，曾有學者統計兩周金文出現概況，發現到西周早、中期僅見少數重疊構詞，至西周晚期才大爲增加；並研判造成之原因「不同時代書面語變化的需要、同義單音詞的連用、增強表義效果、補足音節　協調韻律、語言藝術的需要」〔註 103〕。

另外，〈子犯鐘〉「子犯佑晉公左右，燮諸侯，俾朝王，克奠王位」（《新收》1010、1022）〔註 104〕，其中「朝」指「諸侯定期朝見天子，報告封國情況」，

---

將西周中期到戰國晚期 23 件銅器內「穆穆」詳加剖析，見〈兩周金文重疊構詞彙釋（一）〉，頁 111～113。

〔註 101〕所謂「重疊構詞」是指「在詞彙結構中重複某一相同的字，即單音節字的疊用，且必須同時具備連讀與詞性相同的條件」，參陳美琪〈兩周金文重疊構詞彙釋〉，《屏東教育大學學報》（人文社會類）（2007 年 6 月）第二十七期，頁 105～106。另外，沈寶春師曾深入剖析西周金文「重疊構詞」之現象，參閱（1）〈從先秦金文論重疊詞的起源問題——由「子子孫孫」談起〉，《第四屆國際中國古文字學研討會論文集》（2003 年），頁 139～151。（2）〈西周金文重文現象探究——《殷周金文集成》簋類重文爲例〉，《古文字研究》第二十四輯（北京：中華書局，2002 年），頁 307～311。（3）〈宋右師延敦「隹贏贏昷昷昜天惻」解〉，《古文字研究》第二十五輯（北京：中華書局，2004 年），頁 129～132。

〔註 102〕于省吾：《雙劍誃吉金文選》「秦公鐘銘」，本文引自《金文文獻集成》第二十五冊，頁 27。

〔註 103〕下列兩位學者之統計，得出相同之結果，詳見（1）陳美琪：〈兩周金文重疊構詞彙釋（一）〉，頁 101～134。（2）王秀麗：《金文疊音詞語探析》，復旦網（2009 年 3 月 18 日）。

〔註 104〕春秋後期〈子犯編鐘〉原著錄於《故宮文物月刊》第 145 期（1995 年），頁 118～

並非「紀時用語」，相類之用法又見《書・舜典》「五載一巡守，群后四朝」、《周禮・春官・大宗伯》「春見日朝」、《孟子・梁惠王下》「諸侯朝於天子曰述職，述職者述所職也」。至於，春秋末年反映晉國興衰的「侯馬盟書」，是批材料雖見「旦、明」兩字，前者作爲「人名」，如編號 179：3（宗盟類），後字出現編號 156：1「明亟覞之」（宗盟委質內室類）等 254 例〔註 105〕，皆不作爲紀時語彙。

## 四、夜（夜晚）

〈叔尸鎛〉女（汝）㥯（悄）愄忌，女（汝）不豙（墜）㺀（夙）夜，

宦𢧜（執）而政事，余引猒（厭）乃心（《集成》285，春秋〔齊〕）

本鎛出土於 1123 年（宋代宣和五年），迄今僅存宋代摹本（附圖廿六），歷來被認定「春秋齊靈公」所鑄造之器〔註 106〕。本器除了述及分段紀時「夙夜」以外，也具有濃厚齊國文字風格，即「體勢方正、筆畫粗細均勻、縱畫加長甚至彎曲」〔註 107〕，並在少數文字新增添偏旁及飾筆，例如：「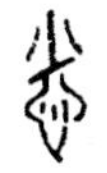」、「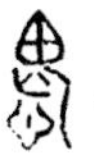」、「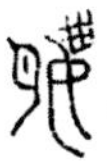」。

總結西周時期至春秋齊、楚兩地的紀日時稱，藉由以下圖表，加以說明：

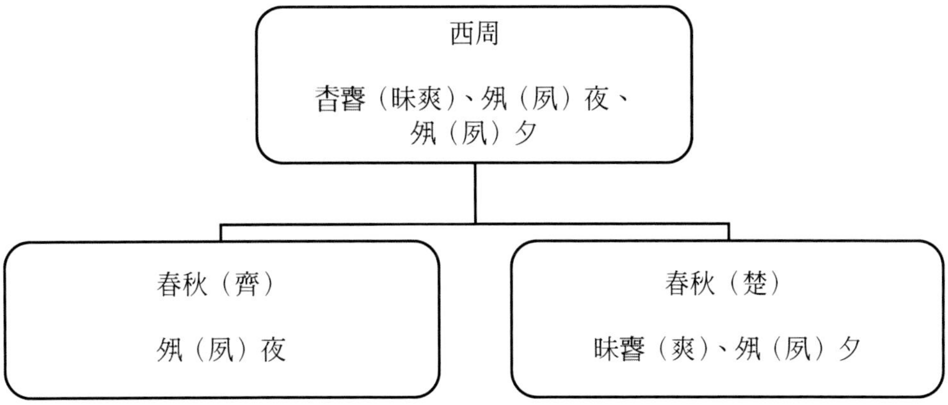


123。爾後，又收錄於劉雨、盧岩編著：《近出殷周金文集錄》第一冊（編號 10～25），頁 17～36。

〔註 105〕張頷、陶正剛、張守中著；山西省文物工作委員會編：《侯馬盟書》（太原：山西古籍出版社，2006 年），頁 58、320、330。

〔註 106〕詳見（1）中國社會科學院考古研究所編：《殷周金文集成》（第 1 冊）「說明」遂將本器訂爲「春秋晚期・齊靈公」（北京：中華書局，1984 年），頁 36。（2）馬承源主編：《商周青銅器銘文選》（四）則釋爲「春秋・齊靈公」，頁 538。

〔註 107〕張曉明：《春秋戰國金文字體演變研究》（濟南：齊魯書社，2006 年），頁 91。

從上表能瞭解三點內容，即：（一）春秋時期紀日時稱，分別有「昧䀁（爽）」、「𡖊（夙）」、「夜」「夕」四大類，除了「昧䀁（爽）」一詞以外，其他以複合詞之形式出現於器銘，即「𡖊（夙）夜」、「𡖊（夙）夕」。

（二）春秋時期，過去學者偏重於各國文字構形之別，但藉助銘文紀時用語，可以發現當時「詞語運用」也具地域特性，即：東方齊國〈叔尸鎛〉僅用「𡖊（夙）夜」，南方楚國〈秦公簋〉、〈秦公鎛〉則作「𡖊（夙）夕」。

（三）時間複合詞，無論「𡖊（夙）夕」或「𡖊（夙）夜」皆將相對的概念並列於一詞，用來修飾「主語」（從早到晚辛勤不倦），以上兩詞皆見於西周中期、晚期之銘文，也反映時間語彙之傳承。

## 第五節　戰國金文所見紀日時稱

在銘文內容上，春秋仍延續西周「頌揚祖先、祝願家族」兩類套語，但上述內容至戰國早期已逐漸匿跡。而且戰國時期各國陸續發展其自身的文字風格。因此，裘錫圭指出「戰國中、晚期的金文，區域性較爲明顯，在文字構形上各國陸續發展自身的文字特色，導致迄今所見的戰國文字因地而異」〔註 108〕

戰國中期以後，隨著戰事日益頻繁，諸侯對兵器或用器（度量衡、量器）加強控制，遂使銘文興起「物勒工名」之形式，即以「監製者、工匠的名稱」直接刻寫於原器物上，以示負責。同時，戰國時期銘文因源於工匠之手，文字形體已不如過去的整齊畫一，字跡亦較爲潦草，並有「俗體」之產生〔註 109〕。

歷來學者探討戰國出土文獻多半致力於竹簡上，譬如陳偉、于成龍、宋華強等皆投入竹簡紀時之研究〔註 110〕，但相較於楚簡與秦簡之研究，顯然在戰國銅器銘文「紀日時稱」尚無人觸及。有鑑於此，本節尋繹戰國銘文的紀時用語，藉助出土文物的內容，釐清此議題。本時期所出現的「紀日時稱」有：

---

〔註 108〕裘錫圭：《文字學概要》（臺北：萬卷樓圖書公司，1994 年），頁 57。

〔註 109〕朱鳳瀚：《中國青銅器綜論》，頁 652～653。

〔註 110〕詳見（1）陳偉〈新發表楚簡資料所見的紀時制度〉，張光裕主編：《第三屆國際中國古文字學研討會論文集》（香港：香港中文大學中國文化研究所，1997 年），頁 599～612。（2）于成龍：《楚禮新證——楚簡中的紀時、卜筮與祭禱》（北京：北京大學考古文博學院博士論文，2004 年）。（3）宋華強：《新蔡葛陵楚簡初探》（武漢：武漢大學出版社，2010 年），頁 127。

一、夙（夙，凌晨時分）

〈越王者旨於睗鐘〉隹（唯）正月甬（仲）春吉日丁亥，戉（越）王者旨於睗睪（擇）氒（厥）吉金，自乍（作）禾（龢）絲（聯）翟（鑃），台（以）樂可康，嘉而（爾）賓客，甸甸台（以）鼓之，夙（夙）莫（暮）不貣（忒）。（《集成》144，戰國早期）

〈中山王嚳鼎〉臣宔（主）之宜（義），夙（夙）夜不解（懈），𠂤（以）譔道（導）寡（寡）人。（《集成》2840，戰國，附圖卅）

〈中山王嚳方壺〉受賃（任）𢓨（佐）邦，夙（夙）夜篚（匪）解（懈），進𦥑（賢）散（措）能，亡又（有）轉息，𠂤（以）明闢（辟）光。（《集成》9735，戰國晚期）

首先，〈越王者旨於睗鐘〉爲戰國早期越王自鑄之樂器，銘文在開頭處先說明「月份、季節、日期」，即「隹（唯）正月甬（仲）春吉日丁亥」。而「戉（越）王者旨於睗」，經馬承源運用二重證據，發現其是勾踐之子「越王與夷」，因「與夷」與「於睗」音同，再依《越絕書》、《左傳‧哀公二十四年》、《吳越春秋》可尋找「與夷」之記載〔註111〕。

其次，「自乍（作）禾（龢）絲（聯）翟（鑃），台（以）樂可康，嘉而（爾）賓客」說明鑄鐘動機爲「在祭祀典禮上宴請賓客時演奏娛情」。同時，銘內「夙莫（夙暮）」兩字，分屬兩種紀日時稱，至戰國時期已習慣將紀日時稱並列，前字專指「早晨」，後字「莫」則是「日落時分、傍晚」，詞意與「夙夕」、「夙夜」相類。上述銘文將紀日時稱並列呈現，雖始於西周早期，但到戰國時期仍被人們持續使用。

再者，戰國晚期屬於晉系文字的〈中山王嚳鼎〉，銘文於開頭處點出鑄器時間在「十四年」，並陳述了「政權天授」觀念，即「天隆（降）休命于朕邦，又（有）氒（厥）忠臣賈，克巡（順）克卑（俾），亡不逹（率）𡰥（夷），敬巡（順）天悳（德），𠂤（以）𢓨（佐）右（佑）寡人，使智（知）社稷之賃（任）」。爾後，本器也延續西周時期輔佐君王之思想，即「臣宔（主）之宜（義），夙（夙）夜不解（懈），𠂤（以）譔道（導）寡（寡）人」。類似上述的

〔註111〕馬承源：《商周青銅器銘文選》卷四，頁375。

概念，又見於〈中山王譽方壺〉「受賃（任）𢓊（佐）邦，夙（夙）夜篚（匪）解（懈），進賢（賢）散（措）能，亡又（有）轉息，㠯（以）明闢（辟）光」。

另外，〈中山王譽方壺〉除了描述相邦賙（臣）必須輔佐中山王譽（執政者），從早到晚皆不懈怠以外，也強調拔擢人才和選賢與能。結合上述中山王器，出現的「夙（夙）夜不解（懈）」、「夙（夙）夜篚（匪）解（懈）」，都能分析成「時間狀語＋否定詞＋動詞」的形式。至於，〈中山王譽方壺〉曾出現「賃（任）之邦，氏（是）㠯（以）遊夕歙（飲）飤（食），寍（寧）又（有）窓（懅）愓」三句，當中「夕」非時稱，必須將「遊夕」釋爲「農事、民生」相關事宜。類似本器「夕」之用法，則見於《管子・戒》「先王之游也，春出，原農事之不本者，謂之游。秋出，補人之不足者，謂之夕」及「先王有游夕之業於人，無荒亡之行於身」〔註 112〕，專指執政者「春天」視察農事，「秋日」巡視作物之豐收，藉由視察以瞭解百姓日常飲食豐足與否。

最後，中山王器的內容多處引用傳世典籍，針對此種現象李學勤已指出，並於《青銅器與古代史》對照了平山三器所套用《詩經》的文句〔註 113〕。而我們尚見器銘內容可與其他文獻相互對照之例子，像是：（一）〈中山王譽鼎〉「夙（夙）夜不解（懈）」也見於《禮記・祭統》「其勤公家，夙夜不解（懈）」及《文子・道德》「有道德則夙夜不懈，戰戰兢兢，常恐危亡」。

（二）〈中山王譽方壺〉「夙（夙）夜篚（匪）解（懈）」則出現於《詩・大雅》中〈烝民〉「既明且哲，以保其身，夙夜匪解，以事一人」、〈韓奕〉「無廢朕命，夙夜匪解，虔共爾位」及《左傳・文公三年》、《左傳・襄公二十五年》也引述《詩經》內「夙夜匪解，以事一人」兩句。

總括上述兩例，紀日時稱「夙（夙）夜」反映戰國時期中山國器銘的特徵。同時，藉助中山國銘文和傳世的文獻的對照，更能勾勒戰國時期紀日時稱的出現狀況。

---

〔註 112〕本器「遊夕」之理解，學者紛紛將該詞對應於《管子》內容，詳見（1）張政烺：〈中山王譽壺及鼎銘考釋〉，《古文字研究》第一輯（北京：中華書局，1979 年），頁 213～214。（2）馬承源：《商周青銅器銘文選》卷四，頁 576。（3）林宏明：《戰國中山國文字研究》（臺北：臺灣古籍出版有限公司，2003 年），頁 6、251～252。

〔註 113〕李學勤：《青銅器與古代史》第七章「東周列國的青銅器」，頁 441～442。

## 二、夜（夜晚）

〈𧊒䖝壺〉胤𠭰（嗣）𧊒䖝，敢明易（揚）告：昔者先王，𢆶（慈）𢘓（愛）百每，竹（篤）胄亡彊（疆），日夊（夜）不忘，大𡉚（去）型（刑）罰，𠑇（以）憂𠂢（厥）民之隹（罹）不𪿛（辜）。（《集成》9734，戰國早期，附圖卅一）

〈燕侯載器〉郾（燕）侯𨍭（載）思（夙）夜𢘓（淑）人，哉教𠄌（糾）〔俗〕，祗敬禘祀。（《集成》10583，戰國時期，附圖卅二）

以上〈𧊒䖝壺〉「𢆶（慈）𢘓（愛）百每」的「每」字，學界雖在「考釋文字」趨於統一；但對「百每」的理解卻存有歧見，分別讀爲：「百敏」、「百謀」、「百牧」、「百服」、「百民」、「慔敏」、「迫媚」等〔註114〕。近日，白於藍〈讀中山三器銘文瑣記〉依據郭店楚簡〈窮達以時〉、上博簡〈容成氏〉等古文字材料，證明「百」當讀作「博」，而「每」則讀作「敏」，文中「𢆶（慈）𢘓（愛）百（博）每（敏）」指「胤嗣稱述先王譽的四種品德」〔註115〕。

銘內「日夊（夜）不忘，大𡉚（去）型（刑）罰，𠑇（以）憂𠂢（厥）民之隹（罹）不𪿛（辜）」爲因果關係，論及古代「愼刑」之觀念，第一句中「夜」繼承西周以來的分段紀時，再增添「日」，組成時間副詞「日夜」加以修飾「不忘」，重申自早到晚不曾忘記「廢除不當之刑罰」（結果），顯示主政者擔心無辜人民受刑。値得注意的是，本器「夊（夜）」寫作「[illegible]」，其文字構形迥異於其他銘文之寫法，一般「夜」寫作：「[illegible]」《集成》5433〈效卣〉、「[illegible]」《集成》

---

〔註114〕學界對「百每」之說法，分別有：（1）河北省文物管理處：〈河北平山縣戰國時期中山國墓葬發掘簡報〉讀爲「百敏」，《文物》第1期（1979年），頁5。（2）張政烺讀爲「百謀」，〈中山國胤嗣𧊒䖝壺釋文〉，《古文字研究》第一輯（北京：中華書局，1979），頁235。（3）李學勤、李零讀爲「百牧」，參〈平山三器與中山國史的若干問題〉，《考古學報》第2期（1979年），頁161。（4）于豪亮讀爲「百服」，〈中山三器銘文考釋〉，《考古學報》第2期（1979年）181。（5）湯餘惠讀爲「百民」，《戰國銘文選》，（長春：吉林大學出版社，1993年），頁39。（6）何琳儀讀爲「慔敏」，〈中山王器考釋拾遺〉，《史學集刊》第3期（1984年），頁9。（7）馬承源讀爲「迫媚」，《商周青銅器銘文選》卷四，頁579。

〔註115〕白於藍：〈讀中山三器銘文瑣記〉，《古文字研究》第二十七輯（北京：中華書局，2008年），頁292。

2836〈大克鼎〉、「」《集成》4288〈師酉簋〉、「」《集成》2305〈平夜君成鼎〉、「《集成》2840〈中山王譽鼎〉，而器銘「烾（夜）」構形分析，馬承源已提出：「此字從夕、亦省，亦所省爲上部，借夕爲下筆，合爲一體、亦下半篆體似火」〔註 116〕。

另外，〈好蚉壺〉「日夜」合稱則從未出現在其他銘文，但卻頻繁地見於文獻，像是《周禮・夏官司馬》（挈壺氏）「皆以水火守之，分以日夜。及冬，則以火爨鼎水而沸之，而沃之」、《禮記・月令》「日夜分」、《左傳》〈定公四年〉「立，依於庭牆而哭，日夜不絕聲，勺飲不入口七日」與〈襄公二十五年〉「政如農功，日夜思之，思其始而成其終，朝夕而行之」。甚至，在先秦諸子中《莊子》出現 9 次、《列子》2 次、《墨子》1 次、《晏子春秋》3 次、《管子》5 次、《韓非子》3 次、《孫子》1 次、《呂氏春秋》24 次。〔註 117〕

戰國時期〈燕侯載器〉「思夜」即「夙夜」〔註 118〕，其中「思」（心母之部）、「夙」（心母屋部）聲母相同，應屬假借關係。而戰國時期「夜」也曾作「人名」之用法，例如：現藏上海博物館〈七年宅陽令矛〉（《集成》11546）「七年，宅陽命（令）隅鐙、右庫工帀（師）夜趣散（造）」，其中「右庫」的「庫」即是當時各國製造與存儲兵器的處所；，而「右庫工帀（師）」可理解「（韓）存儲兵器處所的工匠之官吏」。因此，本銘「夜趣」爲工匠之私名。同時，從〈七年宅陽令矛〉銘文彰顯了戰國兵器實用、功利的屬性，人們企圖以「物勒工名」的銘文形式強化對器物的製作、管理。

此外，〈陳侯因脊錞〉出現「朝」字，不作爲紀時語彙，本銘於開頭首句「隹（唯）正六月癸未」指出月份、日期（癸未爲日），而鑄器動機爲「陳侯因脊」（田齊威王因齊）欲頌揚其先祖代予以鑄器作爲紀念，其中「淖（朝）昏（問）者（諸）侯」四字，銘內「淖」（朝）寫作「」，「昏」（問）寫作「」，馬承源認爲「淖（朝）昏（問）」讀若「朝問」，即「朝聘」〔註 119〕。故器內「朝」指「古代諸侯親自或派使臣按期朝見天子」，隨著西周王室衰微，

〔註 116〕馬承源：《商周青銅器銘文選》卷四，頁 579。

〔註 117〕上述先秦諸子出現「日夜」之次數，根據國立臺北大學古典文獻學研究所「寒泉資料庫檢索系統」，網址：http://libnt.npm.gov.tw/s25/。

〔註 118〕中國社會科學院考古研究所編：《殷周金文集成》修訂增補本（第七冊），頁 5622。

〔註 119〕馬承源：《商周青銅器銘文選》卷四，頁 561。

到春秋時期政權落在各地諸侯、霸主之手，於是小諸侯紛紛投靠軍事、政治勢力較大的霸主，並藉助「朝問」來維持雙方邦交之友好，以尋求庇護。

總括本節內容，可知戰國銘文出現的紀日時稱，共計有「夙、夜、莫（暮）」三種，彼此皆呈現「複合詞」之形式。同時，本節所引用的銘文共五件，又以中山國出土的「平山三器」使用頻率高於其他地區，曾見「日夜」、「夙夜」（時間狀語）予以修飾「否定詞＋動詞」（日夂（夜）不忘／娶（夙）夜不解（懈）／娶（夙）夜篚（匪）解（懈））之詞組，來歌頌「先王」的愛民，進而勸勉「時臣」戮力輔佐君王。至於，在〈越王者旨於睗鐘〉同樣也出現與中山王器一樣的句型，即「夙莫（暮）不貣（忒）」。是類紀時用語即便同地出土依舊存在文字異構（[illegible]、[illegible]）之情況，且在燕國（思－夙）、也出現了音近假借。

總之，綜合上述五節內容，本章將兩周金文紀日時稱，歸納成下表，即：

| 時間 | 單一紀日時稱 | | | | | 複合紀日時稱 |
|---|---|---|---|---|---|---|
| 西周早期 | 杳睯（昧爽）<br>殂（夙） | 明 | 朝 | × | 夕 | 朝夕<br>殂（夙）夕 |
| 西周中期 | 杳睯（昧爽）<br>殂（夙） | 旦 | 朝 | × | 夕<br>夜 | 朝夕<br>殂（夙）夕<br>殂（夙）夜 |
| 西周晚期 | 殂（夙） | 旦<br>辱（晨） | 朝 | × | 夕<br>夜 | 朝夕<br>殂（夙）夕<br>殂（夙）夜<br>晝夜 |
| 春秋 | 昧睯（昧爽）<br>殂（夙） | × | × | × | 夕<br>夜 | 殂（夙）夕<br>殂（夙）夜 |
| 戰國 | 殂（夙） | × | × | 莫（暮） | 夜 | 日夜<br>殂（夙）夜<br>殂莫（夙暮） |

由上述表格清楚看見「紀時語彙」隨著時間之變遷，而有不同。其中，西周中期人們觀念中「夕」已從殷商、西周早期「泛指夜晚」轉變作「傍晚、日落時分」，並創造新的紀時詞彙「夜」來說明「夜晚時段」。而西周中期新增「旦、夜」持續被西周晚期人們所沿用；但「杳睯（昧爽）」卻不見於西周晚期銅器。另外，西周晚期「辱」僅見宣王時期〈多友鼎〉，其屬特例；因該詞

一般而言，在西周早期戰國銘文多見書寫於銘文開頭處，作爲「辰在某干支」之紀日方式。

紀日時稱「旦」字，頻繁地出現於西周中、晚期冊命銘文之銘首，從「旦＋王＋在＋地點」之句型，除了說明當時冊命典禮、舉行地點以外；也反映周王室習慣於「日出之時」時舉行冊命儀式。

兩周紀時用語，從「單一結構」朝向「並列結構」演進，即「朝夕、夙（夙）夕、夙（夙）夜」等，背後蘊含著西周人們在語言使用上的進步，從單純語義上「紀時」之用法，即「早到晚」，透過上下文意，可知兩者在語用上蘊含了「臣下對君王之效忠」及「期勉勤勞地輔佐朝政」等概念，上述概念貫穿了兩周銅器，在殷商時期則不曾見紀日時稱具備語用之功能。

春秋時期的銘文紀時用語，也發現到「詞語運用」具有地域之別，例如：東方齊國〈叔尸鎛〉僅用「夙（夙）夜」，南方楚國〈秦公簋〉、〈秦公鎛〉則作「夙（夙）夕」。同時，是類紀時用語也存有文字異構（、）之情況，且在燕國（思－夙）也見音近假借，凸顯了地域之影響及用字差異。

總之，兩周紀時用語多能與《詩經》、《尚書》等傳世文獻相互對應，從而說明解讀金文過程，不能僅就材料論材料，必須充分地運用「二重證據法」，尋繹金文與文獻之間語彙關係。